SCIENCE FICTION

Vom gleichen Autor erschienen außerdem
als Heyne-Taschenbücher

Komet der Blindheit · Band 3239
Rendezvous mit 31/439 · Band 5370
Makenzie kehrt zur Erde heim · Band 3645

ARTHUR C. CLARKE

2001
ODYSSEE IM WELTRAUM

Science-Fiction-Roman

WILHELM HEYNE VERLAG
MÜNCHEN

HEYNE-BUCH Nr. 3259
im Wilhelm Heyne Verlag, München

Titel der amerikanischen Originalausgabe
2001 A SPACE ODYSSEY
Deutsche Übersetzung: Egon Eis

12. Auflage

Redaktion und Lektorat: Günter M. Schelwokat

Printed in Germany 1982
Umschlag: Atelier Heinrichs, München
Gesamtherstellung: Presse-Druck Augsburg

ISBN 3-453-30137-4

INHALTSVERZEICHNIS

ABGRUND

DIE MONDE SATURNS

DURCH DAS STERNENTOR

VORWORT

Hinter jedem lebenden Menschen stehen dreißig Geister; in diesem zahlenmäßigen Verhältnis sind die Verstorbenen den Lebenden überlegen. Seit Beginn der Urgeschichte sind rund hundert Milliarden menschliche Wesen auf Erden gewandelt.

Eine sonderbare Zahl, denn durch einen merkwürdigen Zufall gibt es etwa hundert Milliarden Sterne in unserem begrenzten Universum der Milchstraße. Also scheint für jeden Menschen, der je gelebt hat, in unserem Teil des Alls ein Stern.

Doch jeder von diesen Sternen ist eine Sonne, oft eine hellere und herrlichere als der kleine uns am nächsten liegende Stern, den wir »Sonne« nennen. Und viele – möglicherweise die meisten – dieser entfernten Sonnen besitzen Planeten, die sie umkreisen. Fraglos gibt es daher genügend Land im All, um jeden Typ menschlicher Spezies, vom ersten Affenmenschen bis zu uns, seinen eigenen privaten Himmel – oder seine eigene private Hölle finden zu lassen.

Wie viele dieser potentiellen Himmel oder Höllen im Augenblick bewohnt sind und von welcher Art Kreaturen, können wir nicht einmal ahnen. Die nächste ist millionenmal weiter entfernt als Mars oder Venus, diese heute noch fernen Ziele unserer nächsten Generation. Doch die Schranken der Entfernung schwinden schnell; eines Tages werden wir vielleicht in der Sternenwelt unser Ebenbild vorfinden – oder Übermenschen.

Wir haben uns diese Erkenntnis nur sehr zögernd zu eigen gemacht. Manche hoffen, diese Möglichkeit werde sich nie verwirklichen. Doch immer mehr stellen sich die Frage: »Warum haben solche Treffen nicht schon stattgefunden, da wir bereits selbst im Begriff sind, in den Weltraum vorzustoßen?«

Ja warum eigentlich nicht? In diesem Buch versuchen wir auf die keineswegs unvernünftige Frage eine keineswegs unmögliche Antwort zu geben. Doch vergesse man nicht: es handelt sich nur um einen Roman. Die Wahrheit wird – wie stets – weit erstaunlicher sein.

A. C. Clarke

UR-NACHT

Auf dem Weg zum Untergang

Die Dürre hatte schon zehn Millionen Jahre angehalten, und die Herrschaft der schrecklichen Saurier war lange vorbei. Hier am Äquator, auf dem Kontinent, der eines Tages Afrika heißen würde, hatte der Existenzkampf ein neues Stadium von Grausamkeit erreicht. In diesem ausgetrockneten, ausgedörrten Land konnte nur der Kleinste oder der Schnellste oder der Zäheste gedeihen oder zu überleben hoffen. Die Menschenaffen der Steppe waren weder das eine noch das andere und unfähig, sich weiter zu entwickeln. Im Gegenteil, sie befanden sich auf dem Weg zum Untergang und waren bereits dem Verhungern nahe. Etwa fünfzig von ihnen bewohnten eine Reihe von Höhlen über einem kleinen unfruchtbaren Tal, durch das ein träger Strom floß, dem die schneebedeckten Berge des Nordens Schmelzwasser zuführten. In schlechten Zeiten versiegte der Fluß völlig, und das Gespenst des Durstes hielt den Stamm in seinen Klauen.

Als der erste schwache Schimmer der Morgendämmerung in die Höhle kroch, sah Mond-Schauer, daß sein Vater in der Nacht gestorben war. Er wußte natürlich nicht, daß der Alte sein Vater war, denn Verwandtschaft war jenseits seines Begriffsvermögens. Aber als er auf den ausgemergelten Körper blickte, überfiel ihn eine Art Unruhe, welche der erste Vorbote des Gefühls von Trauer war.

Die beiden Kleinen wimmerten bereits vor Hunger, aber sie schwiegen sofort, als Mond-Schauer sie anknurrte. Eine der Mütter verteidigte das Kind, das sie nicht zu nähren vermochte, und knurrte ihn ihrerseits an. Er besaß nicht einmal mehr die Kraft, sie für ihre Anmaßung zurechtzuweisen.

Jetzt war es hell genug, die Höhle zu verlassen. Mond-

Schauer packte den runzligen Körper und schleifte ihn hinter sich her. Sowie er im Freien war, warf er die Leiche über seine Schulter und stand aufrecht – das einzige Lebewesen auf dieser Welt, das dazu imstande war.

Unter seinesgleichen war Mond-Schauer fast ein Riese. Er war beinahe fünf Fuß hoch und wog – obwohl stark unterernährt – über hundert Pfund. Sein haariger muskulöser Körper war der eines Affen, aber sein Kopf ähnelte mehr dem eines Menschen. Die Stirn war niedrig, und über den Augenhöhlen befanden sich Wülste, doch die erste Phase der Menschwerdung war nicht zu übersehen. Als er auf die feindselige Welt des Pleistozäns hinuntersah, lag bereits etwas in seinem Blick, das über die Ausdrucksfähigkeit eines Affen hinausging. In diesen dunklen tiefliegenden Augen gab es eine Empfindung von Bewußtsein – die erste Spur von Intelligenz, deren Ausreifung noch Äonen erforderte und die vielleicht bald für immer zum Erlöschen kommen würde.

Da es keine Anzeichen von Gefahr gab, begann Mond-Schauer die steile Böschung hinunterzukriechen. Die Last auf seiner Schulter behinderte ihn. Jetzt kamen auch die anderen Mitglieder des Stammes aus ihren Behausungen hervor und folgten ihm zum schlammigen Wasser des Flusses, um zu trinken.

Mond-Schauer blickte das Tal entlang, um festzustellen, ob die »Anderen« in Sicht waren, aber nichts war zu sehen. Vielleicht hatten sie ihre Höhlen noch nicht verlassen oder sie suchten bereits auf den entfernteren Hängen nach Nahrung. Da er sie nicht sehen konnte, vergaß sie Mond-Schauer sofort; er war nicht fähig, sich auf mehr als einen Gedanken zu konzentrieren.

Erst mußte er den Alten loswerden, aber das war ein leicht zu lösendes Problem. Der Stamm hatte in letzter Zeit viel Todesfälle gehabt, einen davon in Mond-Schauers eigener Höhle. Er hatte die Leiche nur an den Platz zu legen, wo er auch das Neugeborene während des letzten Mondviertels gelassen hatte, und die Hyänen würden den Rest der Arbeit tun.

Sie warteten schon am Ende des Tales, dort wo es in die Savanne auslief, beinahe, als ob sie geahnt hätten, was ihnen zufiel. Mond-Schauer legte den Kadaver unter einen kleinen Busch. Die Skelette von früher waren bereits verschwunden. Er beeilte sich, zu seinem Stamm zurückzukehren, an seinen Vater dachte er nie wieder.

Seine beiden Gefährtinnen, die Erwachsenen aus den anderen Höhlen und der größte Teil der Jungen suchten unter den dürren Bäumen des Tales nach Nahrung: Beeren, saftige Wurzeln und Blätter. Nur selten ließ sie ein glücklicher Zufall Eidechsen oder kleine Nagetiere finden. Bloß die Kinder und die Altersschwachen waren in den Höhlen zurückgeblieben. Wenn es am Tagesende überflüssige Nahrung gab, wurden sie gefüttert. Wenn nicht, hatten die Hyänen wieder einmal Glück gehabt.

Aber es war ein guter Tag – obwohl Mond-Schauer, der kein Erinnerungsvermögen besaß, ihn nicht mit einem anderen vergleichen konnte. Er fand im Stumpf eines abgestorbenen Baumes einen Bienenstock, und so genoß er die erlesenste Delikatesse, die seine Leute je gekannt hatten. Er leckte sich noch gelegentlich die Finger, als er seine Gruppe am späteren Nachmittag nach Hause führte. Natürlich war er des öfteren gestochen worden, aber das merkte er kaum. Er hatte den größten Grad der Sättigung erreicht, den ihm das Leben je bieten würde, denn obwohl er immer noch hungrig war, fühlte er sich nicht von Hunger geschwächt, und das war das äußerste, was ein Affenmensch erhoffen konnte.

Sein Wohlbehagen verschwand, als er mit seiner Gefolgschaft den Fluß erreichte. Die »Anderen« waren da. Sie waren zwar jeden Tag da, aber das machte ihre Anwesenheit nicht weniger ärgerlich.

Es waren etwa dreißig von ihnen, und sie unterschieden sich äußerlich in keiner Weise von Mond-Schauers Sippe. Als sie ihn kommen sahen, begannen sie zu tanzen, die Arme zu schütteln und schrille Schreie auszustoßen. Die Gruppe auf der anderen Uferseite erwiderte die »Begrüßung« in gleicher Weise.

Das war alles, was geschah. Obwohl die Menschenaffen gelegentlich miteinander kämpften, brachten sie sich selten ernstliche Verletzungen bei. Da sie weder Krallen noch Reißzähne besaßen und ihr Körper durch dichten Haarwuchs geschützt war, konnten sie einander wenig Leid zufügen. Außerdem hatten sie keine überflüssige Kraft für derart unproduktive Anstrengungen. Knurren und Drohen war die praktischste Methode, um ihren territorialen Anspruch zu demonstrieren.

Die Konfrontation dauerte ungefähr fünf Minuten, dann endete der Auftritt so schnell, wie er begonnen hatte. Der Ehre war genug getan, denn jede Gruppe hatte ihrem Anspruch eindeutig Nachdruck verliehen. Nachdem diese wichtige Angelegenheit geklärt war, tranken alle von dem schmutzigen Wasser, dann wanderte jeder Stamm die ihm gehörende Uferseite entlang. Die nächste Weidefläche war über eine Meile von den Höhlen entfernt, und sie mußten sie mit einer Herde großer antilopenartiger Tiere teilen, die ihre Anwesenheit nur widerwillig duldeten. Die Menschenaffen konnten diese anderen Pflanzenfresser nicht vertreiben, denn deren Stirnen waren mit scharfen Dolchen bewaffnet — natürliche Waffen, die sie selbst nicht besaßen.

Mond-Schauer und seine Gefährten kauten Beeren und Früchte und Blätter und bekämpften so ihren Hunger, obwohl sich ringsum mehr als genug Nahrung befand. Doch die Tausende Tonnen saftigen Fleisches, die über die Savanne und durch den Busch wanderten, waren für sie nicht nur unerreichbar, sondern es war auch außerhalb ihrer Vorstellungskraft, sich ihrer zu bemächtigen. Inmitten von Überfluß waren sie zu einem langsamen Hungertod verurteilt.

Der Stamm kehrte mit den letzten Strahlen des Tageslichts zu seinen Höhlen zurück. Das verletzte Weibchen, das zurückgeblieben war, gurrte vor Freude, als Mond-Schauer ihr einen Zweig Beeren brachte und begann, diese heißhungrig zu verschlingen. Sie waren nicht sehr nahrhaft, aber würden ihr Überleben sichern, bis die Wunde, die der Leopard ihr geschlagen hatte, verheilt war und sie wieder selbst für ihre Nahrung sorgen konnte.

Über dem Tal stieg der Mond auf, und von den fernen Bergen her blies ein eisiger Wind. Es würde eine kalte Nacht werden. Aber Kälte war wie Hunger kein Grund zu besonderer Besorgnis, sondern ein nicht wegzudenkender Teil des täglichen Lebens.

Mond-Schauer bewegte sich kaum, als aus einer der tiefer liegenden Höhlen gräßliche Schreie laut wurden, und er brauchte das Fauchen des Leoparden nicht zu hören, um zu wissen, was vor sich ging. Unten in der Dunkelheit kämpften und starben der alte Weißhaar und seine Familie, aber der Gedanke, ihnen zu Hilfe zu kommen, kam ihm nicht in den Sinn. Das harte Gesetz des Überlebens verbot solche Einfälle, und keine Stimme des Protestes erhob sich entlang des Berghangs. Die Bewohner aller Höhlen verhielten sich still, um das Verderben nicht auf sich selbst zu lenken.

Der Lärm ebbte ab, und dann hörte Mond-Schauer, wie ein Körper über die Felsen geschleift wurde. Das dauerte nur wenige Sekunden. Dann hielt der Leopard seine Beute fest zwischen den Kiefern und verursachte kein Geräusch mehr, als er mit seinem Opfer davonschlich.

Für einen Tag oder zwei drohte von der Bestie keine weitere Gefahr, aber es mochten andere Feinde unterwegs sein, im fahlen Schein der »kalten kleinen Sonne«, die nur bei Nacht über den Himmel wanderte. Wenn man sie rechtzeitig hörte, konnte man die kleineren Raubtiere manchmal mit Schreien und Heulen verscheuchen. Mond-Schauer kroch aus der Höhle, klammerte sich an einen großen Felsbrocken neben der Öffnung und hockte sich hin, um das Tal zu überblicken.

Von allen Lebewesen, die bisher auf Erden gewandelt, waren die Menschenaffen die ersten, die beharrlich den Mond beobachteten. Er konnte sich zwar nicht daran erinnern, aber als er sehr jung gewesen war, hatte Mond-Schauer manchmal seinen Arm ausgestreckt und das geisterhafte Gesicht zu berühren versucht, das über den Hügeln am Himmel erschien.

Das war ihm allerdings nie geglückt, und jetzt war er alt genug, um zu verstehen warum. Denn zuerst mußte er natürlich einen Baum finden, der groß genug war, um auf ihm so hoch hinaufzuklettern.

Manchmal schaute er in das Tal und manchmal auf den Mond, aber stets lauschte er. Gelegentlich schlief er ein, aber es war ein unruhiger Schlaf, in dem ihn seine Wachsamkeit nie verließ, und das geringste Geräusch weckte ihn auf der Stelle. Im hohen Alter von fünfundzwanzig Jahren war er noch immer im Vollbesitz seiner körperlichen und geistigen Kräfte. Wenn er weder einem Unfall noch einer Krankheit, weder einem Raubtier noch dem Hungertod erlag, konnte er noch gut zehn Jahre leben.

Die Stunden der Nacht schlichen dahin, kalt und klar, ohne weiteren Zwischenfall, und der Mond erhob sich langsam zwischen den äquatorialen Konstellationen, die kein Menschenauge je sehen würde. In den Höhlen, zwischen unruhigem Schlummer und ängstlichem Warten, wurden die Alpträume geboren, die künftige Generationen heimsuchen sollten.

Da geschah etwas Seltsames: Zweimal strich über den Himmel, zum Zenit aufsteigend und gegen Osten versinkend, ein blendender Lichtpunkt, heller als jeder Stern.

Der neue Felsen

Die Nacht war schon weit fortgeschritten, als Mond-Schauer plötzlich erwachte. Von den Mühen und Plagen des Tages ermattet, hatte er tiefer geschlafen als üblich, doch durch ein schwaches Scharren unten im Tal wurde er sofort hellwach.

In der übelriechenden Höhle war es stockdunkel. Er setzte sich auf, lauschte in die Nacht hinaus und begann zu zittern. Noch nie in seinem Leben, das bereits zweimal so lang dauerte, als die meisten seiner Artgenossen erhoffen konnten, hatte er ein ähnliches Geräusch vernommen. Die großen Katzen schlichen lautlos an, und das einzige, was sie gelegentlich verriet, war ein sich lösender Stein oder ein raschelnder Zweig. Doch das war ein anhaltendes Knirschen, das ständig lauter wurde. Es klang, als ob eine riesige Bestie sich durch die Nacht bewegte, unter Mißachtung aller Hindernisse und ohne den geringsten Versuch, ihr Kommen zu verheimlichen. Einmal hörte Mond-Schauer deutlich, daß ein Strauch entwurzelt wurde. Elefanten und Dinotherien pflegten das zwar zu tun, aber im allgemeinen bewegten sie sich fast so lautlos wie die Raubtiere.

Aber dann kam ein Geräusch, das Mond-Schauer unmöglich hätte identifizieren können, denn in der Geschichte der

Welt war es noch nie zuvor gehört worden. Es war das Klirren von Metall auf Stein.

Als Mond-Schauer beim ersten Tageslicht seinen Stamm zum Fluß hinunterführte, sah er sich dem neuen Felsen gegenüber. Er hatte die Schrecken der Nacht so gut wie vergessen, da sich seit dem ersten Geräusch nichts mehr ereignet hatte. Daher assoziierte er das seltsame Gebilde vor sich weder mit Gefahr noch mit Furcht. Es wirkte allerdings auch nicht im geringsten unheilvoll.

Es war eine rechteckige Platte, dreimal so hoch wie er selbst, aber schmal genug, um von seinen Armen umspannt zu werden. Und sie bestand aus einem absolut durchsichtigen Material. Sie war nicht einmal leicht zu sehen, außer wenn die aufgehende Sonne auf ihren Kanten glitzerte. Da Mond-Schauer weder Eis, ja nicht einmal kristallklares Wasser kannte, gab es für ihn keinerlei Vergleichsmöglichkeiten. Zweifellos sah das *Ding* hübsch aus, und obwohl er sich meist von unbekannten Dingen vorsichtig fernhielt, zögerte er nicht lange, bevor er sich an seiner Seite niederkauerte. Als nichts geschah, streckte er seine Hand aus und fühlte eine kalte Oberfläche.

Nach mehreren Minuten scharfen Überlegens kam er zu einer beruhigenden Erkenntnis. Es war nichts anderes als ein Felsen, der während der Nacht gewachsen war. Er kannte das Phänomen von vielen Pflanzen — kieselförmigen, weißen saftigen Gewächsen, die über Nacht aus der Erde schossen. Sie waren zwar klein und rund, während dieses *Ding* groß und scharfkantig war, aber gelehrtere Männer als Mond-Schauer waren in späteren Zeiten bereit, ebenso auffallende Widersprüche in ihren Theorien großzügig zu übersehen.

Die gewaltige Anstrengung des abstrakten Denkens brachte Mond-Schauer nach drei oder vier Minuten zu einer Schlußfolgerung, die er umgehend einer Prüfung unterzog. Die weißen runden Gewächse waren sehr schmackhaft — obwohl es einige wenige gab, die heftige Übelkeit verursachten. Vielleicht war dieses große . . .?

Ein flüchtiges Ablecken und Knabberversuche enttäuschten ihn schnell. Nein, das war nichts zum Essen. So setzte er als vernünftiger Menschenaffe seinen Weg zum Fluß fort und vergaß während seines täglichen Kampfspiels mit den »Anderen« komplett den ungenießbaren Monolith.

Die Futtersuche gestaltete sich an diesem Tag sehr schwierig, und der Stamm mußte mehrere Meilen wandern, um etwas Eßbares aufzutreiben. Während der mitleidlosen Mittagshitze brach eines der schwächeren Weibchen zusammen, weit entfernt von jedem erreichbaren Unterschlupf. Ihre Begleiter versammelten sich ringsum und schnatterten voller Mitleid, aber sie konnten nichts für ihre Gefährtin tun. Wären sie weniger erschöpft gewesen, hätten sie sie vielleicht zu ihrer Behausung zurückgetragen, aber sie besaßen keine überschüssige Kraft für eine derartige Hilfsaktion. So mußte sie einfach zurückgelassen werden, und es blieb dem Zufall überlassen, ob sie aus eigener Kraft wieder auf die Beine kommen würde oder nicht.

Als die Affenmenschen abends heimwanderten, kamen sie an der Stelle vorbei. Kein einziger Knochen war zu sehen.

Im letzten Tageslicht, während sie vorsichtig nach frühen Nachtraubtieren Ausschau hielten, tranken sie hastig aus dem Fluß und begannen zu ihren Höhlen hinaufzuklettern. Sie waren immer noch ein gutes Stück vom neuen Felsen entfernt, als das Geräusch einsetzte.

Es war kaum hörbar, aber sie erstarrten und standen mit hängenden Kiefern wie versteinert auf ihrem Pfad. Es war eine einfache, aber in ihrer Wiederholung aufwühlende Vibration; die Impulse kamen aus dem Kristall und hypnotisierten alle, die in ihre Reichweite gerieten. Zum ersten- und für drei Millionen Jahre zum letztenmal ertönte in Afrika Trommelgeräusch.

Das Hämmern wurde lauter, eindringlicher. Mit einemmal begannen die Affenmenschen wie Schlafwandler auf die Quelle des in seinen Bann zwingenden Trommelns zuzugehen. Manchmal machten sie einige Tanzschritte, als ob sie auf den Rhythmus reagierten, den ihre Nachkommen erst nach vielen Äonen ins Leben rufen würden. Völlig verzaubert umringten sie den Monolith, vergaßen die Strapazen des Tages, die Gefahren der einfallenden Nacht und den Hunger in ihren Bäuchen.

Das Trommeln wurde lauter, die Nacht dunkler. Und als

die Schatten länger wurden und das Licht vom Himmel verschwand, begann der Kristall zu glühen.

Erst verlor er seine Durchsichtigkeit und leuchtete in einem fahlen milchigen Schein. Verwirrende geisterhafte Konturen bewegten sich über seine Oberfläche und in seinem Innern. Sie vereinigten sich in einem Spiel von Licht und Schatten, dann bildeten sie ineinander verschlungene Kreise, die sich langsam zu drehen begannen.

Schneller und schneller wirbelten die Lichträder, und gleichzeitig beschleunigte sich das Dröhnen der Trommeln. Jetzt waren die Menschenaffen vollends hypnotisiert und starrten mit offenem Mund auf das pyrotechnische Schauspiel. Alle von den Vorfahren ererbten Instinkte und die Erfahrung einer Lebenszeit waren vergessen: Nicht einer von ihnen würde so spät am Abend so fern von seiner Höhle geblieben sein. Denn aus dem Buschland ringsum starrten grausame Augen, und die nächtlichen Jäger begannen ihre Beutezüge.

Jetzt verschmolzen rotierende Lichträder ineinander, und die Speichen bildeten glitzernde Kreise. Dann teilten sie sich, und die bunten Mosaike brachen immer wieder symmetrisch auseinander wie in einem Kaleidoskop. Phantastische geometrische Muster leuchteten auf und verschwanden wieder, während sich die glühenden Gebilde verknüpften und entwirrten. Gebannt und unfähig, sich zu rühren, starrten die Affenmenschen auf den schimmernden Kristall.

Sie konnten nicht erraten, daß ihr Verstand sondiert wurde, ihre Reaktionen studiert und ihre Möglichkeiten ausgewertet. Erst verharrte der ganze Stamm in halb gebückter Stellung wie versteinert. Dann kam plötzliches Leben in den dem Quader am nächsten stehenden Affenmenschen.

Er rührte sich zwar nicht vom Fleck, aber sein Körper verlor seine Starre und bewegte sich wie eine Marionette, die an unsichtbaren Fäden gezogen wird. Der Kopf drehte sich hin und her, die Lippen öffneten sich und schlossen sich lautlos, die Hände ballten sich zur Faust und entkrampften sich wieder. Dann bückte er sich, riß einen langen Grashalm ab und versuchte ihn mit plumpen Fingern zu einem Knoten zu binden.

Er war wie besessen, als ob er gegen einen Dämon

kämpfte, der seinen Körper in den Klauen hielt. Sein Atem ging schwer, und sein Blick war voller Angst, als er seine Finger zwang, Bewegungen auszuführen, die komplexer waren als alle, die er je zuvor versucht hatte.

Doch trotz aller Anstrengungen glückte es ihm nur, den Halm zu zerpflücken. Als die einzelnen Teile zu Boden fielen, erstarrte er wieder zur Unbeweglichkeit; welche Macht auch immer ihn ergriffen hatte, sie war von ihm gewichen.

Jetzt kam Leben in einen anderen Affenmenschen, und er hatte die gleichen Prüfungen zu bestehen. Doch er war ein jüngeres und aufnahmefähigeres Exemplar. Während der Ältere versagt hatte, triumphierte er. Und auf der Erde wurde der erste primitive Knoten geknüpft.

Andere vollführten seltsamere und sinnlosere Aufgaben. Einige hielten ihre Arme ausgestreckt und versuchten ihre Fingerspitzen zu berühren – erst mit offenen und dann mit geschlossenen Augen. Einige mußten auf bestimmte Mosaike im Kristall schauen, die sich immer deutlicher abzeichneten, bis ihre Linien wieder in einem grauen Nichts verschwanden. Und alle hörten einfache klare Töne von unterschiedlicher Frequenz, die schnell unter die Grenze der Wahrnehmbarkeit sanken.

Als Mond-Schauer an die Reihe kam, empfand er kaum Furcht. Er fühlte einen gewissen Widerwillen, als seine Muskeln zuckten und seine Glieder Befehlen gehorchten, die nicht seine eigenen waren.

Ohne zu wissen warum, beugte er sich zu Boden und hob einen kleinen Stein auf. Als er sich aufrichtete, sah er auf dem Kristallquader ein neues Bild.

Die tanzenden Mosaike waren verschwunden. Statt dessen erblickte er eine Reihe konzentrischer Kreise, die eine kleine schwarze Scheibe umgaben.

Er gehorchte dem Kommando, das sein Gehirn empfing, und schleuderte den Stein mit einer ungeschickten Bewegung seines Oberarms. Er verfehlte sein Ziel.

Er empfing den Befehl, den Versuch zu wiederholen. Er suchte, bis er einen neuen Kiesel fand. Diesmal traf er den Quader; es gab einen hellen klaren Ton. Er hatte die schwarze Scheibe zwar nicht getroffen, aber seine Zielsicherheit war größer geworden.

Beim vierten Versuch schlug der Stein nur mehr wenige Zoll vom Ziel entfernt auf. Ein Gefühl unbeschreiblicher Freude, von beinahe sexueller Intensität, durchflutete ihn. Dann setzte das Kommando aus, er wurde wieder stumm und fühlte keinen Drang mehr, irgend etwas anderes zu tun, als abseits zu stehen und zu warten.

Jedes Mitglied des Stammes, eines nach dem anderen, wurde für kurze Zeit dem fremden Willen unterworfen. Einige vollführten die ihnen gestellten Aufgaben, doch die meisten versagten. Aber alle erhielten die gebührende Belohnung oder Strafe; sie fühlten Lust oder Schmerz.

Jetzt glühte der große Quader nur mehr in einem schwachen, einfarbigen Licht; er stand wie ein helles Rechteck in der ihn umgebenden Dunkelheit. Die Menschenaffen blinzelten, als ob sie aus dem Schlaf erwachten, und begannen den Pfad zu ihren Heimstätten emporzuklettern. Sie blickten nicht zurück und wunderten sich auch nicht über das seltsame Licht, das ihnen den Weg zu ihren Höhlen wies – und in eine Zukunft, die noch nicht einmal in den Sternen stand.

Schulung

Mond-Schauer und seine Begleiter besaßen keine Erinnerung an das, was ihnen widerfahren war, nachdem der Kristall aufgehört hatte, sie in seinem hypnotischen Bann zu halten und mit ihren Körpern zu experimentieren. Am nächsten Tag, als sie auf Futtersuche auszogen, gingen sie an ihm vorbei, ohne einen Gedanken an ihn zu verschwenden. Sie konnten ihn nicht essen, und er konnte sie nicht essen; er war also belanglos.

Unten am Fluß stießen die »Anderen« ihre üblichen Drohungen aus. Ihr Anführer war ein Menschenaffe mit nur einem Ohr, von Mond-Schauers Größe und Alter, aber weniger kräftig als er. Er wagte sogar einen kurzen Ausfall in das fremde Territorium. Er kreischte laut und schwenkte seine Arme, um die Gegner einzuschüchtern und seinen eigenen Mut zu stärken. Das Wasser des Flusses war nirgends tiefer als einen Fuß, aber je weiter sich Einohr vorwagte, desto unsicherer und verzagter wurde er. Bald hielt er inne, und dann kehrte er zu seinen Stammesgenossen zurück, wobei er um eine möglichst würdige Haltung bemüht war.

Im übrigen gab es keinen Wandel im täglichen Ablauf. Mond-Schauers Stamm sammelte gerade genug Futter, um diesen Tag zu überleben, und keiner starb.

In dieser Nacht stand der Quader immer noch auf seinem Platz und strahlte Impulse von Licht und Tönen aus. Doch das Programm, das er konzipiert hatte, war heute ein anderes.

Einige der Menschenaffen ließ er völlig aus dem Spiel, als ob er sich bloß auf die aussichtsreichsten Subjekte konzentrieren wollte. Eines von diesen war Mond-Schauer; wieder fühlte er, wie er von ungeahnter Neugier erfaßt wurde. Plötzlich begann er Visionen zu sehen.

Sie mochten innerhalb des Kristallblocks gewesen sein oder aber nur Spiegelungen seiner Phantasie. Für ihn jedenfalls waren sie absolut real. Trotzdem verspürte er rätselhafterweise weder Haß noch das instinktive Bedürfnis, sie aus seinem Territorium zu vertreiben.

Er blickte auf eine friedliche Familiengruppe, die sich in nur einem Punkt von der ihm bekannten Wirklichkeit unterschied: Das Männchen, das Weibchen und die beiden Kinder, die unerklärlicherweise vor ihm erschienen, besaßen eine glatte haarlose Haut und waren wohlgenährt — ein Zustand, den er sich nie hätte vorstellen können. Unwillkürlich betastete er seine eigenen vorstehenden Rippen; die Rippen dieser Kreaturen waren hinter Wülsten von Fett verborgen. Von Zeit zu Zeit bewegten sie sich gelassen, als sie vor dem Eingang einer Höhle auf und ab gingen, sichtlich mit sich und der Welt zufrieden. Gelegentlich stieß das große Männchen einen lauten Rülpser der Sättigung aus.

Das war alles. Nach fünf Minuten verblaßte das Bild. Der Quader war nur mehr eine schimmernde Kontur in der Dunkelheit. Mond-Schauer schüttelte sich, als ob er aus einem Traum erwachte, dann wurde es ihm plötzlich klar, wo er sich befand, und er führte den Stamm zurück zu den Höhlen.

Er hatte keine bewußte Erinnerung an das, was er gesehen hatte, doch als er beim Eingang seiner Behausung hockte und den Geräuschen der Umwelt lauschte, fühlte er die ersten vagen Regungen einer neuen, starken Empfindung. Es war ein verwirrendes Gedühl von Neid und Unzufriedenheit mit seinem Leben. Er hatte keine Vorstellung von der Ursache, noch weniger von einer möglichen Abhilfe; aber Unrast hatte von seiner Seele Besitz ergriffen, und damit hatte er einen kleinen Schritt zur Menschwerdung getan.

Jede folgende Nacht lief vor seinen Augen die Szene mit den vier plumpen Menschenaffen ab, bis es eine Quelle ständiger Faszination und Erbitterung wurde, die seinen unablässig nagenden Hunger noch steigerte. Das Bild vor seinen Augen allein hätte diesen Effekt nicht hervorbringen können; es bedurfte einer psychologischen Verstärkung. Sein primitives Hirn mußte gründlich und bis in die kleinsten Teile umgeformt werden. Dann würden, wenn er überlebte, die neuen Denkmuster in der Erinnerung seiner Nachkommen weiterleben bis in alle Ewigkeit, denn er würde seine Gene an spätere Generationen übertragen.

Es war eine mühsame und langsame Prozedur, aber der Monolith war geduldig. Weder er noch seinesgleichen, die über dem halben Globus verstreut waren, erwarteten bei allen Herden und Stämmen, die in das Experiment einbezogen waren, Erfolg zu haben. Hundert Mißerfolge zählten nicht, solange ein einziger Durchbruch das Geschick der Welt ändern konnte.

Bis zum nächsten Neumond hatte der Stamm eine Geburt und zwei Todesfälle zu verzeichnen. Einer war einfach verhungert, doch der andere starb während des nächtlichen Rituals, als er bei dem Versuch, zwei Steinstücke aneinander zu reiben, plötzlich umgefallen war. Der Kristall hatte sich sofort verdunkelt; der Bann war gebrochen. Doch der gestürzte Menschenaffe hatte sich nicht bewegt, und am nächsten Morgen war sein Körper verschwunden.

In der folgenden Nacht strahlte der Kristall keine Impulse aus, er war noch dabei, seinen Fehler zu analysieren. Der

Stamm zog in der anbrechenden Dämmerung an ihm vorbei, ohne ihn zu beachten. Doch in der Nacht darauf unterwarf er ihn erneut seiner Gewalt.

Die vier plumpen Menschenaffen erschienen wieder, und sie taten unerhörte Dinge. Mond-Schauer begann heftig zu zittern; er hatte das Gefühl, sein Hirn müsse bersten, und er versuchte seine Augen abzuwenden. Doch die mitleidlose Macht, die seinen Geist kontrollierte, lockerte ihren Griff nicht. Er war gezwungen, seine Lektion zu Ende zu lernen, obwohl alle seine Instinkte sich dagegen auflehnten.

Diese Instinkte waren seinen Vorfahren nützlich gewesen, als noch warme Regen das Land fruchtbar gemacht hatten und es überall reichlich Nahrung gab. Doch die Zeiten hatten sich geändert, und die ererbte Weisheit der Vergangenheit war wertlos geworden. Die Menschenaffen mußten sich anpassen oder aussterben — so wie die riesigen Urwelttiere, die diesen Weg vor ihnen gegangen und deren Skelette jetzt in den Kreidefelsen eingeschlossen waren.

So starrte Mond-Schauer auf den Kristallmonolith, ohne mit der Wimper zu zucken — bereit, Anleitungen zu Manipulationen zu empfangen, die ihm unverständlich erscheinen mußten. Oft fühlte er Schwindel und immer Hunger, doch von Zeit zu Zeit führten seine Hände mechanische Bewegungen aus, die sein zukünftiges Leben bestimmen sollten.

Als eine Reihe von Warzenschweinen schnüffelnd und grunzend den Pfad kreuzte, blieb Mond-Schauer plötzlich stehen. Schweine und Menschenaffen hatten einander stets ignoriert, denn es existierte kein Interessenkonflikt zwischen ihnen. Die meisten Lebewesen, die nicht um das gleiche Futter kämpften, gingen sich aus dem Weg.

Doch jetzt blickte Mond-Schauer wie gebannt auf sie, hin und her schwankend, als ob er von unbegreiflichen Impulsen getrieben wäre. Dann — wie in einem Traum — begann er den Boden abzusuchen. Wonach er suchte, hätte er auch nicht erklären können, wenn er die Gabe des Sprechens besessen hätte. Doch er erkannte es sofort, als er es sah.

Es war ein schwerer, sechs Zoll langer Stein, der in eine Spitze auslief. Er konnte ihn zwar nicht gut fassen, trotzdem mußte er es tun. Als er zum Schwung ausholte, hatte er den überraschenden Eindruck, daß der Stein in seiner Hand schwerer geworden war; es durchfuhr ihn ein angenehmes Gefühl von Kraft und Macht. Dann näherte er sich dem nächsten Schwein.

Es war ein junges, ahnungsloses Tier, und obwohl es ihn deutlich sehen konnte, hatte es keine Angst vor ihm, bis es zu spät war. Warum sollte dieser harmlose Affe ihm übelwollen? Es zupfte weiter an den Grashalmen, bis Mond-Schauers Steinhammer sein Bewußtsein auslöschte. Der Rest der Herde fuhr ruhig fort zu weiden, denn der Mord hatte sich schnell und lautlos abgespielt.

Die anderen Menschenaffen waren stehengeblieben, um dem Schauspiel zuzusehen, und jetzt umringten sie Mond-Schauer und sein Opfer mit bewunderndem Staunen. Plötzlich griff einer nach der blutbeschmierten Waffe und begann auf das tote Schwein einzuschlagen. Andere griffen nach Stöcken und Steinen, die in ihrer Reichweite waren, und schlossen sich ihm an, bis das getötete Schwein eine formlose blutige Masse war.

Schließlich flaute ihr Interesse ab. Einige zogen weiter, doch andere standen zögernd um den zur Unkenntlichkeit zerschlagenen Kadaver herum – und die Zukunft einer Welt wartete auf ihre Entscheidung. Es dauerte ziemlich lange, bevor eines der stillenden Weibchen an dem blutigen Stein zu lecken begann, den sie umklammert hielt.

Und noch länger dauerte es, bevor Mond-Schauer begriff, daß er nie wieder Hunger leiden würde.

Der Leopard

Die Werkzeuge, in deren Gebrauch sie unterwiesen wurden, waren primitiv. Doch sie konnten die Welt verändern und den Menschenaffen zu ihrem Herrn machen. Das einfachste war der Stein, der die Schlagkraft der bloßen Faust vervielfachte. Dann gab es die Knochenkeule, die den Arm künstlich verlängerte und Zähne und Krallen einer angreifenden Bestie abzufangen vermochte. Mit Hilfe dieser Waffen waren sie imstande, sich aus den riesigen Herden, die durch die Savanne zogen, unbegrenzte Mengen von Nahrung zu verschaffen.

Aber sie brauchten noch andere Hilfsmittel, denn ihre Zähne und Nägel konnten Tiere, die größer waren als ein Kaninchen, nicht richtig zerlegen. Glücklicherweise hatte die Natur auch für diesen Zweck perfekte Werkzeuge zur Verfügung gestellt, man mußte nur klug genug sein, sie zu entdecken.

Vor allem gab es ein einfaches, aber äußerst praktisches Sägemesser, das in den nächsten drei Millionen Jahren gute Dienste leisten sollte. Es handelte sich um den mit Zähnen bewehrten Unterkiefer einer Antilope, ein Modell, das bis zum Gebrauch der Metalle keine wesentliche Verbesserung erfuhr. Außerdem fanden sie heraus, daß ein Antilopenhorn als Stichwaffe benützt werden konnte.

Die Steinkeule, die Zahnsäge und der Horndolch waren die wundervollen Erfindungen, welche die Menschenaffen zum Überleben benötigten. Bald würden sie in ihnen die Symbole der Überlegenheit erblicken, die sie repräsentierten. Doch viele Monate mußten vergehen, bevor sich ihre plumpen Finger die Geschicklichkeit aneigneten, sie zu benützen.

Möglicherweise wären sie im Laufe der Zeit auch durch eigene Anstrengungen so weit gekommen, natürliche Waffen als Werkzeuge zu benützen. Aber die Chancen waren gegen sie, und sogar jetzt noch drohte in den vor ihnen liegenden Zeitaltern unablässig die Gefahr, zu versagen und zugrunde zu gehen.

Den Menschenaffen war nur eine erste Möglichkeit geboten worden. Es würde keine zweite geben; die Zukunft lag nun ausschließlich in ihren eigenen Händen.

Monde kamen und gingen, Kinder wurden geboren und einige wuchsen heran, die schwachen und zahnlosen Dreißigjährigen starben, der Leopard holte nachts seinen Tribut, die »Anderen« drohten täglich vom gegenüberliegenden Ufer des Flusses – aber der Stamm gedieh. Im Laufe eines einzigen Jahres waren Mond-Schauer und seine Gruppe nicht wiederzuerkennen.

Sie hatten ihre Lektion gut gelernt, und sie konnten mit

allen Werkzeugen umgehen, die ihnen offenbart worden waren. Die Hungerqualen der Vergangenheit wichen aus ihrer Erinnerung. Zwar waren die Warzenschweine ängstlich geworden und liefen vor ihnen davon, aber es gab unzählige Herden von Gazellen, Antilopen und Zebras in der Ebene. Alle diese Tiere und viele andere mehr wurden nun zur Beute derer, die die Kunst des Jagens erlernt hatten.

Jetzt, da sie nicht länger schwach und stumpf vor Hunger waren, kreuzten die ersten Rudimente des Denkens ihren Sinn. Die neue Art zu leben wurde als selbstverständlich angesehen, und niemand brachte sie in Verbindung mit dem Monolith, der immer noch am Rand des zum Fluß führenden Pfades stand. Hätten sie Zusammenhänge überhaupt in Erwägung ziehen können, hätten sie sich sicher gebrüstet, daß ihr erhöhter Lebensstandard auf ihre eigene Initiative zurückzuführen sei. Aber ihre frühere jämmerliche Existenz war bereits gänzlich ihrer Erinnerung entschwunden.

Doch kein Wunschland ist perfekt, und das ihre wies zwei Makel auf. Der erste war der mörderische Leopard, dessen Appetit auf Menschenaffen noch größer geworden war, seit sie besser genährt waren. Der zweite war der Stamm auf der anderen Flußseite, denn irgendwie hatten die »Anderen« ebenfalls überlebt, statt zu verhungern und auszusterben. Die Lösung des Leopardenproblems ergab sich durch einen Zufall. Obwohl das Überleben des Stammes nicht mehr in Frage gestellt war, litt er gelegentlich immer noch unter Fleischmangel. Als es an diesem Tag dämmerte, hatte er noch keine Beute erlegt, und Mond-Schauer führte seine müden und mißgelaunten Gefährten zu ihren Behausungen zurück. Doch hier, quasi vor ihrer Haustür, fanden sie eine ausgewachsene Antilope, die wegen eines gebrochenen Beins nicht fliehen konnte. Doch war sie wohl imstande, Widerstand zu leisten, und ihre säbelartigen Hörner hielten die sie umringenden Schakale in respektvollem Abstand. Sie warteten geduldig; sie waren überzeugt, daß ihre Zeit kommen würde.

Doch sie hatten nicht mit ihren Konkurrenten gerechnet und zogen sich mit wütendem Knurren weiter zurück, als die Menschenaffen erschienen. Jetzt umkreisten diese vorsichtig das Beutetier und hielten sich aus der Reichweite der gefährlichen Hörner, doch dann gingen sie mit Keulen und Steinen zum Angriff über.

Es war eine plumpe Attacke, weder koordiniert noch schnell noch wirkungsvoll. Als die unglückliche Antilope ihr Leben ausgehaucht hatte, war es beinahe dunkel geworden — und die Schakale hatten ihren Mut wiedergewonnen. Mond-Schauer wurde zwischen Furcht und Hunger hin- und hergerissen, als ihm langsam dämmerte, daß die ganze Anstrengung umsonst gewesen sein mochte. Es war zu gefährlich, länger im Freien zu bleiben.

Plötzlich hatte er wieder einen seiner Gedankenblitze. Mit ungeheurer Anstrengung seiner Phantasie stellte er sich die tote Antilope vor, wie sie *im sicheren Bereich seiner eigenen Höhle* lag. Die Idee, dieses Wunschbild zu verwirklichen, erschien ihm so brillant, daß er ihre gefährlichen Konsequenzen völlig übersah. Ohne zu zögern, begann er den Kadaver den Abhang hinaufzuziehen, und als die anderen seine Absicht begriffen, begannen sie ihm zu helfen.

Hätte er gewußt, was für eine schwierige Aufgabe er sich zugemutet hatte, hätte er die Hände davon gelassen. Nur seine große Kraft und die von seinen baumbewohnenden Vorfahren ererbte Geschicklichkeit ermöglichte es ihm, den Kadaver den steilen Hang hinaufzuzerren. Manchmal, wenn er nicht weiter konnte, weinte er vor Zorn, und er war versucht, die Beute liegen zu lassen. Doch sein Starrsinn erwies sich als ebenso stark wie sein Hunger. Seine Begleiter halfen ihm zwar, doch zum Teil behinderten sie ihn mehr durch ihre Unfähigkeit, Gemeinschaftsarbeit zu leisten. Sie zogen zu fest, sie stolperten, sie fielen über seine Füße. Doch schließlich war das Werk vollendet, und die Antilope wurde durch den Eingang der Höhle geschleppt. Als das letzte Sonnenlicht vom Horizont verschwand, begann der Festschmaus.

Stunden später, angefressen bis zum Erbrechen, wachte Mond-Schauer jäh auf. Ohne zu wissen warum, setzte er sich in der Dunkelheit auf. Während ringsum sämtliche Mitglieder der Gruppe tief und satt schliefen, lauschte er in die Nacht.

Nichts war zu hören außer den schweren Atemzügen seiner Gefährten. Der Mond stand hoch, und die Felsen hinter dem Höhleneingang glitzerten in seinem fahlen Licht wie bleiche Knochen. Die ganze Umwelt schien friedlich zu schlafen.

Da vernahm er das Geräusch eines fallenden Kiesels. Ängstlich, doch neugierig kroch Mond-Schauer aus der Höhle und blickte den Abhang hinunter.

Was er sah, war so entsetzlich, daß er sekundenlang unfähig war, sich zu rühren. Nur zwanzig Fuß unter ihm sah er zwei topasfarben leuchtende Augen. Er war wie gelähmt vor Furcht, starrte in diese hypnotischen Lichter und bemerkte kaum den geschmeidigen Körper, der behende von Stein zu Stein glitt. Nie zuvor war der Leopard so weit hinaufgeklettert. Er hatte die hochliegenden Höhlen nie heimgesucht, obwohl er gewußt haben mußte, daß sie bewohnt waren. Doch jetzt war er hinter anderer Beute her. Er folgte der Blutspur, die den mondbeschienenen Hang hinaufführte.

Sekunden später schrillten die Schreckensschreie der Menschenaffen aus der darüberliegenden Höhle. Der Leopard fauchte wütend, als er sich entdeckt fühlte. Aber er setzte seinen Weg fort, in der Überzeugung, daß er nichts zu befürchten hatte.

Er erreichte den Rand der Felswand und schnupperte. Von allen Seiten drang der Blutgeruch auf ihn ein und erfüllte ihn mit überwältigender Gier. Lautlos schlich er in die Höhle.

Dabei beging er seinen ersten Fehler, denn als er aus dem Mondlicht in die Finsternis geriet, war er trotz seiner an die Dunkelheit gewöhnten Augen momentan im Nachteil. Die Menschenaffen konnten ihn oder zumindest seine Silhouette gegen die Höhlenöffnung deutlicher sehen als er sie. Sie waren zu Tode erschrocken, aber keineswegs so hilflos wie früher.

Der Leopard fauchte und schlug selbstsicher mit dem Schwanz. Er suchte das blutige Fleisch, nach dem er gierte. Auf freiem Feld hätte ihn niemand behindert, doch jetzt saßen die Menschenaffen in einer Falle, und Verzweiflung flößte ihnen den Mut ein, das Unmögliche zu wagen. Und zum erstenmal standen ihnen auch Mittel zur Verfügung, ihre Absicht durchzuführen.

Ein kräftiger Hieb traf den Leoparden auf den Kopf. Wütend schlug er mit einer Pranke aus und hörte einen schrillen Schrei, als seine Krallen in weiches Fleisch rissen. Doch gleichzeitig fühlte er selbst einen stechenden Schmerz, als etwas Scharfes in seine Flanke fuhr – einmal, zweimal und noch einmal! Er fuhr herum und begann auf die Schatten einzuschlagen, die von allen Seiten her mit wildem Geheul auf ihn eindrangen.

Wieder empfing er einen heftigen Schlag, diesmal auf die Schnauze. Er sah einen hellen Schein vor sich und schnappte danach – aber seine Zähne vergruben sich nur in dem Knochen einer Antilope. Und gleichzeitig geschah etwas Unerhörtes; eine unvorstellbare Demütigung des *Unbesiegten:* jemand hatte seinen Schwanz gepackt und versuchte ihn auszureißen.

Er warf sich auf seinen tollkühnen Angreifer und schleuderte ihn gegen die Höhlenwand. Doch was auch immer er tat, er vermochte nicht dem Hagel von Schlägen zu entgehen, die von allen Seiten auf ihn niederprasselten. Plumpe, aber kräftige Hände schwangen die improvisierten Waffen. Der Leopard heulte auf, erst vor Schmerz, dann in Todesangst. Der mitleidlose Jäger war zum Opfer geworden und versuchte verzweifelt, sich in Sicherheit zu bringen.

Jetzt machte er seinen zweiten Fehler, denn in seiner Verwirrung hatte er vergessen, wo er sich befand. Vielleicht waren auch seine scharfen Sinne durch die empfangenen Schläge stumpf geworden. Was auch immer die Ursache dafür war, er sprang mit einem riesigen, unbedachten Satz aus der Höhle. Ein langgezogenes Wimmern erklang, als er in den Abgrund stürzte. Eine Ewigkeit schien zu vergehen, bevor ein dumpfes Geräusch anzeigte, daß er auf einem Felsvorsprung aufgeschlagen war. Dann hörte man nur noch, wie einzelne Steine zu Tal rollten, und schließlich wurde es still.

Lange Zeit, berauscht von dem Sieg, tanzte Mond-Schauer frohlockend vor dem Höhleneingang und stieß Jubellaute aus. Er fühlte mit voller Berechtigung, daß seine Welt eine andere geworden und daß er nicht länger ein hilfloses Opfer der feindlichen Gewalten war, die ihn bedrohten.

Dann ging er in die Höhle zurück, und er durfte sich zum erstenmal in seinem Leben eines sorglosen Schlafes erfreuen.

Am nächsten Morgen fanden sie den Kadaver des Leoparden am Fuß des Felshangs. Sogar die tote Bestie flößte ihnen Furcht ein, und es dauerte einige Zeit, bevor der erste sich zu dem besiegten Gegner wagte. Doch gleich darauf fielen sie alle über ihn her, mit ihren knöchernen Messern und Sägen.

Sie arbeiteten hart, aber an diesem Tag mußten sie nicht mehr auf die Jagd gehen.

Begegnung im Dämmerlicht

Als er seine Gruppe in der Dämmerung zum Fluß hinunterführte, blieb Mond-Schauer an einer Stelle zögernd stehen. Er wußte, daß er etwas vermißte, aber was es war, daran konnte er sich nicht entsinnen. Er verschwendete auch weiter keine Gedankenarbeit an das Problem, denn er hatte an diesem Morgen wichtigere Dinge vor.

Der große Kristallblock war so geheimnisvoll verschwunden, wie er gekommen war. Aber auch Donner und Blitz und Wolken waren erschienen und verschwunden, und der Quader tauchte nie wieder in Mond-Schauers Erinnerung auf.

Er konnte nicht ahnen, was er ihm zu verdanken hatte, und keiner seiner Begleiter, die ihn umringten, errieten, warum er auf seinem Weg einen Moment lang innegehalten hatte.

Die »Anderen« befanden sich auf ihrer Seite des Ufers, in ihrem stets respektierten Territorium. Sie sahen Mond-Schauer und ein Dutzend ausgewachsene männliche Exemplare auf sich zukommen. Sofort begannen sie, ihre tägliche Herausforderung über das Wasser zu schreien, doch diesmal erhielten sie keine Antwort.

Mit bedachten, zielbewußten Schritten und *ohne einen Laut von sich zu geben,* stiegen Mond-Schauer und seine Gruppe den Hügelpfad hinunter, der zum Fluß führte. Als sie sich näherten, wurden auch die »Anderen« plötzlich still. Ihr Zorn verebbte und machte einer steigenden Furcht Platz. Sie ahnten vage, daß etwas Besonderes geschah und daß diese Begegnung nicht so verlaufen würde wie alle vorhergegangenen. Die knöchernen Keulen und Messer der Gegner jagten ihnen keine Angst ein, denn sie verstanden ihre Bedeutung nicht. Sie wußten nur, daß der drohenden Annäherung der feindlichen Sippe etwas Ungewohntes anhaftete – eine schweigende Entschlossenheit, die sie bisher noch nie wahrgenommen hatten.

Die Gruppe hielt am Ufer inne, und einen Moment lang gewannen die »Anderen« ihren Mut zurück. Einohr stimmte das Kampfgeheul an, und seine Gefolgschaft fiel ein. Doch es dauerte nur wenige Sekunden, bevor ein schrecklicher Anblick sie verstummen ließ.

Mond-Schauer hob einen Arm hoch in die Luft und ließ sehen, was bisher hinter den haarigen Körpern seiner Begleiter verborgen gewesen war. Er hielt einen dicken Ast in der Hand, auf dem der blutige Kopf des Leoparden aufgespießt war. Ein zwischen den Kiefern steckender Ast hielt das Maul offen, und die großen Reißzähne schimmerten in einem geisterhaften Weiß in den Strahlen der aufgehenden Sonne.

Die »Anderen« waren vor Schreck wie gelähmt. Erst nach einiger Zeit traten sie langsam den Rückzug an. Das war genau die Ermunterung, die Mond-Schauer benötigte. Während er den symbolischen Leopardenkopf immer noch hoch in die Luft hielt, begann er, den Fluß zu durchwaten. Seine Begleiter zögerten nur kurz, dann stapften sie hinter ihm ins Wasser.

Als Mond-Schauer die gegenüberliegende Seite erreichte, wich Einohr nicht gleich zurück. Vielleicht war er zu tapfer oder zu stumpf, um zu fliehen; vielleicht vermochte er nicht zu fassen, daß ihm diese Schande widerfuhr. Ob er ein Feigling war oder ein Held, blieb sich gleich, denn der tödliche Schlag zerschmetterte seinen Schädel, ehe er reagieren konnte.

Heulend vor Angst verkrochen sich die »Anderen« in den Busch; doch kurz darauf kamen sie wieder zurück, und bald vergaßen sie ihren verlorenen Führer.

Einige Sekunden lang stand Mond-Schauer verständnislos über seinem neuen Opfer und versuchte, das unbegreifliche Wunder zu erfassen, daß der erlegte Leopard von neuem getötet hatte. Er fühlte sich als Herr der Welt. Aber er war sich nicht ganz klar darüber, was er jetzt unternehmen sollte.

Doch eines stand fest; er würde auch den nächsten Schritt tun.

Aufstieg des Menschengeschlechts

Ein neues Lebewesen bevölkerte den Planeten. Es kam aus dem Herzen Afrikas und breitete sich langsam über die bewohnbaren Gegenden aus. Es gab noch so wenige Exemplare, daß sie zwischen den Millionen Kreaturen, die auf dem Lande, in der Luft und im Wasser existierten, kaum zu bemerken waren. Noch gab es keinen Beweis dafür, daß diese Rasse gedeihen oder überhaupt überleben würde. Auf der Erde, auf der schon gewaltigere Lebewesen ihr Ende gefunden hatten, lag ihr zukünftiges Schicksal noch auf der Waagschale.

In den hunderttausend Jahren, seit der Monolith auf afrikanischem Boden niedergegangen war, hatten die Menschenaffen keine Erfindung mehr gemacht. Aber sie hatten sich zu verändern begonnen und Fertigkeiten entwickelt, die kein anderes Tier besaß. Sie hatten die Reichweite vervielfältigt. Sie vermochten, sich gegen Raubtiere zu verteidigen, die hinter der gleichen Beute her waren. Die kleineren Fleischfresser verscheuchten sie einfach; die größeren konnten sie zumindest entmutigen und meist in die Flucht jagen.

Ihre riesigen Zähne wurden mit der Zeit kleiner, denn sie waren nicht länger unbedingt lebenswichtig. Die scharfkantigen Steine, mit denen man Wurzeln ausgraben und Fleisch schneiden konnte, begannen sie zu ersetzen. Die Menschenaffen mußten nicht mehr verhungern, wenn ihre Zähne schadhaft wurden; selbst die einfachsten Werkzeuge vermochten ihr Leben um viele Jahre zu verlängern. Und als ihre Reißzähne verschwanden, änderte sich auch die Form ihres Gesichts: Die Schnauze schrumpfte, die groben Bakkenknochen wurden zarter, und der Mund gewann die Fähigkeit, differenzierte Laute hervorzubringen. Noch sollte es eine Million Jahre dauern, ehe sie die Kunst des Sprechens erlernten, aber die Vorbedingungen waren geschaffen.

Und dann ging mit der Erde eine große Wandlung vor sich. In vier Phasen, mit zweihunderttausend Jahren zwischen ihren Höhepunkten, gingen die Eiszeiten über sie hinweg und hinterließen ihre Spuren überall auf dem Globus. Außerhalb der Tropen löschten die Gletscher alle diejenigen aus, welche die Höhlen ihrer Urväter vorzeitig verlassen hatten, und überall siebten sie Kreaturen aus, die sich nicht adaptieren konnten.

Mit dem Eis verschwand auch ein großer Teil der frühen Lebensformen – einschließlich der Menschenaffen. Aber zum Unterschied von vielen anderen Arten hinterließen diese Abkömmlinge; sie waren nicht einfach ausgestorben, sie hatten eine Metamorphose durchlaufen. Die Werkzeugmacher waren von ihren eigenen Werkzeugen umgebildet worden.

Denn durch den Gebrauch von Keulen und Feuersteinen hatten ihre Hände eine Fertigkeit entwickelt, die nirgends sonst im Tierreich zu finden war und die ihnen gestattete, immer bessere Werkzeuge herzustellen, die ihrerseits ihre Glieder und Hirne weiterentwickelten. Es war wie eine beschleunigte Kettenreaktion, und an ihrem Ende stand der Mensch.

Die ersten wirklichen Menschen besaßen Werkzeuge und Waffen, die nur wenig besser waren als die ihrer Vorfahren vor einer Million Jahren, aber sie konnten sich ihrer mit weit größerem Geschick bedienen. Und irgendwann im Schatten der vergangenen Jahrtausende hatten sie das entscheidendste Instrument von allen erfunden: das der Sprache. Sie hatten zu sprechen gelernt und damit ihren ersten großen Sieg über die Zeit errungen. Denn jetzt konnten die Erkenntnisse einer Generation der nächsten überliefert werden, so daß jedes Zeitalter von den vorangegangenen zu profitieren vermochte.

Zum Unterschied von den Tieren, die nur die Gegenwart

begriffen, hatte der Mensch eine Vergangenheit erworben; und er begann, nach einer Zukunft zu tasten.

Außerdem lernte er die Naturkräfte zu beherrschen. Mit dem Gebrauch des Feuers legte er die Grundlage zur Technik und entfernte sich unvorstellbar weit von seinem tierischen Ursprung. Stein wich der Bronze und Bronze dem Eisen. Viehzucht folgte der Jagd und Landwirtschaft der Viehzucht. Der Stamm wurde zur Dorfgemeinschaft, und aus dieser entstand die Stadt. Worte wurden verewigt, dank gewisser Zeichen auf Stein und Ton und Papyrus. Der Mensch erfand die Philosophie und die Religion. Und er bevölkerte den Himmel mit Göttern.

Während sein Körper immer schutzloser wurde, wurden seine Angriffsmittel immer gefährlicher. Mit Stein und Bronze und Eisen und Stahl verfertigte er jede mögliche Vernichtungswaffe, und relativ bald lernte er, seine Opfer aus der Entfernung zu erlegen. Speer, Pfeil und Bogen, Handfeuerwaffe, Geschütz und schließlich ferngelenkte Geschosse waren Waffen von unbegrenzter Reichweite, die so gut wie unbegrenzte Macht verliehen.

Ohne diese Waffen, obwohl er sie oft genug gegen sich selbst verwendete, hätte der Mensch nie die Welt erobert. Jahrhunderte lang erwiesen sie ihm gute Dienste.

Doch jetzt – solange sie existieren – droht ihm die gleiche Gefahr wie vor Millionen Jahren: die Ausrottung.

TMA-I

Sonderflug

Wie oft auch immer er die Erde verließ, sagte sich Dr. Heywood Floyd, es blieb stets ein aufregendes Ereignis. Er war einmal auf dem Mars gewesen und dreimal auf dem Mond und auf den verschiedenen Raumstationen öfter, als er sich entsinnen konnte. Doch wenn sich der Moment des Abflugs näherte, spürte er regelmäßig eine gewisse Spannung, eine Art Neugier und auch Nervosität – als ob er eine gewöhnliche Erdratte wäre, die ihre erste Raumtaufe erhielt.

Die Düsenmaschine, die ihn nach der Mitternachtskonferenz mit dem Präsidenten aus Washington herüberbrachte, ging jetzt auf eine Landschaft nieder, die – obwohl vertraut genug – zu den erregendsten der Welt gehörte. Hier lagen, über zwanzig Meilen der Küste von Florida umfassend, zwei Generationen des Raumzeitalters. Gegen Süden, abgesteckt durch rote Warnlichter, erhoben sich die riesigen Konstruktionstürme der Saturns und Neptuns, die einst den Weg zu den Planeten gewiesen hatten und jetzt bereits Museumsstücke waren. Nahe dem Horizont stand im Scheinwerferlicht die letzte Saturn V, die fast zwanzig Jahre lang ein vielbesuchtes Nationaldenkmal gewesen war. Nicht weit davon ragte wie ein von Menschen geschaffener Berg die ungeheure Masse des alten Raumschiffmontagegebäudes zum Himmel.

Doch alle diese Dinge gehörten bereits der Vergangenheit an, und er befand sich auf dem Weg in die Zukunft. Als sie landeten, konnte Dr. Floyd unter sich ein Häusergewirr sehen, dann eine große Landebahn und schließlich ein breites schnurgerades Band, das sich quer durch die Landschaft von Florida zog: die Schienen einer riesigen Startrampe. An ihrem Ende, umgeben von Fahrzeugen und

Docks lag in einem grellen Lichtkreis ein Raumschiff, bereit zum Abflug zu den Sternen. In einer plötzlichen Verzerrung der Perspektive, hervorgerufen durch schnellen Wechsel von Geschwindigkeit und Höhe, schien es Floyd, daß er auf eine kleine Silbermotte hinabblickte, die sich im Strahl einer Laterne verfangen hatte.

Später wurde ihm erst durch die winzig kleinen hin und her eilenden Figuren auf dem Boden die wirkliche Größe des Raumfahrzeugs bewußt; es mußte zwischen dem schmalen V seiner Flügel gute sechzig Meter messen. »Und dieses grandiose Vehikel«, sagte sich Floyd, »wartet auf mich, auf mich allein!« Der Gedanke daran schien fast unglaublich und erfüllte ihn mit großem Stolz. Seines Wissens war es das erstemal, daß ein kompletter Einsatz vorbereitet wurde, um einen einzigen Mann zum Mond zu bringen.

Es war zwei Uhr morgens, trotzdem erwartete ihn eine Gruppe von Reportern und Kameraleuten auf seinem Weg zur scheinwerferbestrahlten Orion III. Einige von ihnen erkannte er, denn Pressekonferenzen waren für den Präsidenten des Nationalen Rats für Astronautik ein Teil seines Lebens. Doch es war weder der passende Zeitpunkt noch der geeignete Ort für Erklärungen. Er konnte den Journalisten auch nichts mitteilen. Immerhin war es wichtig, die Herren von Presse, Funk und Fernsehen nicht vor den Kopf zu stoßen.

»Dr. Floyd? Ich bin Jim Forster von ›Associated News‹. Können Sie uns über Ihren Flug etwas mitteilen?«

»Tut mir leid – ich kann nichts sagen.«

»Aber es ist richtig, daß Sie vor kurzem mit dem Präsidenten gesprochen haben?« fragte eine ihm bekannte Stimme.

»Oh – hallo, Mike. Ich fürchte, man hat Sie für nichts und wieder nichts aus dem Bett geholt. Kein Kommentar.«

»Können Sie zumindest bestätigen oder dementieren, daß auf dem Mond eine Art Epidemie ausgebrochen ist?« fragte ein Fernsehreporter, der sich vorgedrängt hatte und eine handgroße TV-Kamera auf Floyd richtete.

»Tut mir leid.« Er schüttelte den Kopf.

»Und die Quarantäne?« wollte ein anderer Reporter wissen. »Wie lange wird man sie aufrechterhalten?«

»Kein Kommentar.«

»Dr. Floyd«, fragte eine entschlossene Berichterstatterin mit beinahe drohender Stimme, »welche Rechtfertigung kann es für die totale Nachrichtensperre vom Mond geben? Hat sie irgend etwas mit der politischen Situation zu tun?«

»Mit *welcher* politischen Situation?« stellte Floyd eine trockene Gegenfrage.

Einige der Umstehenden lachten, und einer rief: »Guten Flug, Doktor!« Da hatte er die Gruppe schon hinter sich gelassen.

Wenn er sich recht erinnerte, handelte es sich tatsächlich nicht um eine Situation, sondern um eine permanente Krise. Seit den siebziger Jahren war die Welt von zwei Problemen beherrscht, die ironischerweise dazu neigten, sich gegenseitig aufzuheben.

Obwohl Geburtenkontrolle billig, verläßlich und von den Hauptreligionen geduldet war, hatte ihre Wirkung zu spät eingesetzt. Die Bevölkerung der Welt war auf sechs Milliarden angewachsen, von denen ein Drittel in China lebte. In autoritären Ländern hatte man Gesetze verabschiedet, die Familien verboten, mehr als zwei Kinder zu haben. Aber sie hatten sich als undurchführbar erwiesen. Das Ergebnis der Bevölkerungsexplosion war eine allgemeine Lebensmittelknappheit; sogar die Vereinigten Staaten hatten »fleischlose Tage« eingeführt, und trotz heroischer Anstrengungen, das Meer landwirtschaftlich nutzbar zu machen und synthetische Lebensmittel zu entwickeln, hatte man für einen nicht allzu fernen Zeitpunkt – etwa zwölf bis fünfzehn Jahre – eine große Hungersnot vorausgesagt.

Internationale Zusammenarbeit war dringlicher denn je, doch immer noch gab es so viele Grenzen wie in früheren Zeiten. In Millionen Jahren hatte die menschliche Rasse ihre aggressiven Instinkte kaum verloren. Und trotz der Beteuerungen der Politiker bewachten die 38 Atommächte einander mißtrauisch. Zusammen besaßen sie genügend Megatonnen von Atomenergie, um die gesamte Erdoberfläche zu vernichten. Doch obwohl sie – wie durch ein Wunder – lange genug keine Atomwaffen benutzt hatten, konnte die gegenwärtige Situation kaum anhalten.

Und jetzt, aus unverständlichen Gründen, boten die Chinesen den kleinsten Entwicklungsländern ein komplettes Atomarsenal von fünfzig Sprengköpfen mit den dazugehörigen Trägerraketen an. Die Kosten beliefen sich auf weniger als zweihundert Millionen Dollar, die in bequemen Ratenzahlungen beglichen werden konnten.

Vielleicht bemühten sie sich, ihr sinkendes Sozialprodukt wettzumachen, indem sie – wie einige Beobachter vermuteten – veraltete Waffensysteme in harte Währung umzuwandeln versuchten. Oder sie hatten derart fortschrittliche Methoden der Kriegführung entdeckt, daß sie auf derartige Spielzeuge verzichten konnten. Man redete von Funkhypnose durch Satellitensender, Suggestionsviren und Erpressung durch künstliche Krankheiten, für die sie allein Gegenmittel besaßen. Alle diese Ideen waren wahrscheinlich gezielte Propagandaprodukte oder reine Phantasie, aber es war riskant, sie einfach nicht zur Kenntnis zu nehmen. Jedesmal, wenn Floyd die Erde verließ, fragte er sich, ob er sie bei seiner Rückkehr noch vorfinden werde.

Die hübsche Stewardeß begrüßte ihn, als er in die Kabine trat. »Guten Morgen, Dr. Floyd. Ich bin Miß Simmons – ich möchte Sie im Namen von Captain Tynes und unserem Kopiloten Ballard an Bord willkommen heißen.«

»Danke«, sagte Floyd lächelnd und fragte sich, warum Stewardessen immer wie Reiseführer sprachen, deren Stimme auf Tonband aufgenommen war.

»Wir starten in fünf Minuten«, sagte sie und wies in die leere zwanzigsitzige Kabine. »Sie können sich hinsetzen, wohin Sie wollen, aber Captain Tynes empfiehlt den vorderen Fensterplatz links, falls Sie dem Anlegemanöver zusehen wollen.«

»Gerne«, erwiderte er und ging auf den bevorzugten Platz zu. Die Stewardeß beschäftigte sich noch ein bißchen mit ihm, dann zog sie sich in ihre Koje zurück.

Floyd machte es sich bequem, befestigte den Sicherheitsgurt um Taille und Schultern und schnallte seine Aktentasche an den Nebensitz. Gleich darauf ertönte aus dem Lautsprecher die sanfte Stimme von Miß Simmons: »Guten Morgen. Das ist Sonderflug drei, Kap Kennedy zu *Raumstation Eins*.«

Sie schien entschlossen zu sein, ihr gewohntes Programm

für ihn allein zu absolvieren, und Floyd konnte ein Lächeln nicht unterdrücken, als sie unerschütterlich fortfuhr: »Unser Transit wird 55 Minuten dauern. Maximale Beschleunigung 2 g, Schwerelosigkeit 30 Minuten. Bitte verlassen Sie Ihren Sitz nicht, bevor das Sicherheitszeichen aufblinkt.«

Floyd blickte über seine Schulter und rief: »Danke.« Ihr Lächeln war etwas verlegen. Er lehnte sich bequem in seinen Sitz zurück. Diese Reise, kalkulierte er, würde die Steuerzahler etwas über eine Million Dollar kosten. Wenn sie sich nicht verantworten ließ, würde er seine Stellung verlieren. Aber er konnte immer noch zur Universität und seinen unterbrochenen Studien über Planetenbildung zurückkehren.

»Countdown im Gang«, kam die Stimme des Flugkapitäns über den Lautsprecher. »Wir heben in Kürze ab.«

Wie immer, schien es ihm mehr als eine Stunde zu dauern. Floyd wurde sich der gewaltigen Kräfte bewußt, die sich um ihn ansammelten, um im entscheidenden Moment freigegeben zu werden. In den Treibstofftanks und den Brennkammern war die Energie einer Atombombe vereinigt. Und das alles bloß, um ihn über zweihundert Kilometer von der Erde wegzubringen!

Man war vom altmodischen Countdown 5 – 4 – 3 – 2 – 1 – 0 abgekommen, das dem menschlichen Nervensystem so unzuträglich war.

»Start in fünfzehn Sekunden. Es wird empfohlen, tief zu atmen.«

Das war nicht nur vom psychologischen, sondern auch vom medizinischen Standpunkt aus ratsam. Floyd pumpte seine Lungen mit Sauerstoff voll und hatte das angenehme Gefühl, für alles gewappnet zu sein, wenn das Tausendtonnenschiff auf seinem Feuerstrahl hoch über dem Atlantik emporschoß.

Es war schwer zu sagen, wann sie die Erde verließen und sich in die Luft zu erheben begannen, doch als das Dröhnen der Raketen plötzlich um das Doppelte anschwoll und Floyd spürte, daß er tiefer und tiefer in die Kissen seines Sitzes gepreßt wurde, wußte er, daß die Treibsätze der ersten Stufe gezündet hatten. Er wollte gern aus dem Fenster sehen, doch die kleinste Drehung des Kopfes kostete ihn bereits eine große Anstrengung. Trotzdem empfand er kein Unbehagen – im Gegenteil, der Beschleunigungsdruck und der überwältigende Motorendonner erzeugten ein außerordentliches Wohlgefühl. Es klang ihm in den Ohren, das Blut pulsierte in den Adern, und Floyd fühlte sich vitaler als seit Jahren. Er war wieder jung, und er hatte das Bedürfnis, laut zu singen.

Die Stimmung verflog sehr schnell, als er merkte, daß er die Erde bereits verlassen hatte. Tief unter ihm waren seine drei Kinder, die ohne Mutter aufwuchsen, seit seine Frau vor zehn Jahren den Unglücksflug nach Europa unternommen hatte. War es wirklich schon zehn Jahre her...?

Er hatte beinahe jedes Zeitgefühl verloren, als der Druck und das Dröhnen abrupt nachließen und die Sprechanlage der Kabine verkündete: »Achtung! Zündung der zweiten Stufe.«

Es gab einen kleinen Ruck, dann hatte sich die ausgebrannte Trägerrakete vom Raumschiff gelöst und glitt in einem 16 000-Kilometer-Bogen wieder nach Kap Kennedy zurück. In wenigen Stunden würde sie – mit neuem Brennstoff versehen – bereit sein, einen anderen Gefährten auf die Bahn zu ungeahnten Höhen zu bringen, die sie selbst nie erreichen konnte.

Jetzt, dachte Floyd, sind wir schon auf dem halben Weg zur Umlaufbahn. Als die neue Beschleunigung einsetzte, war der Druck viel weniger stark, er fühlte kaum mehr als die normale Schwere. Aber es wäre ihm unmöglich gewesen, auf und ab zu gehen, da der Richtungszeiger »Hinauf« jetzt genau gegen die Vorderseite der Kabine gerichtet war. Wäre er töricht genug gewesen, seinen Sitz zu verlassen, würde er sofort gegen die Rückwand geschleudert worden sein.

Die Wirkung war leicht verwirrend, denn das Raumschiff schien auf seinem Rumpfende zu stehen. Da sich Floyd ganz vorne in der Kabine befand, hatte er den Eindruck, daß alle Sitze senkrecht unter ihm an der Wand befestigt wären. Er versuchte, diese unbehagliche Illusion zu ignorieren, als außerhalb des Schiffes die Dämmerung anbrach.

Es glich einer Explosion. In Sekundenschnelle rasten sie durch Schleier von Blutrot und Gold und Blau in das grelle Weiß des Tages. Obwohl die Fenster stark getönt waren, um die glühende Helligkeit zu mildern, blendeten die Strahlen des Sonnenlichts, das jetzt in die Kabine drang, Floyd für einige Zeit. Er befand sich zwar im Weltraum, aber es war unmöglich, die Sterne zu sehen.

Er hielt die Hand vor die Augen und versuchte, durch das Fenster an seiner Seite zu blicken. Draußen leuchtete der Pfeilflügel des Schiffes im reflektierten Sonnenlicht wie weißglühendes Metall. Rundherum gab es nichts als absolute Finsternis. Diese Finsternis mußte voll von Sternen sein, aber sie waren nicht zu sehen.

Das Schweregefühl verlor sich langsam, die Triebwerke wurden gedrosselt, als das Raumschiff in die Umlaufbahn glitt. Das Donnern der Maschinen verringerte sich zu einem gedämpften Dröhnen, dann gab es ein sanftes Pfeifen und schließlich Stille! Wäre er nicht festgeschnallt gewesen, würde es Floyd aus seinem Sitz gehoben haben; in der Magengrube empfand er ohnehin ein alarmierendes Gefühl. Aber er vertraute auf die Pillen, die man ihm vor einer halben Stunde und vor sechzehntausend Kilometern gegeben hatte. In seiner ganzen Karriere war er nur einmal raumkrank gewesen, und das war schon einmal zuviel.

Die Stimme des Piloten kam klar über den Kabinensprecher: »Bitte beachten Sie alle Null-g-Anweisungen. Wir docken auf *Raumstation Eins* in 45 Minuten.«

Die Stewardeß kam den schmalen Korridor zwischen den Sitzen entlang. Sie ging langsam und vorsichtig, und ihre Füße hoben sich wie widerwillig vom Boden, als ob sie in einer stickigen Masse steckten. Sie hielt sich auf dem hellen gelben Streifen des Velcro-Belags, der die gesamte Länge des Bodens durchlief und ebenso die der Decke. Der Teppich und auch die Sohlen ihrer Sandalen waren mit einer Unzahl kleiner Haken versehen, so daß sie fest ineinander griffen. Ihre Geschicklichkeit, sich trotz des freien Falls mit Grazie zu bewegen, war für die desorientierten Passagiere stets eine große Beruhigung.

»Wünschen Sie Kaffee oder Tee, Dr. Floyd?« fragte sie munter.

»Nein, danke«, lehnte er lächelnd ab. Er fühlte sich immer wie ein Baby, wenn er an den Plastik-Trinktüten saugen sollte.

Die Stewardeß hielt sich immer noch beflissen in seiner Nähe, als er seine Aktentasche öffnete und Dokumente herausnahm.

»Doktor Floyd, darf ich Ihnen eine Frage stellen?«

»Natürlich«, erwiderte er freundlich und blickte sie über seine Brillengläser an.

»Mein Bräutigam ist Geologe auf Clavius«, sagte Miß Simmons und wog jedes ihrer Worte sorgfältig ab, »und ich habe seit über einer Woche nichts von ihm gehört.«

»Das tut mir leid für Sie. Vielleicht ist er im Moment nicht auf seiner Basis und kann Sie nicht erreichen.«

Sie schüttelte den Kopf. »Er sagt mir immer rechtzeitig, wenn das der Fall ist. Sie können sich vorstellen, wie besorgt ich bin – bei all den Gerüchten! Herrscht wirklich eine Epidemie auf dem Mond?«

»Selbst wenn es eine gäbe, müßte man sich nicht beunruhigen. Denken Sie an die Quarantäne von 1998 oder an die letzte Grippe mit dem neuen Virus. Eine Menge Leute waren krank, aber niemand starb. Und das ist wirklich alles, was ich Ihnen sagen kann«, endete er mit Bestimmtheit.

Miß Simmons lächelte freundlich und richtete sich auf. »Besten Dank, Doktor. Es tut mir leid, wenn ich Sie belästigt habe.«

»Keine Ursache«, sagte er höflich, ohne merken zu lassen, daß ihm das Gespräch peinlich gewesen war. Dann vertiefte er sich in die endlosen technischen Berichte, in einem verzweifelten Versuch, den üblichen Rückstand aufzuarbeiten.

Wenn er auf dem Mond war, würde er keine Zeit zum Lesen haben.

Rendezvous im Raum

Eine halbe Stunde später meldete der Pilot: »Kontakt in zehn Minuten, bitte Sicherheitsgurte prüfen.«

Floyd gehorchte und verstaute seine Papiere. Es war nicht ratsam, während dieses himmlischen Jongleurakts, den die letzten dreihundertsechzig Kilometer erforderten, zu lesen. Es war am besten, man schloß die Augen und entspannte sich, während das Raumschiff durch kurze Schübe der Steuerdüsen hin und her dirigiert wurde.

Einige Minuten später warf er einen ersten Blick auf die nur wenige Meilen entfernte *Raumstation Eins.* Die Sonne glitzerte auf der polierten Metalloberfläche der langsam rotierenden dreihundert Meter großen Scheibe. Nicht weit davon bewegte sich auf derselben Umlaufbahn ein pfeilflügeliges Titov-V-Raumschiff, und ganz nahe von diesem ein beinahe kugelförmiger Aries-1 B, das »Arbeitspferd« des Weltraums, ein Mondbus mit vier ausgestreckten Beinen, die dazu bestimmt waren, den Schock der Landung abzufangen.

Die Orion III kam aus einer höheren Umlaufbahn, welche die Erde hinter der Station in einem gloriosen Licht erscheinen ließ. Aus zweihundertsechzig Kilometer Höhe konnte Floyd einen großen Teil von Afrika und dem Atlantischen Ozean sehen. Obwohl vereinzelte Nebelbänke die Sicht verhüllten, konnte er doch deutlich die blaugrünen Konturen der Goldküste erkennen.

Die Mittelachse der Raumstation mit ihren weit auslaufenden Landearmen bewegte sich jetzt langsam auf das Raumschiff zu. Zum Unterschied von dem großen Außenring, in den sie eingebaut war, rotierte sie nicht – oder besser gesagt, sie drehte sich entgegengesetzt, mit einer Geschwindigkeit, welche die Umlaufbewegung der eigentlichen Station ausglich. Daher ließ sich ein ankommendes Raumschiff zur Übernahme von Personen oder Fracht ankoppeln, ohne herumgewirbelt zu werden.

Mit einem kaum merklichen Ruck wurde zwischen Schiff und Station der Kontakt hergestellt. Man hörte metallische Geräusche von außen, dann ein kurzes Zischen von ausströmender Luft, als die Druckdifferenzen ausgeglichen wurden. Einige Sekunden später öffnete sich die Einstiegluke, und ein Mann in Slacks und kurzärmeligem Hemd betrat die Kabine.

»Freut mich Sie kennenzulernen, Dr. Floyd. Ich bin Nick Miller vom Sicherheitsdienst der Station. Ich soll mich um Sie kümmern, bis der Mondbus abfährt.«

Nach dem üblichen Händeschütteln wandte sich Floyd noch an die Stewardeß: »Meine Komplimente an Captain Tynes, und besten Dank für die angenehme Fahrt. Vielleicht sehe ich Sie auf meinem Heimweg wieder.«

Es war über ein Jahr her, daß er sich zuletzt im schwerelosen Raum bewegt hatte, und man brauchte immer etwas Zeit, bevor man seine Bewegungen unter Kontrolle hatte. Vorsichtig und unter Benützung der überall angebrachten Handgriffe schob er sich durch die Luke in die große runde Ankunftshalle auf der Achse der Raumstation. Sie war ringsum gepolstert, auch hier gab es an den Wänden zahlreiche Handgriffe. Floyd hielt sich an einem dieser Handgriffe fest, während die ganze Halle langsam zu rotieren begann, bis sie der Umlaufbewegung der Gesamtstation angepaßt war.

Als sich die Rotation beschleunigte, wurde er von der zunehmenden Schwerkraft erfaßt und fühlte sich sanft gegen die gewölbte Wand gepreßt. Jetzt stand er da, leicht hin und her schwankend wie ein Grashalm im Wind. Die Zentrifugalkraft der rotierenden Station hatte ihn erfaßt. Hier, so nahe der Achse, war sie relativ schwach, aber je weiter er sich vorbewegte, desto stärker würde sie werden.

Er verließ die zentrale Ankunftshalle und folgte Miller über eine nach unten führende Treppe. Zuerst war sein Gewicht so gering, daß er wieder die Handgriffe zu Hilfe nehmen mußte. Erst als er das Foyer erreichte, das sich am äußeren Rand der großen rotierenden Scheibe befand, hatte sein Gewicht in einem Maß zugenommen, das ihm gestattete, sich normal zu bewegen.

Das Foyer war seit seinem letzten Besuch umgestaltet und mit neuen Einrichtungen versehen worden. Außer dem Restaurant und dem Postamt gab es jetzt einen Frisiersalon, einen Drugstore, ein Kino und einen Kiosk mit Fotografien und Dias von Mond- und Planetenlandschaften. Auch kleine Erinnerungsbruchstücke von Luniks, Rangers und Surveyors waren erhältlich, garantiert original, sauber in Plastik eingefaßt und sündhaft teuer.

»Wollen Sie etwas trinken, während wir warten?« fragte Miller. »Wir gehen in etwa dreißig Minuten an Bord.«

»Ich hätte gern einen schwarzen Kaffee – mit zwei Stück Zucker – und ich möchte mit der Erde telefonieren.«

»Selbstverständlich, Doktor. – Ich bringe Ihnen den Kaffee – die Telefonzellen sind dort drüben.«

Die Zellen waren nur wenige Meter von einer Sperre mit

zwei Eingängen entfernt, auf deren Schildern man lesen konnte: *Willkommen im US-Sektor* und *Willkommen im Sowjetsektor*. Darunter stand in englischer, russischer, chinesischer, französischer, deutscher und spanischer Sprache:

Bitte bereithalten:
Paß
Visum
Gesundheitszertifikat
Passierschein
Gewichtsangabe

Es war angenehm zu wissen, daß man, sobald man die Sperre in einer der beiden Richtungen passiert hatte, wieder mit den anderen Passagieren zusammenkam. Die Trennung diente rein administrativen Zwecken.

Floyd überzeugte sich, daß die Vorwählnummer für die Vereinigten Staaten immer noch 81 war, wählte seine zwölfstellige Privatnummer, steckte seine Allzweck-Kreditkarte aus Plastik in den Zahlschlitz und bekam die Verbindung innerhalb einer halben Minute.

Washington schlief noch, denn es war tief in der Nacht, aber er würde ohnehin niemanden stören. Seine Haushälterin würde die Botschaft über das Bandgerät hören, sobald sie erwachte.

»Miß Fleming – hier ist Dr. Floyd. Tut mir leid, daß ich Hals über Kopf verreisen mußte. Bitte rufen Sie mein Büro an, und geben Sie Auftrag, meinen Wagen abzuholen – er steht am Dulles-Flughafen, und Mr. Bailey, der Kontrolloffizier, hat den Schlüssel. Dann rufen Sie bitte den Country Club an, und sagen Sie dem Sekretär, ich werde am Tennisturnier nächstes Wochenende nicht teilnehmen können. Bitte entschuldigen Sie mich – ich fürchte, Sie haben mit mir gerechnet. Dann rufen Sie ›Downtown Electronics‹ an, und sagen Sie ihnen, wenn das Fernsehgerät in meinem Studio bis – sagen wir Mittwoch – nicht repariert ist, können sie den verdammten Plunder wieder abholen.«

Er holte Atem und überlegte, welche anderen Probleme noch während seiner Abwesenheit auftauchen könnten. »Wenn Sie Bargeld brauchen, wenden Sie sich ans Büro.

Dringende Botschaften können mich erreichen, aber ich werde vielleicht keine Zeit haben zu antworten. Lassen Sie die Kinder grüßen, und sagen Sie ihnen, ich werde zurückkommen, sobald es mir möglich ist. O verdammt – da ist jemand, den ich nicht sehen will. – Wenn ich kann, rufe ich vom Mond aus an – auf Wiedersehen.«

Floyd versuchte sich unbemerkt aus der Telefonzelle zu drücken, aber es war zu spät; er war bereits gesichtet worden. Durch den Ausgang des Sowjetsektors kam Dr. Dimitri Moisevitch von der Russischen Akademie der Wissenschaften auf ihn zu.

Dimitri war einer von Floyds besten Freunden, und genau aus diesem Grund hätte er an dieser Stelle und zu diesem Zeitpunkt jeden anderen lieber getroffen als den Russen.

Der Mondbus

Der Moskauer Astronom war groß, schlank und blond. Sein faltenloses Gesicht ließ sein wahres Alter nicht erraten. Die letzten zehn seiner fünfunddreißig Jahre hatte er sich damit beschäftigt, auf der erdabgewandten Seite des Mondes ein riesiges Radarobservatorium zu errichten, das inmitten hoher Felswände von allen elektronischen Störungen der Erde abgeschirmt war.

»Hallo, Heywood«, sagte er und schüttelte ihm die Hand. »Das Universum ist klein. Wie geht es dir und den Kindern?«

»Ausgezeichnet«, erwiderte Floyd herzlich, aber mit einem leisen Unterton der Zerstreutheit. »Wir sprechen noch oft über die schönen Sommertage mit dir.« Es tat ihm leid, daß seine Worte nicht aufrichtiger klangen, denn die Ferienwoche in Odessa, zu denen Dimitri sie während eines seiner seltenen Urlaube auf der Erde eingeladen hatte, war wirklich wunderschön gewesen.

»Und du . . .? Ich nehme an, du bist auf dem Weg hinauf?« erkundigte sich Dimitri.

»Ja, ja – wir fliegen in einer halben Stunde«, antwortete Floyd. »Kennst du Mr. Miller?«

Der Sicherheitsoffizier war zu ihnen getreten und stand –

mit einer Plastiktasse Kaffee in der Hand – in respektvollem Abstand.

»Selbstverständlich. Aber bitte keinen Kaffee, Mr. Miller. Es ist Dr. Floyds letzte Chance, einen richtigen Drink zu nehmen, und wir wollen sie nicht versäumen. Nein, nein, ich bestehe darauf.«

Sie gingen mit Dimitri aus dem Foyer in die Aussichtsräume hinüber und setzten sich an einen Tisch, von dem aus sie im gedämpften Licht einen eindrucksvollen Rundblick über die Sterne hatten. Die Raumstation drehte sich in der Minute einmal um sich selbst, und die Zentrifugalkraft, die diese langsame Bewegung erzeugte, schuf ein künstliches Schwerefeld, das dem des Mondes glich. Es hatte sich herausgestellt, daß das ein praktischer Kompromiß zwischen der Erdgravitation und der absoluten Schwerelosigkeit war; außerdem gab es den zum Mond reisenden Passagieren die Möglichkeit, sich zu akklimatisieren.

Außerhalb der breiten Rundfenster glitten die Erde und die Sterne in lautlosem Umzug an ihnen vorbei. Im Moment war die Station von der Sonne abgewandt, sonst hätten sie überhaupt nicht hinausblicken können, denn das grelle Licht hätte sie geblendet. Sogar jetzt beleuchtete der Schein der Erde den halben Himmel und verdunkelte alle Sterne bis auf die hellsten.

Doch als die Station ihre Umlaufbahn zur Nachtseite des Planeten fortsetzte, begann der Schein der Erde langsam zu erlöschen, und in wenigen Minuten würde sie als große schwarze Scheibe erscheinen, die von den Lichtern der Städte übersät war. Und dann würden am Himmel wieder alle Sterne zu sehen sein.

»Hör mal zu«, sagte Dimitri, nachdem er den ersten Drink hinuntergeschüttet hatte und seinen zweiten vorbereitete. »Was soll das ganze Gerede über die Epidemie im amerikanischen Sektor? Ich wollte erst vor kurzem hinüber. ›Nein, Professor‹, erklärten sie, ›es tut uns ehrlich leid, aber bis auf Abruf gibt es strenge Quarantänebestimmungen‹. Ich ließ alle Beziehungen spielen, aber ohne Erfolg. Jetzt sag du mir mal, was los ist.«

Floyd unterdrückte einen Seufzer. Schon wieder diese Fragen!

»Diese – hm – Quarantäne ist eine reine Sicherheitsmaßnahme«, sagte er vorsichtig. »Wir wissen nicht einmal, ob sie wirklich notwendig ist, aber wir wollen kein Risiko eingehen.«

»Aber um was für eine Krankheit handelt es sich? Welches sind ihre Symptome? Könnte sie außerirdisch sein? Können wir euch irgendeine Hilfe von unserem Klinikum anbieten?«

»Leider, Dimitri, haben wir im Moment Anweisungen, keinerlei Auskunft zu geben. Danke für das Angebot, aber wir haben die Sache unter Kontrolle.«

Moisevitch schien nicht überzeugt zu sein. »Jedenfalls sonderbar, daß sie wegen einer Epidemie gerade dich, einen Astronomen, auf den Mond schicken.«

»Du weißt sehr gut, daß ich eigentlich ein Ex-Astronom bin. Seit Jahren habe ich mich nicht mehr mit stellaren Untersuchungen beschäftigt. Jetzt bin ich wissenschaftlicher Experte, praktisch ein Mädchen für alles. Es gibt so gut wie nichts, über das ich nicht Bescheid wissen sollte.«

»Dann weißt du also auch, was TMA-I bedeutete?«

Miller, der gerade trank, verschluckte sich beinahe. Aber Floyd hatte bessere Nerven. Er blickte seinem alten Freund treuherzig in die Augen und fragte gelassen: »TMA-I? Was für eine seltsame Bezeichnung! Wo hast du sie aufgeschnappt?«

»Gib dir keine Mühe«, entgegnete der Russe. »Mich kannst du nicht zum Narren halten. Aber wenn du in irgendwelche Schwierigkeiten gerätst, denen du nicht gewachsen bist, hoffe ich, daß du nicht zögern wirst, mich zu Hilfe zu rufen.«

Miller blickte bedeutungsvoll auf seine Uhr. »In fünf Minuten müssen wir an Bord, Dr. Floyd. Ich glaube, es ist Zeit, daß wir gehen.«

Obwohl er wußte, daß sie noch gute zwanzig Minuten Zeit hatten, erhob sich Floyd hastig. *Zu hastig,* denn er hatte vergessen, daß er nur ein Sechstel seiner üblichen Körperschwere besaß. Er packte die Tischplatte gerade noch rechtzeitig, um nicht davonzuschweben.

»Schön, daß ich dich getroffen habe, Dimitri«, sagte er,

ohne es zu meinen. »Hoffentlich hast du eine angenehme Fahrt zur Erde. Ich rufe dich an, sowie ich zurück bin.«

Als sie dann das Foyer verließen und wieder die amerikanische Kontrolle passierten, bemerkte Floyd: »Das war ziemlich hart. Danke für die Hilfeleistung.«

»Wenn ich mir eine Bemerkung erlauben darf, Doktor«, sagte der Sicherheitsoffizier, »ich hoffe, daß der Russe nicht recht behält.«

»Wie meinen Sie das?«

»Daß wir in Schwierigkeiten geraten, denen wir nicht gewachsen sind.«

»Das«, erwiderte Floyd mit grimmiger Entschlossenheit, »ist gerade, was ich herausfinden will.«

45 Minuten später verließ der Mondbus Aries-1 B die Raumstation. Dazu waren keine gewaltigen Kräfte nötig wie beim Abheben von der Erde. – Man vernahm nur ein fast unhörbares entferntes Pfeifen, als die Sauerstoff-Raketen ihre ionisierten Feuergase in den Raum schossen. Der sanfte Druck hielt über eine Viertelstunde an, und die schwache Beschleunigung würde niemanden gehindert haben, in der Kabine umherzugehen. Aber nach Ablauf dieser Zeit war der Bus nicht länger erdgebunden, wie er es immer noch beim Kreisen mit der Station gewesen war. Er hatte die Bande der Schwerkraft gelöst und war jetzt ein unabhängiger Planet, der die Sonne in seiner eigenen Umlaufbahn umkreiste.

Die Kabine, in der Floyd ganz allein saß, war an sich für dreißig Passagiere bestimmt. Es war ein seltsames Gefühl, all die Sitze ringsum leer zu sehen und den Steward und die Stewardeß einzig mit seiner Person beschäftigt zu wissen – ganz abgesehen vom Piloten, dem Kopiloten und den beiden Ingenieuren. Er zweifelte, daß jemals vorher einem einzigen Mann entsprechende Dienstleistungen erwiesen worden waren, und es war auch nicht sehr wahrscheinlich, daß dies je in Zukunft der Fall sein würde. Er mußte an die zynische Bemerkung eines der verrufenen Päpste denken: »Jetzt, da Wir das Pontifikat errungen haben, wollen Wir es auch genießen.« Ja, er würde diese Reise genießen und auch das Wohlgefühl der Schwerelosigkeit. Mit dem Verlust der Schwere hatte er zumindest für einige Zeit die meisten Sorgen über Bord geworfen. Jemand hatte einmal gesagt, daß man im Weltraum zwar entsetzt, aber nicht bedrückt sein könne. Und er wußte, daß dieser Jemand recht hatte.

Es schien, als ob die Stewards es sich zum Ziel gesetzt hätten, ihn die ganzen 24 Stunden der Fahrt mit Essen vollzustopfen. Er hatte ständig damit zu tun, die angebotenen Mahlzeiten zurückzuweisen. Essen bei Anziehungskraft Null war nicht wirklich schwierig. Er saß an einem Tisch, an dem die Teller mit Klammern befestigt waren wie an Bord eines Schiffes bei hohem Seegang. Alle Gänge waren so zubereitet, daß sie sich nicht vom Teller lösen und durch die Kabinen wandern konnten. Ein Steak zum Beispiel klebte mittels einer dicken Sauce auf dem Teller und ein Salat mit Hilfe einer klebrigen Mayonnaise. Mit ein bißchen Sorgfalt gab es wenig, was nicht ohne Schwierigkeit serviert werden konnte; die einzigen verbotenen Speisen waren heiße Suppen und allzu krümelige Desserts. Mit Getränken verhielt es sich freilich anders; alle Flüssigkeiten mußten aus Drucktuben aus Plastik getrunken werden.

Eine ganze Generation heroischer, aber unbesungener Techniker hatte sich mit der Konstruktion des Waschraums beschäftigt. Die neuesten Modelle galten als narrensicher. Floyd suchte einen auf, sobald der freie Fall begonnen hatte. In der kleinen Kammer gab es alle Einrichtungen einer normalen Flugzeugtoilette, aber sie war erfüllt von einem roten Licht, das in den Augen brannte. Eine große Tafel verkündete in unübersehbarer Druckschrift: *Wichtig! Bitte befolgen Sie in Ihrem eigenen Interesse alle Anweisungen!*

Floyd setzte sich (selbst im schwerelosen Zustand ließ man nicht von dieser Gewohnheit ab) und studierte die Anweisungen mit der gebührenden Sorgfalt. Als er sicher war, daß seit seiner letzten Reise keine Veränderungen vorgenommen worden waren, drückte er den *Start*-Knopf.

Sofort begann ein Elektromotor zu summen, und Floyd fühlte, daß er sich bewegte. Wie vorgeschrieben, schloß er die Augen und wartete ab. Nach einer Minute ertönte ein leiser Gongschlag, und er blickte sich um.

Die Beleuchtung war nun nicht länger rot, sondern in ein mildes gedämpftes Rosa übergegangen. Überdies befand er sich wieder in einem Schwerefeld. Nur eine äußerst schwache Vibration verriet, daß es eine künstliche war, die durch eine karussellartige Kreisbewegung der gesamten Toilette hervorgerufen wurde. Floyd nahm ein Stück Seife, ließ es los und beobachtete seinen langsamen Fall; er schätzte, daß die Zentrifugalkraft etwa einem Viertel der normalen Schwerkraft entsprach. Aber das genügte; es garantierte, daß sich jeder Gegenstand in der angemessenen Richtung bewegte.

Er drückte den *Exit*-Knopf und schloß erneut seine Augen. Langsam verließ ihn das Schweregefühl, als die Rotation aufhörte; ein doppelter Gongschlag ertönte, und das rote Warnlicht flammte auf. Die Tür befand sich wieder in der richtigen Position, so daß er sie aufschließen konnte. Er trat in die Kabine hinaus; die Schwerelosigkeit war längst keine Neuigkeit mehr für ihn, und mit Hilfe seiner Velcro-Haftschuhe war er imstande, auf dem Saugteppich fast normal zu gehen.

Obwohl er auf seinem Sitz blieb und las, gab es doch viele Möglichkeiten, die Zeit totzuschlagen. Wenn er von den offiziellen Berichten und Memoranden genug hatte, steckte er den Kontakt des Nachrichtenschirms in die Steckdose, die ihn mit dem Informationsstromkreis des Schiffes verband. Nacheinander konnte er jetzt die wichtigsten elektronischen Zeitungen der Welt Revue passieren lassen; er kannte die Codes von denen, die er zu lesen pflegte, auswendig und hatte es nicht nötig, die Liste zu Rate zu ziehen, die sich auf der Rückseite des Schirms befand. Erst überflog er die Titelseiten, auf denen sämtliche im Innern enthaltenen Artikel in Form von Schlagzeilen vermerkt waren, und notierte die, welche ihn interessierten. Jeder Artikel hatte eine zweistellige Referenznummer, und wenn er diese beiden Ziffern auf einer Tastatur drückte, erschien er auf dem Schirm als briefmarkengroßes Rechteck, das sich schnell vergrößerte, bis er die gesamte Fläche ausfüllte und sich bequem lesen ließ. Wenn er den Artikel beendet hatte, stellte er wieder eine Titelseite ein und wählte ein neues Thema zur sorgfältigen Lektüre.

Manchmal fragte sich Floyd, ob dieser Apparat mit seiner phantastischen Technik die letzte menschliche Errungenschaft auf dem Gebiet der Nachrichtenübermittlung sei. Er befand sich im Weltraum und entfernte sich mit einer Geschwindigkeit von Tausenden Stundenkilometern von der Erde. Doch in Bruchteilen von Sekunden konnte er jeden beliebigen Zeitungsartikel lesen. Der Text wurde von Stunde zu Stunde ausgewechselt, und selbst wenn einer nur Englisch verstand, konnte er sein ganzes Leben lang damit verbringen, den ständigen Informationsstrom der Nachrichtensatelliten zu verfolgen.

Man konnte sich schwer vorstellen, daß das System verbessert werden könnte. Aber früher oder später, meinte er, würde es trotz allem veraltet sein und durch etwas Neues und so Unvorstellbares ersetzt werden, wie dieser Nachrichtenschirm dem alten Gutenberg erschienen wäre.

Das Lesen der winzigen elektronischen Schlagzeilen ließ noch einen anderen Gedanken in ihm wach werden. Je wunderbarer die Kommunikationsmittel wurden, um so banaler der von ihnen übermittelte Inhalt. Unfälle, Verbrechen, Naturkatastrophen, Kriegsdrohung und pessimistische Leitartikel schienen immer noch der Hauptinhalt der Millionen Wörter zu sein, die in den Äther gesendet wurden. Aber er fragte sich auch, ob das zu verwerfen war. Die Zeitungen idealer Welten, fand er, müßten entsetzlich langweilig sein.

Von Zeit zu Zeit kamen der Kapitän und die anderen Besatzungsmitglieder in die Kabine und plauderten mit ihm. Sie behandelten ihren distinguierten Passagier mit großem Respekt und brannten zweifellos vor Neugier, etwas über seine Mission zu erfahren, aber sie waren viel zu höflich, um indiskrete Fragen zu stellen.

Nur die kleine entzückende Stewardeß war in seiner Gegenwart völlig ungezwungen. Floyd erfuhr, daß sie aus Bali stammte; und sie brachte in diese Regionen jenseits der Atmosphäre etwas von der geheimnisvollen Grazie ihrer immer noch von der modernen Zivilisation wenig heimgesuchten Insel. Eine der seltsamsten und reizendsten Erinnerungen an diese Reise war die Null-g-Darbietung einiger klassischer balinesischer Tanzbewegungen gegen den Hintergrund des blaugrünen Halbmonds der entschwindenden Erde.

Dann kam die Schlafenszeit; die Hauptbeleuchtung wurde abgedreht, und Floyd befestigte seine Arme und

Beine mit elastischen Tüchern, die verhindern würden, daß er in die Luft schwebte. Es sah wie ein primitives Nachtlager aus, aber in der Schwerelosigkeit war die kissenlose Couch bequemer als die weichste Matratze in seinem Haus.

Nachdem er sich angeschnallt hatte, schlief Floyd schnell ein. Doch plötzlich erwachte er wieder und sah sich verwirrt in der ihm ungewohnten Umgebung um, als ob er noch in einem Traum befangen wäre. Einen Moment lang hatte er das Gefühl, sich inmitten eines gedämpft beleuchteten Lampions zu befinden. Doch dann sagte er sich: »Schlaf wieder ein, mein Junge. Es ist nichts als ein gewöhnlicher Mondbus.«

Als er erwachte, füllte der Mond bereits die Hälfte des sichtbaren Himmels aus, und die Bremsmanöver nahmen ihren Anfang. Später, als man durch die großen Panoramafenster der Passagierabteilung nur mehr das offene Firmament erblickte und nicht den sich nähernden Erdtrabanten, ging er in die Pilotenkanzel. Hier, an den Rückspiegel-Fernsehschirmen, konnte er die Endphasen der Landung beobachten.

Die näher kommenden Mondberge waren ganz anders als die der Erde; sie besaßen weder Schneekappen noch Vegetation noch Wolkenkronen. Trotzdem verlieh ihnen der scharfe Gegensatz von Licht und Schatten eine seltsame Schönheit. Die üblichen Gesetze der Ästhetik waren hier nicht anwendbar; diese Welt war durch extraterritoriale Kräfte geformt worden, die Äonen hindurch wirksam gewesen waren und nicht das geringste mit der jungen grünen Erde zu tun hatten, mit ihren kommenden und gehenden Eiszeiten, ihren steigenden und fallenden Meeren und mit ihren sich aufwölbenden und später abgetragenen Gebirgsketten. Hier verschwand der Begriff des Alterns, aber nicht der des Todes, denn auf dem Mond hatte nie Leben existiert – bis jetzt.

Das niedergehende Schiff befand sich nun beinahe direkt über der Trennungslinie von Tag und Nacht, und unter ihm sah man ein Gewirr von zackigen Schatten und glitzernden Spitzen im ersten Licht der langsamen Monddämmerung. Dies wäre – trotz aller elektronischen Hilfsmittel – ein gefährlicher Landungsplatz gewesen. Aber sie ließen ihn hinter sich und bewegten sich auf die Nachtseite des Erdtrabanten zu.

Dann sah Floyd, als sich seine Augen an das schwächere Licht gewöhnt hatten, daß die Nachtseite keineswegs völlig dunkel war. Sie glänzte in einem geisterhaften Schein, in dem Bergspitzen, Täler und Ebenen deutlich auszunehmen waren. Die Erde, jetzt ein gigantischer Mond des Mondes, überflutete das tiefliegende Land mit ihrer Strahlung.

Auf der Schalttafel des Piloten flackerten Radarsignale auf, auf den Computerschirmen erschienen und verschwanden Zahlen, welche die Distanz von dem sich nähernden Mond anzeigten. Sie waren noch über tausend Meilen entfernt, als sich die Bremsraketen langsam, aber sicher bemerkbar machten. Langsam, sehr langsam, begann der Mond den gesamten sichtbaren Himmel auszufüllen, die Sonne sank unter den Horizont, und schließlich war überhaupt nichts anderes mehr zu sehen als ein einzelner Riesenkrater. Der Mondbus näherte sich den Spitzen, die seinen Rand umgaben – und plötzlich merkte Floyd, daß auf einer dieser Spitzen ein helles Licht in regelmäßigen Intervallen aufleuchtete. Es war kaum anders als das Signallicht eines Flughafenkontrollturms auf der Erde, aber er starrte wie gebannt darauf, mit einem Gemisch von Ergriffenheit und Triumph. Es bewies, daß der Mensch auf dem Mond eine Basis errichtet hatte.

Jetzt waren sie schon so tief innerhalb des enormen Kraters, daß sein Rand über dem Horizont verschwunden war und seine Ausbuchtungen in ihrer ganzen Größe zu sehen waren. Manche von ihnen, obwohl sie aus der Ferne winzig klein erschienen, besaßen eine Ausdehnung von vielen Kilometern und hätten ganze Städte verschlucken können.

Mit Hilfe seiner automatischen Kontrollen glitt der Mondbus auf die kahle Landschaft zu, die im Licht der großen Erdkugel schimmerte. Jetzt wurde eine Stimme hörbar, die das Pfeifen der Düsen und das elektronische Piep-piep-piep in der Kabine übertönte: »Clavius-Kontrolle an Aries-1B. Landemanöver perfekt. Bitte überprüfen Sie Handbedienung von Fahrgestell, hydraulischem Druck und Stoßpuffer-Elastizität!«

Der Pilot drückte verschiedene Schalthebel nieder, grüne

Lichter flammten auf, und er rief zurück: »Handbedienung überprüft; Fahrgestell, hydraulischer Druck und Stoßpuffer O. K.«

»Roger«, erwiderte der Mond. Kein Wort wurde mehr gewechselt. Der weitere Austausch von Positionsangaben und Anweisungen erfolgte ausschließlich automatisch — mit Hilfe von Apparaten, die sich durch binare Impulse tausendmal schneller verständigen konnten, als es ihren langsam denkenden Schöpfern möglich gewesen wäre.

Jetzt war der Boden nur mehr einige hundert Meter entfernt, und ein Signallicht flackerte über einer Gruppe niedriger Bauten und seltsamer Vehikel. In dieser Endphase der Landung schienen die Düsen eine sonderbare Melodie zu spielen, während die letzten Vorbereitungen für den Moment des Aufsetzens getroffen wurden.

Plötzlich stieg eine Staubwolke hoch, die jede Sicht unmöglich machte. Die Bremsraketen zischten, und der Mondbus schwankte leicht wie ein Ruderboot auf einer Welle. Es dauerte einige Sekunden, bis sich Floyd an die Stille ringsum und an die verminderte Schwerkraft gewöhnt hatte.

Ohne jeden Zwischenfall und in kaum mehr als einem Tag hatte er die unglaubliche Reise hinter sich gebracht, von der die Menschen zweitausend Jahre lang geträumt hatten. Nach einem normalen Routineflug war er auf dem Mond gelandet.

Stützpunkt Clavius

Clavius, mit seinem Durchmesser von zweihundertfünfzig Kilometern, ist der zweitgrößte Krater der erdzugewandten Mondseite und liegt in der Mitte der Südberge. Er ist sehr alt; Äonen vulkanischer Tätigkeit und Meteorbeschuß aus dem All haben seine Wände und seinen Boden mit tiefen Narben bedeckt. Aber seit der letzten Ära der Kraterbildung, als die Bruchstücke des Asteroidengürtels immer noch auf die inneren Planeten aufschlugen, hatte er eine halbe Milliarde Jahre Frieden gehabt.

Doch jetzt gab es in ihm und unter seiner Oberfläche eine

neue, wenn auch keineswegs vulkanische Tätigkeit. Hier hatte der Mensch seinen ersten ständigen Brückenkopf auf dem Mond eingerichtet. Der Stützpunkt Clavius konnte sich, wenn Not am Mann war, absolut selbst versorgen. Alles was man zum Leben brauchte, wurde aus seinen Felsen gewonnen, nachdem diese zermalmt, erhitzt und chemischen Prozessen unterworfen worden waren. Wasserstoff, Sauerstoff, Kohlenstoff, Stickstoff und Phosphate konnten — so wie die meisten anderen Elemente — aus dem Innern des Mondes hervorgeholt werden, wenn man wußte, wo man nach ihnen zu suchen hatte.

Der Stützpunkt war eine in sich geschlossene Welt, das einem Arbeitsmodell der Erde glich. In einer chemischen Anlage unter der Mondoberfläche wurde atembare Luft erzeugt, welche die gesamte Basis in ein großes Treibhaus verwandelte. Unter grellen Lampen bei Nacht und gefiltertem Sonnenlicht bei Tag gedieh in dieser warmen feuchten Atmosphäre eine üppige Vegetation. Man hatte spezielle Pflanzentypen gezüchtet, die hauptsächlich dazu dienten, die Luft mit natürlichem Sauerstoff zu versorgen, und die außerdem genießbar waren.

Doch die meisten Lebensmittel wurden auf chemischem Wege und durch Algenkugeln erzeugt. Obwohl die grünliche Masse in den durchsichtigen Plastiktuben kaum den Gaumen eines Gourmets erfreut haben würde, vermochten die Biochemiker sie in Koteletts und Steaks zu verwandeln, die nur ein Fachmann von wirklichen hätte unterscheiden können.

Die elfhundert Männer und sechshundert Frauen, aus denen sich das Personal des Stützpunkts zusammensetzte, waren lauter erfahrene und erprobte Wissenschaftler und Techniker, die man auf der Erde mit Umsicht ausgewählt hatte. Die Strapazen und gelegentlichen Gefahren, welche die ersten Expeditionen auf den Mond charakterisiert hatten, gab es nicht mehr. Trotzdem erzeugte das lunare Leben einen starken psychischen Druck und war für Personen, die an Klaustrophobie leiden, keineswegs zu empfehlen. Da es äußerst lange dauerte und große Kosten verursachte, aus hartem Fels oder erstarrter Lava einen geräumigen unterirdischen Stützpunkt herauszumeißeln, waren die Wohneinheiten nicht größer als etwa zwei Meter breit, über drei Meter lang und zweieinhalb Meter hoch.

Jede dieser Kabinen war elegant möbliert gleich einem teuren Hotelappartement, mit Schlafcouch, Fernsehapparat, einem kleinen Stereogerät und Fernsehtelefon. Doch eine der Wände war leer und konnte durch einen einfachen Knopfdruck in eine Erdlandschaft verwandelt werden. Es gab eine Auswahl von acht verschiedenen Projektionen, von einem tropischen Meeresstrand bis zu einem Alpen-Panorama.

Dieser »Luxus« mußte geboten werden, obwohl er den Menschen auf der Erde wegen seiner Kostspieligkeit extravagant erschien. Doch um einen Clavius-Bewohner auszubilden, zu transportieren und unterzubringen, mußten hunderttausend Dollar ausgegeben werden. Zusätzliche Spesen, um an Ort und Stelle für sein psychisches Gleichgewicht zu sorgen, spielten daher keine große Rolle.

Eine der Hauptattraktionen in Clavius — und überall auf dem Mond — war zweifellos die verminderte Schwerkraft, die ein Gefühl allgemeinen Wohlbehagens hervorrief. Sie hatte allerdings auch ihre Tücken, und es dauerte einige Wochen, ehe ein Ankömmling von der Erde sich ihr anpassen konnte. Auf dem Mond mußte sich der menschliche Körper an eine ganze Skala von ungewohnten Reflexen gewöhnen. Zum erstenmal lernte er zwischen Masse und Gewicht zu unterscheiden.

Ein Mensch, der auf der Erde neunzig Kilo wog, war entzückt, wenn er auf dem Mond entdeckte, daß sein Gewicht auf nur fünfzehn Kilo zusammengeschrumpft war. Solange er sich in gleichmäßigem Tempo geradlinig fortbewegte, empfand er ein wundervolles Gefühl von Leichtigkeit. Doch sobald er die Richtung wechselte, um Ecken ging oder plötzlich innehielt, kam ihm abrupt zu Bewußtsein, daß seine Masse von neunzig Kilo immer noch vorhanden war. Denn diese war konstant und unveränderlich — ob auf der Erde, auf dem Mond, auf der Sonne oder im freien Raum. Bis sich jemand dem Leben auf dem Mond anpaßte, mußte er lernen, daß alle Objekte ein sechsmal so großes Beharrungsvermögen besaßen, als ihr bloßes Gewicht vermuten ließ. Es war eine Lektion, die man nur langsam, auf Grund von zahlreichen und schmerzhaften Zusammenstößen lernte, und alte Mondhasen waren vorsichtig genug, sich von Neuankömmlingen fernzuhalten, bis sich diese akklimatisiert hatten.

Der Stützpunkt Clavius war eine kleine Welt für sich. Er besaß Werkstätten, Büros, Lagerräume, ein Computerzentrum, Generatoren, eine Mondtaxi-Garage, Küchen, Laboratorien und eine Anlage zur Erzeugung von Nahrungsmitteln.

Ironischerweise waren viele von den Kenntnissen, mit denen man dieses Untergrundreich erschaffen konnte, während des halben Jahrhunderts des Kalten Krieges erworben worden. Jedermann, der je in einer Raketenbasis gearbeitet hatte, würde sich in Clavius heimisch gefühlt haben. Hier hätte er dieselben Bedingungen des Lebens im Untergrund vorgefunden und die gleichen Schutzeinrichtungen gegen eine feindliche Umwelt; aber auf dem Mond dienten diese ausschließlich friedlichen Zwecken. Nach Tausenden von Jahren hatte der Mensch endlich etwas entdeckt, das mindestens so faszinierend war wie Krieg.

Bedauerlicherweise weigerten sich noch einige Nationen, diese Tatsache zur Kenntnis zu nehmen.

Die Berge, die noch kurz vor der Landung so imposant emporgeragt hatten, waren jetzt verschwunden. Rund um den Mondbus befand sich auf dem Grund des Kraters eine kahle Fläche, die von dem schräg einfallenden Licht der dominierenden Erde erhellt wurde. Der restliche Horizont war natürlich vollkommen schwarz, und wenn man seine Augen nicht gegen die starke Strahlung abschirmte, konnte man nur die hellsten Sterne und Planeten erkennen.

Seltsame Vehikel rollten an den Aries-1B heran: fahrbare Kräne, Service- und Tankwagen, manche ferngesteuert und manche von einem Fahrer in einer kleinen Druckluftkabine gelenkt. Die meisten von ihnen hatten Ballonreifen, denn der Kratergrund bereitete keinerlei Transportschwierigkeiten. Aber ein Tanker besaß die speziellen Flex-Räder, die sich für Fahrten auf dem Mond am besten eigneten. Bei diesen waren eine Reihe flacher Platten kreisförmig angeordnet, wobei jede Platte einzeln angebracht war und sich unabhängig bewegen konnte. Dadurch besaß das Flex-Rad die meisten Vorteile des Raupenschleppers, nach dessen Modell man es entwickelt hatte. Es konnte seine Form und seine Größe dem Terrain, über das es sich bewegte, anpassen, aber — anders als bei einem Raupenschlepper — rollte es auch noch weiter, wenn einige seiner Teile ausfielen.

Ein kleiner Wagen mit einem rüsselartigen Auswuchs näherte sich jetzt vorsichtig dem Aries-1B und versenkte langsam seine »Nase« in die passende Schleusenöffnung. Sekunden später hörte man von außen metallisches Klopfen und Klirren, dann war die Kupplung vollzogen, und man vernahm ein starkes Zischen, als der Luftdruck der beiden Fahrzeuge ausgeglichen wurde. Die Einstiegluke öffnete sich, und die Empfangsdelegation kam an Bord.

Sie wurde von Ralph Halvorsen, dem Gouverneur der Südregion, geleitet. Ihm unterstanden — außer dem Stützpunkt selbst — auch alle Expeditionen, die von ihm ausgingen. Den Chef seiner wissenschaftlichen Abteilung, den Geophysiker Dr. Roy Michaels, kannte Floyd von früheren Reisen her. Mit ihnen waren einige Fachleute und Abteilungsleiter gekommen. Sie alle begrüßten ihn respektvoll und mit sichtbaren Anzeichen von Erleichterung. Es war unverkennbar, daß sie alle froh waren, ihre Sorgen auf eine verantwortungsvolle Persönlichkeit abladen zu können.

»Ich bin froh, Sie bei uns zu sehen, Dr. Floyd«, sagte Halvorsen. »War die Reise angenehm?«

»O ja, prima« erwiderte Floyd. »Sie hätte nicht besser sein können. Die Besatzung war rührend um mich besorgt.«

Sie tauschten noch weitere Höflichkeitsfloskeln aus, während sich das Rüsselfahrzeug mit ihnen vom Mondbus entfernte. Doch wie auf Grund eines stillen Übereinkommens erwähnte niemand die wahre Ursache seines Besuchs. Etwa 300 Meter vom Landungsplatz entfernt stand ein großes Schild:

Willkommen auf Stützpunkt Clavius
U. S. Astronautical Engineering Corps
1994

Die weitere Fahrt führte sie unter den Kratergrund. Eine massive Türe öffnete sich vor ihrem Fahrzeug und schloß sich wieder hinter ihm. Dieser Vorgang wiederholte sich noch zweimal. Als sich die letzte Tür hinter ihnen geschlossen hatte, vernahm man das Dröhnen eines Luftstroms, und sie befanden sich im Innern des Stützpunktes, der mit atembarer Luft angefüllt war.

Nach einem kurzen Weg durch einen Tunnel voller Röhren und Kabel, der vom rhythmischen Dröhnen großer Turbinen widerhallte, näherten sie sich der Zentrale. Floyd sah sich wieder in der gewohnten Umgebung von Schreibmaschinen, Büro-Computern, Sekretärinnen, Wandkarten und läutenden Telefonen. Als sie vor dem Eingang zur Verwaltung innehielten, sagte Halvorsen diplomatisch: »Doktor Floyd und ich werden in ein paar Minuten im Konferenzzimmer sein.«

Die anderen nickten und gingen weiter den Korridor entlang. Doch bevor Halvorsen Floyd in sein Privatbüro führen konnte, gab es eine kurze Unterbrechung. Die Tür öffnete sich, und ein kleines Mädchen lief auf den Gouverneur zu.

»Daddy! Du bist *oben* gewesen? Und du hast doch versprochen, mich mitzunehmen!«

»Moment mal, Diana«, unterbrach sie Halvorsen. »Ich habe gesagt, ich würde dich mitnehmen, wenn es mir möglich wäre. Aber ich hatte keine Zeit, ich mußte Dr. Floyd empfangen. Sag ihm guten Tag – er ist gerade von der Erde gekommen.«

Diana – Floyd schätzte ihr Alter auf etwa acht Jahre – streckte ihre Hand aus. Ihr Gesicht kam ihm bekannt vor, und Floyd verstand plötzlich, warum der Gouverneur ihn mit einem spöttischen Lächeln beobachtete.

»Aber das ist doch nicht möglich!« rief er aus. »Als ich zuletzt hier war, war sie noch ein Baby!«

»Sie feierte vorige Woche ihren vierten Geburtstag«, bemerkte Halvorsen stolz. »Im Bereich der verminderten Schwerkraft wachsen Kinder eben schnell – dafür altern sie aber langsamer, und sie leben länger als wir.«

Floyd starrte fasziniert auf die selbstsichere junge Dame. Jetzt erst fielen ihm ihre graziöse Haltung und ihr ungewöhnlich zarter Knochenbau auf. »Nett, dich wiederzusehen, Diana«, sagte er. Dann fühlte er sich bewogen – vielleicht aus Höflichkeit, vielleicht aus Neugier – ihr eine Frage zu stellen: »Hättest du Lust, einmal zur Erde zu fahren?«

Ihr Blick zeigte Verständnislosigkeit. Dann schüttelte sie

den Kopf. »Natürlich nicht. Es ist eine scheußliche Gegend. Man tut sich schrecklich weh, wenn man fällt. Außerdem gibt es viel zu viele Menschen dort.«

Das also, sagte sich Floyd, ist die erste Generation der Raumgeborenen. In den kommenden Jahren würden sie sich mehren. Obwohl ihn der Gedanke daran traurig stimmte, enthielt er doch auch eine große Hoffnung. Wenn das Leben auf der Erde einmal zu monoton würde, gab es für die Freiheitsliebenden, für die Abenteurer mit Pioniergeist immer noch genügend Neuland. Allerdings würden sie nicht mehr mit Axt und Flinte, mit Kanus und Planwagen ausziehen, sondern mit Atomaggregaten, Flüssigkeitsraketen und Wasserkulturfarmen. Der Moment war nicht mehr fern, in dem Mutter Erde, wie alle Mütter, ihren Kindern Lebewohl sagen müßte.

Schließlich gelang es Halvorsen, Diana mit Drohungen und Versprechungen loszuwerden, und er führte Floyd in sein Privatbüro. Es war nur wenige Quadratmeter groß, aber es enthielt alle Einrichtungen und Statussymbole eines hohen Staatsbeamten. Die Wände waren mit Fotografien von bedeutenden Politikern und berühmten Astronauten bedeckt. Die Bilder des Präsidenten der Vereinigten Staaten und des Generalsekretärs der Vereinten Nationen trugen persönliche Widmungen.

Floyd ließ sich in einen bequemen Ledersessel sinken. Halvorsen servierte ihm ein Glas künstlichen Sherrys, einem Erzeugnis der biochemischen Mond-Laboratorien. Floyd nippte skeptisch, dann nahm er anerkennend einen kräftigen Schluck. »Wie steht es, Ralph?«

»Es könnte schlimmer sein«, antwortete Halvorsen. »Trotzdem möchte ich dir etwas sagen, bevor wir zu den anderen gehen.«

»Und zwar . . .?«

Halvorsen seufzte. »Man könnte es ein moralisches Problem nennen.«

»Bitte . . .?«

»Es ist noch nicht ernst, aber von Tag zu Tag . . .«

»Die Nachrichtensperre?« fragte Floyd geradeheraus.

»Richtig. Meine Leute werden immer nervöser. Die meisten von ihnen haben Familienangehörige auf der Erde; sie könnten glauben, sie seien bereits alle an einer Mondpest gestorben.«

»Tut mir leid«, sagte Floyd. »Aber wir konnten keine bessere Tarngeschichte erfinden, und bis jetzt hat sie ihren Dienst getan. Zum Beispiel: Ich habe auf der Raumstation Moisevitch getroffen, und sogar er hat es geschluckt.«

»Gut zu hören. Der Sicherheitsdienst wird froh sein.«

»Ich bin nicht so sicher. Er hat nämlich bereits von TMA-I gehört. Gerüchte beginnen durchzusickern. Aber wir können unmöglich eine öffentliche Erklärung abgeben, bevor wir nicht wissen, was das verdammte *Ding* eigentlich ist und ob nicht unsere chinesischen Freunde dahinterstecken.«

»Dr. Michaels ist überzeugt, diese Fragen beantworten zu können. Und er brennt darauf, dir zu sagen, was er weiß.«

Floyd trank sein Glas aus. »Und ich brenne darauf zu erfahren, was er mir zu sagen hat. Gehen wir.«

Abweichung

Das Konferenzzimmer war ein großer rechteckiger Raum, der ohne Schwierigkeit hundert Personen fassen konnte. Er war mit den neuesten optischen und elektronischen Einrichtungen ausgestattet und hätte sich in nichts von üblichen Sälen dieser Art unterschieden, wenn nicht eine Anzahl von Plakaten, Anschlägen und Amateurzeichnungen verraten hätte, daß er auch als lokales Kulturzentrum diente. Floyd fiel besonders eine Sammlung banaler Schilder auf: *Bitte den Rasen nicht betreten ... Parken an ungeraden Tagen verboten ... Defense de Fumer ... Zum Strandbad ... Pericoloso Sporgersi ... Cattle Crossing ...* Diese Schilder waren zweifellos echt, und ihr Transport von der Erde mußte ein kleines Vermögen gekostet haben. Es war rührend, daß die Männer in dieser feindlichen Welt immer noch imstande waren, über die Dinge zu scherzen, die sie hatten zurücklassen müssen – und die ihre Kinder niemals vermissen würden.

Etwa vierzig oder fünfzig Personen warteten auf Floyd, und alle erhoben sich höflich, als er hinter dem Gouverneur den Raum betrat. Mehrere kannte er von früher her, und er nickte ihnen zu, während er halblaut zu Halvorsen sagte: »Ich möchte einige Worte sprechen, bevor es losgeht.«

Dann setzte er sich in die erste Reihe, während der Gouverneur auf das Podium stieg und sagte: »Meine Damen und Herren, ich brauche Ihnen wohl nicht zu sagen, daß wir uns aus einem besonderen Anlaß versammelt haben. Wir freuen uns, Dr. Heywood Floyd begrüßen zu können. Viele von uns kennen ihn persönlich, aber alle kennen seinen Ruf als Wissenschaftler. Er kam mit einem Sonderflug von der Erde direkt zu uns, und er wird jetzt einige Worte an Sie richten. – Dr. Floyd!«

Als Floyd den Platz auf dem Rednerpult einnahm und lächelnd seine Zuhörerschaft überblickte, empfing ihn höflicher Applaus.

»Ich danke Ihnen – und ich möchte nicht versäumen, Ihnen mitzuteilen, daß der Präsident mich ausdrücklich gebeten hat, Ihnen seine Wertschätzung für Ihre hervorragende Arbeit zu übermitteln. Wir alle hoffen, daß es in Kürze möglich sein wird, die ganze Erde über die Details Ihrer verdienstvollen Tätigkeit zu unterrichten. Ich weiß natürlich«, fuhr er vorsichtig fort, »daß einige von Ihnen – vielleicht die meisten – die Aufhebung der Geheimhaltungsbestimmungen mit Ungeduld erwarten. Sie wären keine Wissenschaftler, wenn Sie anders dächten.«

Er fing einen kurzen Blick von Dr. Michaels auf, der die Augenbrauen hochgezogen hatte. Dadurch kam eine lange Narbe auf seiner rechten Wange zum Vorschein – wahrscheinlich die Erinnerung an einen Unfall im Weltraum. Floyd wußte sehr gut, daß der Geologe heftig gegen die strengen Sicherheitsmaßnahmen protestiert hatte.

»Ich möchte Sie aber daran erinnern«, sagte er mit erhobener Stimme, »daß wir uns in einer ungewöhnlichen Lage befinden. Wir müssen unserer Sache absolut sicher sein. Wenn wir jetzt einen Fehler begehen, würden wir keine Möglichkeit haben, ihn wieder ungeschehen zu machen. Ich muß Sie also – und das entspricht auch dem ausdrücklichen Wunsch des Präsidenten – um weitere Geduld bitten. Das ist alles, was ich zu sagen habe, bevor Sie mir Ihren Bericht unterbreiten.«

Damit ging er auf seinen Sitz zurück. Der Gouverneur dankte ihm und nickte Dr. Michaels zu. Jetzt betrat dieser das Podium, und gleichzeitig erloschen die Lichter im Raum.

Auf der großen Leinwand erschien eine Projektion der Mondoberfläche. Im Zentrum der Scheibe war ein hellweißer Kraterring sichtbar, von dem nach allen Seiten Strahlenbündel ausgingen.

»Das ist Tycho«, sagte Michaels und deutete auf den Krater im Zentrum. »Von der Erde aus sieht man ihn nur am Rand der Mondscheibe. Aber diese Fotografie wurde direkt tausend Meilen über ihm aufgenommen, und sie macht besonders deutlich, daß er eine ganze Hemisphäre beherrscht.«

Er ließ Floyd Zeit, den ungewohnten Anblick eines oft gesehenen Objektes zu verdauen, dann fuhr er fort: »Während des vergangenen Jahres haben wir – mit Hilfe eines niedrig fliegenden Satelliten – Vermessungen der ganzen Region vorgenommen. Sie wurden erst im vergangenen Monat abgeschlossen, und das hier ist das Ergebnis – die kartographische Aufnahme, die den Stein ins Rollen gebracht hatte.«

Ein neues Bild wurde auf die Leinwand projiziert. Auf den ersten Blick sah es wie eine geographische Spezialkarte aus, aber es registrierte weder Isobaren noch Isothermen, sondern die Meßwerte magnetischer Intensität. Die Linien liefen größtenteils parallel und in ungefähr gleichen Abständen, aber in einer Ecke der Karte verdichteten sie sich und bildeten konzentrische Kreise – wie die Maserung eines Astlochs.

Sogar einem Laien mußte es klar sein, daß das Magnetfeld des Kraters von jedem normalen und bisher bekannten abwich. Quer über der Karte stand in großen Buchstaben: *Tycho Magnetic Anomaly – One* (TMA-I). Rechts oben trug sie den Vermerk: *Streng geheim.*

»Zuerst dachten wir, es handle sich um die Ausstrahlung eines magnetischen Felsens, aber alle geologischen Untersuchungen sprachen dagegen. Nicht einmal ein großer Nikkel-Eisen-Meteorit wäre imstande, ein derart starkes Feld hervorzurufen. So beschlossen wir, der Sache nachzugehen.

Die ersten Grabungen förderten nichts Außergewöhnliches zutage: die üblichen Gesteinsschichten unter einer dünnen Lage von Mondstaub. Dann bohrten wir genau im Zentrum des Magnetfeldes, um einen Brocken aus dessen Kern für eine weitere Untersuchung in die Hände zu bekommen. Zwanzig Fuß unter der Oberfläche setzte der Bohrer plötzlich aus. Daher war die Vermessungsgruppe gezwungen, mit Spitzhacke und Schaufel weiterzuarbeiten – was in Raumanzügen eine verdammt anstrengende Sache ist.

Schließlich fand sie etwas, was sie veranlaßte, Alarm zu schlagen. Sofort schickten wir ein größeres Team mit besserer Ausrüstung aus. Dieses Team brachte dann nach zwei Wochen das – hm, das *Ding* zutage, das uns so viel Kopfzerbrechen verursacht.«

Im verdunkelten Raum wurde Geflüster hörbar, als das letzte Bild auf der Leinwand erschien. Obwohl jeder von ihnen es wiederholt gesehen hatte, gab es nicht einen, der nicht in der Hoffnung, neue Details zu finden, wie gebannt darauf starrte. Auf der Erde und auf dem Mond gab es kaum hundert Menschen, denen bis dahin ein Blick auf diese Fotografie gestattet worden war.

Sie zeigte einen Mann im gelben Raumanzug, der auf dem Boden einer Grube stand und sich auf einen Geometerstab stützte. Die Aufnahme war offensichtlich bei Nacht gemacht worden und mochte von jedem Teil des Mondes oder des Mars stammen. Doch bis jetzt war noch auf keinem Gestirn etwas Ähnliches zu sehen gewesen.

Das Objekt, dem der Vermessungsingenieur gegenüberstand, war ein kohlschwarzer Quader, etwa drei Meter hoch und eineinhalb Meter breit. Er erinnerte Floyd an einen großen Grabstein. Er war scharfkantig und symmetrisch und vollkommen glatt – wie poliert. Er war so schwarz, daß er das auf ihn fallende Licht zu absorbieren schien. Man konnte nicht sagen, ob er aus Stein, Metall oder Kunststoff oder aus irgendeinem unbekannten Material bestand.

»TMA-I«, erklärte Dr. Michaels beinahe ergriffen. »Sieht funkelnagelneu aus, nicht wahr? Ich kann niemanden einen Vorwurf machen, der dachte, das *Ding* wäre bloß einige Jahre alt, und es mit der dritten chinesischen Expedition von 1998 in Verbindung brachte. Ich selbst habe allerdings nie an diese Version geglaubt – und jetzt bin ich in der Lage –

auf Grund der Radioaktivität der umliegenden Gesteinsschichten – sein Alter mit ziemlicher Genauigkeit zu fixieren.

Meine Kollegen und ich, Dr. Floyd, setzen unseren wissenschaftlichen Ruf dafür ein. TMA-I hat nichts mit den Chinesen zu tun. Mehr noch, es hat überhaupt nichts mit der menschlichen Rasse zu tun, denn als das *Ding* an dieser Stelle vergraben wurde, gab es noch keine Menschen.

Sehen Sie, es ist etwa drei Millionen Jahre alt. Das, worauf Sie jetzt blicken, ist der erste handgreifliche Beweis für die Existenz außerirdischer Intelligenz.«

Fahrt bei Erdlicht

Macro-Krater-Region: Ausdehnung südlich vom nahen Zentrum der erdzugewandten Mondseite, östlich der zentralen Kraterregion. Dicht besät mit Einschlagspuren; viele groß, darunter auch die größten am Mond vorhandenen. Im Norden einige Krater, durch Einschlag aufgerissen, bilden *Mare Imbrium.* Fast überall rissige Oberflächen, mit Ausnahme einiger Kraterböden. Die meisten Oberflächen weisen Gefälle von zehn bis zwölf Grad auf; einige Kraterböden beinahe flach.

Landung und Fortbewegung: Landung meist schwierig wegen Unebenheiten; einfacher auf einigen flachen Kraterböden. Fortbewegung fast überall möglich, doch Wegauslese erforderlich; einfacher auf einigen flachen Kraterböden.

Konstruktion: Baumöglichkeiten erschwert durch Niveauunterschiede und vereinzelte Blocks. Ausmeißelung von Lava schwierig in Kraterböden.

Tycho: Post-Maria-Krater, 54 Meilen Durchmesser, Erhebung fast 8000 Fuß über Umgebung, Tiefe 12 000 Fuß. Stärkstes lunares Strahlungssystem; Reichweite mancher Strahlen über 500 Meilen.

(Auszug aus den ›Geologischen Spezialstudien der Mondoberfläche‹ des Ingenieurkorps der amerikanischen Armee, veröffentlicht in ›U. S. Geological Survey‹, Washington, 1961.)

Das fahrbare Laboratorium, das jetzt mit fünfzig Stundenkilometern über die Ebene aus vulkanischem Gestein rollte, glich einem riesigen Wohnwagen auf acht Flex-Rädern. Aber es war mehr als das: eine Forschungsstätte, in der zwanzig Menschen mehrere Wochen lang leben und arbeiten konnten, ohne von außen versorgt werden zu müssen. Praktisch war es ein Raumfahrzeug auf Rädern, das im Notfall sogar fliegen konnte. Wenn es zu einer Spalte kam, die zu groß war, um umfahren, und zu steil, um durchquert zu werden, konnte es das Hindernis mit Hilfe seiner vier auf der unteren Seite des Rumpfes angebrachten Düsen einfach überspringen.

Als er aus dem Fenster blickte, konnte Floyd deutlich die Spur sehen, auf der sie fuhren: ein sich in der Ferne verlierendes Band, das eine Unzahl vorangegangener Fahrzeuge in die Oberfläche des Mondes eingeschnitten hatte. In regelmäßigen Abständen standen zu beiden Seiten schmale Baken, die Blinkzeichen gaben. Obwohl es immer noch Nacht war und die Sonne erst in einigen Stunden aufgehen würde, konnte niemand auf der 200-Meilen-Fahrt vom Stützpunkt Clavius zu TMA-I verlorengehen.

Die Sterne waren nur ein wenig heller und ein wenig zahlreicher, als man sie in einer klaren Nacht von den Hochplateaus von New Mexico oder Colorado beobachten konnte. Aber es gab zwei Dinge auf dem kohlschwarzen Himmel, die einem jede Illusion nahmen, ihn von der Erde aus zu sehen.

Erstens die Erde selbst, die wie ein großes Leuchtfeuer über dem nördlichen Horizont hing. Das Licht, das diese gigantische Halbkugel ausstrahlte, war um vielfaches greller als unser Vollmond, und es bedeckte die ganze Landschaft mit einer frostigen, blau-grünen Phosphoreszenz.

Die zweite auffallende Erscheinung am Himmel war ein perlig schimmernder Lichtkegel, der vom Osten her aufstieg. Er wurde heller und heller, als ob hinter dem Horizont des Mondes gewaltige Brände loderten. Diesen Effekt hatte noch kein Mensch von der Erde aus gesehen, außer während kurzer Augenblicke einer totalen Sonnenfinsternis. Es war die Korona, der Herold der Monddämmerung, die sich jetzt schon bemerkbar machte, lange bevor die Sonne die schlafende Landschaft mit ihrem Schein überfluten würde.

Floyd saß mit Halvorsen und Michaels in der Aussichtskabine, direkt neben dem Leitstand. Seine Gedanken kreisten um die Kluft von drei Millionen Jahren, die sich vor ihm aufgetan hatte. Wie alle Wissenschaftler war er daran gewöhnt, in weit größeren Zeiträumen zu rechnen — aber die hatten sich stets auf Bewegungen der Gestirne und Zyklen des Weltalls bezogen. Vernunft oder Intelligenz waren ausgeschlossen gewesen: Äonen dieser Größenordnung standen in keiner Verbindung mit allem, was menschliche Empfindungen betraf.

Drei Millionen Jahre! Die gesamte aufgezeichnete Geschichte mit ihren Weltreichen und Königen, ihren Triumphen und Tragödien nahm kaum ein Tausendstel dieser unwahrscheinlichen Zeitspanne ein. Nicht nur der Mensch, aber auch die meisten Tierarten, die es auf Erden gab, hatten noch nicht existiert, als dieses schwarze Rätselding hier im größten Mondkrater sorgfältig eingegraben worden war.

Denn es *war* vergraben worden, und zwar mit voller Absicht. Dr. Michaels war seiner Sache sicher. »Zuerst hoffte ich«, erklärte er, »es würde das Vorhandensein einer tieferliegenden geologischen Schicht bezeichnen, aber unsere letzten Ausgrabungen haben diese Möglichkeit eliminiert. Es steht auf einer breiten Plattform aus demselben schwarzen Material, und darunter und ringsum ist nichts als das übliche Gestein. Die« — er zögerte einen Moment — »die Wesen, die es vergraben haben, wollten sicher sein, daß es ungeachtet eventueller Mondbeben an seinem Platz bleiben würde. Sie planten für die Ewigkeit.«

Aus Michaels' Stimme klang ein gewisser Triumph, aber auch eine gewisse Scheu. Floyd konnte beide Gefühle mitempfinden. Eine der ältesten Fragen der Menschheit hatte hier ihre Antwort gefunden. Ohne den Schatten eines Zweifels war die menschliche Vernunft nicht der einzige Intellekt, den das Universum hervorgebracht hatte. Doch diese Erkenntnis führte sie an eine unübersteigbare Zeitmauer. Wer auch immer hier am Werk gewesen war, hatte die Menschheit um Hunderttausende Generationen verfehlt. Doch vielleicht, sagte sich Floyd, war das gut so. Immerhin —

was hätten wir alles von diesen Wesen lernen können, die den Weltraum durchjagen konnten, als unsere Vorfahren noch auf Bäumen lebten!

Nach einigen hundert Metern tauchte am ungewohnt engen Horizont des Mondes ein Wegzeichen auf. Darunter stand eine Art Zelt aus heller Silberfolie, die es sichtlich gegen die starke Hitze des Tages schützen sollte. Als sie vorbeifuhren, konnte Floyd im grellen Erdlicht lesen:

NOT-DEPOT Nr. 3
20 Kilo Lox
10 Kilo Wasser
20 Eßpakete Mk 4
1 Werkzeugkasten Typ B
2 Ersatz-Raumanzüge
Telefon

Plötzlich hatte Floyd eine Idee. »Haben Sie schon daran gedacht?« fragte er und wies aus dem Fenster. »Nehmen wir an, das *Ding* ist ein verstecktes Versorgungslager, das eine Expedition, die nie wiederkam, zurückgelassen hat?«

»Das wäre eine Möglichkeit«, gab Michaels zu. »Das Magnetfeld markierte seine Position, so daß es stets leicht aufgefunden werden könnte. Aber es ist ziemlich klein – wie auch immer die Vorräte beschaffen waren, es hätte nicht viel von ihnen enthalten können.«

»Warum nicht?« mischte sich Halvorsen ein. »Wer weiß, wie groß *sie* waren? Vielleicht waren sie nur 20 Zentimeter groß, dann wäre es für sie zwanzig oder dreißig Stock hoch gewesen.«

Michaels schüttelte den Kopf. »Nein, unmöglich. Ein intelligentes Lebewesen kann nicht so klein sein, es braucht eine minimale Größe des Gehirns.«

Floyd merkte, daß Michaels und Halvorsen immer entgegengesetzter Meinung waren. Trotzdem gab es zwischen ihnen keine Reibungen und keine Feindseligkeit; sie respektierten einander und waren sich einfach einig, uneinig zu sein.

Doch Floyd hatte überhaupt noch keine übereinstimmenden Meinungen über die Beschaffenheit von TMA-I gehört – oder des Tycho-Monoliths, wie er manchmal unter Beibehaltung der Abkürzung TM genannt wurde. In den sechs Stunden, die seit seiner Landung auf dem Mond vergangen waren, hatte man ihm bereits ein Dutzend Theorien vorgetragen, aber keine von ihnen war ihm plausibel erschienen. Heiligtum, Vermessungszeichen, Grabmal, geophysisches Instrument — das waren die hauptsächlichsten Vermutungen, und manche ihrer Verfechter wurden sehr erregt, wenn man ihnen widersprach. Viele Wetten waren bereits abgeschlossen worden, und eine Menge Geld würde den Besitzer wechseln, wenn die Wahrheit schließlich ans Licht kam. Wobei allerdings fraglich war, ob dies jemals der Fall sein würde.

Bis jetzt hatte das harte schwarze Metall des Quaders allen Versuchen von Michaels und seinen Kollegen getrotzt, Gesteinsproben zu entnehmen. Sie waren mit großer Vorsicht zu Werk gegangen. Natürlich zweifelten sie nicht daran, daß ein Laserstrahl die Materie zu durchdringen imstande wäre, denn nichts auf der Welt könnte dieser Konzentration von Energie widerstehen. Aber die Entscheidung, eine solch einschneidende Maßnahme zu treffen, hatte man Floyd überlassen wollen, und er entschied, daß man es erst mit Röntgenstrahlen, gebündelten Neutronen, Tonsonden und anderen harmloseren Untersuchungsmethoden versuchen sollte, bevor man mit dem schweren Geschütz der Laserstrahlen auffuhr. Es war typisch für Barbaren, das zu zerstören, was man nicht verstand, aber vielleicht waren die Menschen ohnehin Barbaren — verglichen mit den Lebewesen, die dieses *Ding* geschaffen hatten.

Woher in aller Welt stammten sie? Vom Mond selbst? Nein, das war absolut unmöglich. Wenn es jemals auf diesem wüsten Gestirn eigenständiges Leben gegeben hatte, mußte es während der letzten kraterbildenden Epoche, als der Großteil der Mondoberfläche weißglühend gewesen war, vernichtet worden sein.

Von der Erde? Nicht ganz unmöglich, aber unwahrscheinlich. Jede hochentwickelte Zivilisation — selbst eine nichtmenschliche, die bis ins Pleistozän zurückreichte, würde zahlreiche Spuren ihrer Existenz hinterlassen haben. Wir würden viel, wenn nicht alles über sie gewußt haben, dachte Floyd, lange vor unserer ersten Landung auf dem Mond.

Es blieben nur zwei Alternativen: die Planeten und die

Sterne. Doch alles sprach gegen die Entwicklung vernunftbegabter Wesen innerhalb unseres Sonnensystems – oder überhaupt gegen jede Art von Leben außer auf der Erde und auf dem Mars. Die inneren Planeten waren zu heiß und die äußeren viel zu kalt, außer man stieg auf ihnen zu Tiefen hinunter, wo der Druck hunderttausend Tonnen pro Quadratzentimeter betrug.

Vielleicht waren die geheimnisvollen Besucher also von den Sternen gekommen. Doch das war sogar noch unwahrscheinlicher. Als er zu den Konstellationen hinaufschaute, die über dem ebenholzschwarzen Mondhimmel verstreut waren, erinnerte sich Floyd daran, wie oft seine Kollegen die Unmöglichkeit interstellarer Reisen »bewiesen« hatten. Schon die Reise von der Erde zum Mond war eindrucksvoll genug, aber selbst der nächste Stern befand sich millionenmal weiter entfernt ... Spekulationen und Hypothesen bedeuteten nur Zeitverschwendung. Er mußte warten, bis er mehr Anhaltspunkte besaß.

»Bitte befestigen Sie Ihre Gurte, und halten Sie alle losen Gegenstände fest«, sagte plötzlich eine Stimme über den Kabinenlautsprecher. »Vierziggrädiger Abhang vor uns!«

Zwei Positionslichter erschienen am Horizont, und das Fahrzeug fuhr zwischen ihnen durch. Floyd hatte sich kaum festgeschnallt, als sich das Fahrzeug langsam seinen Weg über den Rand eines Abgrunds bahnte und eine erschreckend steile Böschung hinabfuhr. Das Erdlicht fiel in einem schrägen Winkel ein und beleuchtete die Szenerie nur dürftig. Im gleichen Moment wurden die Scheinwerfer eingeschaltet. Vor vielen Jahren hatte Floyd am Rand des Vesuvkraters gestanden und hinuntergestarrt. Nun glaubte er, daß er langsam in ihn hineinfuhr. Es war keineswegs ein angenehmes Gefühl.

Sie arbeiteten sich über die inneren Terrassen des Tycho hinunter. Als sie die letzte Böschung hinabglitten, wies Michaels auf die große Ebene, die sich unter ihnen ausbreitete.

Floyd nickte; er hatte bereits den Kranz von roten und grünen Lichtern erblickt. Als sich das Fahrzeug wieder auf flachem Grund bewegte, löste sich seine Spannung. Er atmete auf.

Floyd sah eine Reihe großer halbkugelförmiger Zelte vor sich, die hermetisch verschlossen und mit Luft gefüllt waren – sogenannte Klimakuppeln – in denen man die auf der Mondoberfläche beschäftigten Arbeiter unterbrachte. Daneben standen ein Funkturm, ein Bohrturm, mehrere Fahrzeuge und ein großer Haufen zertrümmerter Felsbrocken, vermutlich das Gestein, das sie hatten ausgraben müssen, um den Monolith freizulegen. Das Arbeitslager in der Wildnis machte einen verlassenen Eindruck. Nirgends gab es ein Lebenszeichen, und nichts deutete auf einen Grund hin, warum Männer von so weit gekommen waren, um hier Hand anzulegen.

Michaels wandte sich an Floyd: »Sehen Sie dort – ungefähr 100 Meter hinter der großen Antenne!«

Also hier ist es, dachte Floyd, als sie am Bohrturm vorbei zum Rand der Grube rollten. Sein Herz schlug schneller, als er sich vorbeugte, um besser sehen zu können. Das Fahrzeug kroch langsam über eine Rampe von festgefahrenem Mondstaub in das Innere der Grube. Und da – genau wie er es auf den Fotografien gesehen hatte, war TMA-I.

Floyd starrte, blinzelte, schüttelte den Kopf und starrte wieder darauf. Sogar im hellen Erdlicht war es nicht leicht, das Objekt deutlich auszunehmen. Sein erster Eindruck war der eines flachen Rechtecks, das wie ein Blatt Kohlepapier wirkte. Das war natürlich nur eine optische Täuschung, aber obwohl er auf einen dreidimensionalen Körper blickte, reflektierte dieser so wenig Licht, daß er als Silhouette erschien.

Die Passagiere schwiegen, als sie langsam näher heranfuhren. Eine gewisse Scheu hinderte sie zu sprechen. Es war absolut unfaßlich, daß von allen Gestirnen gerade der leblose Mond eine derart phantastische Überraschung bot.

Sie hielten etwa zwanzig Fuß vom Quader entfernt, so daß ihn alle mit Muße betrachten konnten. Doch abgesehen von der perfekten geometrischen Form war nichts Bemerkenswertes zu sehen. Nirgendwo befanden sich irgendwelche Spuren auf der schwarzen glatten Fläche, nicht einmal der geringste Kratzer. Das *Ding* war die absolute Kristallisation der Nacht, und einen Moment lang überlegte Floyd, ob es sich nicht doch um eine außergewöhnliche natürliche

Formation handeln könne, geboren aus Hitze und Druck während der Entstehungszeit des Mondes. Doch er wußte, daß auch diese entfernte Möglichkeit bereits ins Auge gefaßt und verworfen worden war.

Auf ein bestimmtes Signal wurden sämtliche Scheinwerfer entlang des Kraterrandes eingeschaltet und das Erdlicht von einer weit stärkeren Helligkeit überstrahlt. Die Strahlen selbst waren im Vakuum der Mondhülle natürlich nicht zu sehen; sie formten grellweiße, ineinandergreifende Ellipsen, die sämtlich auf den Monolithen gerichtet waren. Doch die glatte schwarze Oberfläche schien auch diesen gebündelten Lichtschein einfach aufzusaugen.

Die Büchse der Pandora, dachte Floyd, und eine düstere Vorahnung ergriff ihn. Wartete sie hier, um von Neugierigen geöffnet zu werden? Und was würde man in ihrem Innern finden?

Dämmerung

Das größte Kuppelzelt des TMA-I Geländes maß nur zwanzig Fuß, und die in ihm versammelten Menschen fanden kaum Platz. Doch das fahrbare Laboratorium, durch eine der beiden Luftschleusen mit ihm verbunden, bot ihnen eine Ausweichmöglichkeit.

Innerhalb des halbkugelförmigen doppelwandigen Ballons lebten, arbeiteten und schliefen die sechs Wissenschaftler und Techniker, die mit diesem Projekt betraut worden waren. Es enthielt auch den größten Teil ihrer Ausrüstung und Instrumente, alle Vorräte, die nicht außerhalb im luftleeren Raum gelassen werden konnten, Koch- und Waschgelegenheiten, geologische Gesteinsproben und einen kleinen TV-Schirm, der die ständige Kontrolle des gesamten Geländes ermöglichte.

Floyd war nicht überrascht, daß Halvorsen es vorzog, im Zelt zu bleiben. Der Gouverneur sagte mit bewundernswerter Offenheit: »Ich betrachte Raumanzüge als notwendiges Übel. Ich trage einen nur viermal im Jahr, bei den vorschriftsmäßigen Inspektionen. Wenn es Ihnen nichts ausmacht, werde ich hier sitzen und euch über TV zusehen.«

Einige seiner Vorurteile waren ungerechtfertigt, denn die letzten Modelle waren ungleich bequemer als die plumpen Harnische, welche die ersten Mondfahrer benutzt hatten. Sie konnten in weniger als einer Minute angezogen werden, ohne jede fremde Hilfe, und waren fast vollautomatisch ausgestattet. Der Mk V, den Floyd jetzt überzog, würde ihn vor jeder lunaren Unbill schützen.

Begleitet von Dr. Michaels betrat er die kleine Schleusenkammer. Als das Dröhnen der Pumpen erstarb und der Raumanzug seinen Körper fester umschloß, fühlte er sich mit einemmal von der absoluten Stille des leeren Raumes umgeben.

Doch die Stille wurde sofort durch eine Stimme aus dem eingebauten Transistorgerät unterbrochen.

»Luftdruck in Ordnung, Dr. Floyd? Atmen Sie normal?«

»Jawohl, ich fühle mich ausgezeichnet.«

Sein Begleiter überprüfte sorgfältig die Kontrollinstrumente von Floyds Raumanzug. Dann sagte er: »Okay, gehen wir.«

Die Außentür öffnete sich, und die staubige Mondlandschaft lag im schimmernden Erdlicht vor ihnen.

Mit vorsichtigen, unsicheren Schritten folgte Floyd dem Geologen durch die Ausstiegluke. Es war aber nicht schwierig zu gehen; im Gegenteil, paradoxerweise fühlte er sich im Raumanzug auf dem Mond heimischer als bisher. Sein zusätzliches Gewicht und der Widerstand, den es seinen Bewegungen entgegensetzte, gab ihm die Illusion, seine verlorene Erdenschwere wiedergewonnen zu haben.

Seit sie vor etwa einer Stunde angekommen waren, hatte sich die Szenerie verändert. Obwohl die Sterne und die Halberde immer noch hell leuchteten, war die vierzehntägige Mondnacht beinahe zu Ende gegangen. Entlang dem östlichen Horizont war schon der Glanz der Korona zu sehen – und plötzlich schien die Spitze des Radiomastes, der dreißig Meter über Floyd aufragte, in hellen Flammen zu stehen, als ihn die ersten Strahlen der für ihn noch unsichtbaren Sonne trafen.

Sie warteten, bis der Chef des Projekts und zwei seiner Assistenten aus der Schleusenkammer traten, dann gingen sie gemeinsam auf die Grube zu. Als sie sie erreichten, spannte sich über dem Osthimmel bereits ein Bogen von beinahe unerträglicher Grelle. Obwohl es noch über eine Stunde dauern würde, bis die Sonne ganz aufgegangen war, hatte sie schon jetzt das Licht der Sterne völlig vom Horizont verbannt.

Die Grube selbst lag noch im Schatten, aber die Scheinwerfer ringsum beleuchteten sie hell. Als Floyd langsam zum schwarzen Quader hinunterstieg, empfand er nicht nur ein Gefühl der Scheu, sondern auch von Hilflosigkeit. Hier stand er einem Geheimnis gegenüber, das vielleicht nie gelöst werden mochte. Vor drei Millionen Jahren war *etwas* hier vorbeigezogen, hatte dieses unbekannte und unverständliche Symbol seiner Absichten zurückgelassen und war zu den Planeten – oder zu den Sternen – zurückgekehrt.

Floyds Transistor unterbrach seine Gedankengänge. »Dr. Lynn an alle. Wenn Sie so nett wären, sich auf dieser Seite aufzustellen, werden wir einige Aufnahmen machen. Dr. Floyd bitte in die Mitte – Dr. Michaels mehr rechts – danke . . .«

Niemand außer Floyd schien die Komik der Situation zu erfassen, doch auch er mußte zugeben, daß er stolz war, vor der Kamera zu stehen. Diese Aufnahme würde in die Geschichte eingehen. Er hoffte, daß sein Gesicht auch durch das Schutzglas des Raumhelms gut zu erkennen sein würde.

»Danke, meine Herren«, sagte der Fotograf, nachdem die Gruppe ein bißchen selbstbewußt vor dem Monolith Aufstellung genommen hatte. Er machte nicht weniger als ein Dutzend Aufnahmen. »Die Fotoabteilung von Clavius wird Ihnen allen Abzüge zukommen lassen.«

Dann richtete Floyd seine volle Aufmerksamkeit auf den schwarzen Quader. Er ging langsam um ihn herum und untersuchte ihn von allen Seiten. Er ließ die Seltsamkeit des Objekts auf sich einwirken. Er hatte keine Hoffnung, irgend etwas von Interesse zu entdecken, denn er wußte, daß bereits jeder Quadratzoll geprüft und mikroskopisch untersucht worden war.

Jetzt hatte sich das oberste Segment der Sonnenscheibe langsam über den Rand des Kraters emporgeschoben, und ihre Strahlen trafen die Ostseite des Quaders. Doch dieser schien alle Lichtpartikel zu absorbieren.

Floyd entschloß sich zu einem einfachen Experiment. Er stellte sich zwischen Monolith und Sonne und suchte auf der schwarzen glatten Oberfläche nach seinem Schatten. Doch keine Spur davon war zu sehen.

Wie seltsam, dachte Floyd, daß er hier stand, während – zum erstenmal, seit die Erde von den Eiszeiten heimgesucht wurde – Sonnenlicht auf dieses *Ding* fiel. Wieder ging ihm das Problem seiner Schwärze durch den Kopf; sie war natürlich ideal dazu geeignet, Sonnenenergie zu absorbieren. Doch er verwarf diesen Gedanken sofort. Denn wer würde so verrückt sein, eine mit Sonnenkraft gespeiste Vorrichtung metertief unter den Boden zu vergraben.

Er blickte zur Erde hinauf, die am Morgenhimmel zu verschwinden begann. Nur eine Handvoll ihrer sechs Milliarden Bewohner wußte von dieser Entdeckung. Wie würden die Menschen auf die Nachricht reagieren, wenn sie ihnen bekanntgegeben würde?

Die politischen und sozialen Verwicklungen waren nicht abzusehen. Skepsis und Unsicherheit, vielleicht sogar Lebensangst von bisher unbekanntem Ausmaß würden die philosophischen und religiösen Anschauungen jedes Menschen schwer erschüttern. Selbst wenn TMA-I ein ewiges Mysterium blieb, würde der Mensch wissen, daß er im Weltall keine Ausnahmestellung besaß. Die einmal hier gestanden hatten, mochten – obwohl sie die Menschheit Millionen Jahre nicht zur Kenntnis nahmen – wiederkommen. Und wenn nicht sie selbst, so doch andere. Alle Zukunftsprognosen mußten von nun an diese Möglichkeit einbeziehen.

Während Floyd noch seinen Gedanken nachhing, hörte er im Lautsprecher plötzlich ein Geräusch, das er noch nie vernommen hatte. Es war wie das Kratzen eines Messers auf einer Glasplatte, nur ins Unermeßliche gesteigert, schrill, quälend, unerträglich. Es klang wie ein schlecht gesteuertes, verzerrtes Signal, das jedoch die Aufnahmefähigkeit des menschlichen Gehörs weit überforderte.

Floyd versuchte, sich unwillkürlich mit seinen Raumhandschuhen die Ohren zuzuhalten, dann erst besann er sich und tastete verzweifelt nach der Verstärkerkontrolle seines Empfängers. Zu spät – wieder ertönte das schreckliche

Signal, das ihm beinahe das Trommelfell zerriß – und noch zwei weitere Male. Dann erst herrschte endlich barmherzige Stille.

Rund um die Grube standen die Männer fassungslos, wie versteinert. Verwirrt starrten sie einander an. Jetzt begriffen sie: Es lag nicht am Defekt einer Radioanlage, sie alle hatten dasselbe gehört. Und mit Bestürzung wurden sie sich bewußt, daß es kosmische Signale gewesen waren.

Nach drei Millionen Jahren Finsternis hatte TMA-I die über dem Mond aufgehende Sonne begrüßt.

Die Lauscher

Hunderte Millionen Kilometer jenseits des Planeten Mars, in der kalten Einsamkeit, die noch kein bemanntes Raumschiff erreicht hatte, schwebte Ultra-Monitor 79 langsam zwischen den komplizierten Umlaufbahnen der Asteroiden. Drei Jahre lang hatte er seine Mission untadelig erfüllt – dank der amerikanischen Wissenschaftler, die ihn entworfen, der britischen Ingenieure, die ihn gebaut und der russischen Techniker, die ihn auf seinen Orbit gebracht hatten. Ein Spinnennetz von Antennen fing sämtliche Schallimpulse von Radiowellen auf – das unaufhörliche Knistern und Zischen, welches Blaise Pascal in einem weniger komplizierten Zeitalter ›die Stille des unendlichen Raums‹ genannt hatte. Sensible Detektoren notierten und analysierten kosmische Strahlen, die aus unserem Milchstraßen-System und noch weiteren Fernen kamen. Neutronen- und Röntgen-Teleskope beobachteten unbekannte Gestirne, die kein menschliches Auge je sehen würde. Magnetometer kontrollierten die heftigen solaren Stürme. All dies und anderes mehr wurde vom Ultra-Monitor 79 geduldig registriert und in seinem elektronischen Gehirn gespeichert.

Eine seiner Antennen war automatisch ständig auf einen Punkt gerichtet, der nie weit von der Sonne entfernt lag. Hätte sich an Bord ein menschliches Auge befunden, wäre dieses Ziel alle paar Monate als heller Stern mit einem nahen, fahlen Begleiter zu sehen gewesen. Doch meist verlor sich die Erde im Sonnenglanz.

Alle 24 Stunden sandte der Monitor die gespeicherten Informationen in einem fünfminütigen Stromstoß aus, der sich mit Lichtgeschwindigkeit bewegte und seinen Bestimmungsort etwa eine Viertelstunde später erreichte. Die Apparate, die ihn erwarteten, verstärkten und notierten die Signale und vermehrten mit ihnen die Tausende Kilometer Magnetbänder, die in den Archiven der Raumzentralen in Washington, Moskau und Canberra aufbewahrt waren.

Seit man vor etwa fünfzig Jahren die ersten Satelliten auf ihre Umlaufbahn gebracht hatte, waren Trillionen und Quadrillionen solcher Impulse aus dem Weltraum aufgefangen und gespeichert worden, um für den Tag bereit zu sein, an dem sie zur Bereicherung des Wissens beitragen mochten. Nur ein Bruchteil dieses Rohmaterials würde je bearbeitet werden können; aber man konnte nie wissen, welche Aufzeichnungen irgendein Wissenschaftler in zehn oder fünfzig oder hundert Jahren benötigen würde. Daher hatte man alle diese Bänder in riesigen luftgeschützten Gewölben mit gleichbleibender Temperatur aufbewahrt, sicherheitshalber an drei Stellen, um jede Möglichkeit eines Verlusts auszuschalten. Es war ein Teil des Kapitals der Menschheit, wertvoller als alle Goldbarren, die man in unterirdischen Tunnels angesammelt hatte.

Jetzt notierte Ultra-Monitor 79 etwas Seltsames: Eine schwache, aber unverkennbare Störung jenseits des Sonnensystems, das sich mit keinem bisher bekannten, natürlichen Phänomen vergleichen ließ. Automatisch registrierte er Richtung, Zeit und Intensität. In einigen Stunden würden diese Daten die Erde erreichen.

Ebenso würde Orbiter M 15 reagieren, der zweimal täglich den Mars umkreiste, die Spezialsonde H I – 21, die langsam über die Ebene der Ekliptik emporstieg, und sogar der künstliche Komet 5 auf seinem Weg in die eisigen Regionen jenseits des Planeten Pluto, auf einer Umlaufbahn, deren entferntesten Punkt er nicht einmal in tausend Jahren erreichen würde. Alle registrierten die eigentümliche Energieentladung, die sich auf ihren Instrumenten als Abweichungen abzeichneten. Diese Abweichungen würden automatisch an die Gedächtnisspeicher auf der fernen Erde weitergeleitet werden.

Die Computer allein mochten den Zusammenhang zwischen vier außergewöhnlichen Signalserien, die von Raumsonden übermittelt wurden, deren Umlaufbahnen voneinander Millionen Kilometer entfernt waren, gar nicht festgestellt haben. Doch der Strahlungsexperte auf der meteorologischen Station Goddard wußte sofort, als er einen Blick auf seinen täglichen Report warf, daß sich in den letzten 24 Stunden im Sonnensystem etwas Seltsames ereignet hatte.

Er selbst konnte nur einen Teil der Spur erkennen, doch als der Computer sie in die Positionstabelle der Planeten einkalkulierte, war sie so klar und unübersehbar wie ein Kondensstreifen auf wolkenlosem Himmel oder eine Fährte auf frisch gefallenem Schnee. Ein Quantum Energie, dessen ausgesandte Strahlung so deutlich zu erkennen war wie das Kielwasser eines dahinrasenden Schnellbootes, war von der Oberfläche des Mondes abgestoßen worden und schoß zu den Sternen.

ZWISCHEN PLANETEN

Discovery

Das Raumschiff hatte die Erde erst vor dreißig Tagen verlassen, doch David Bowman konnte manchmal kaum glauben, daß er je eine andere Existenz gekannt hatte als die in der kleinen, in sich geschlossenen Welt an Bord der *Discovery.* All die Jahre des Trainings, alle früheren Missionen auf Mond und Mars schienen zu einem anderen Mann, zu einem anderen Leben zu gehören.

Frank Poole gab zu, ähnliche Empfindungen zu haben, und gelegentlich bedauerte er scherzhaft, daß der nächste Psychoanalytiker Millionen Kilometer weit entfernt war. Doch dieses Gefühl der Isolierung und Entfremdung war leicht verständlich und bedeutete keine Anomalie. Allerdings war in den fünfzig Jahren der Raumschiffahrt noch niemand auf eine solche Reise ausgeschickt worden.

Die Sache hatte vor fünf Jahren als »Projekt Jupiter« begonnen: der Flug des ersten bemannten Raumschiffs zu dem größten der neun Planeten. Alle Vorbereitungen für die Zweijahresreise waren beinahe getroffen gewesen, als die Planung des Vorhabens abrupt geändert wurde.

Als erste Phase war eine Umkreisung Jupiters vorgesehen. Aber der Riesenplanet war keineswegs als Endstation festgelegt – ja, die *Discovery* sollte nicht einmal ihre Geschwindigkeit vermindern, wenn sie durch sein weitreichendes Satellitensystem raste. Im Gegenteil, sie würde das Schwerefeld des Riesen als Katapult benützen, um noch weiter in den Weltraum geschleudert zu werden, noch weiter weg von der Sonne. Kometengleich würde sie in die äußeren Regionen des Sonnensystems vorstoßen, zu ihrem eigentlichen Ziel: Saturn mit seinem geheimnisvoll strahlenden Ring. Und sie sollte nie wiederkehren.

Auch wenn es für die *Discovery* eine Fahrt ohne Rückkehr bedeutete, hatte man ihre Besatzung keineswegs auf ein Himmelfahrtskommando ausgesandt. Wenn alles gut ging, würden sie in sieben Jahren wieder Mutter Erde betreten — und von diesen fünf so gut wie unbemerkt verbringen, im traumlosen künstlichen Schlaf, während sie ihre Rettung durch die noch im Bau befindliche *Discovery II* erwarteten.

Das Wort »Rettung« war allerdings in allen offiziellen Akten des Raumfahrtplanungsamtes sorgfältig vermieden worden. Es klang zu sehr nach Katastrophe, und der bevorzugte Terminus war »Rückführung«. Aber wenn wirklich etwas schiefging, würde es zweifellos keinerlei Hoffnung auf Bergung geben, bei einem Manöver in einer Erddistanz von eineinhalb Milliarden Kilometern.

Es war ein berechnetes Risiko — so wie alle Reisen ins Unbekannte. Aber ein halbes Jahrhundert sorgfältiger Untersuchungen hatte bewiesen, daß die Methode der »Hibernation« absolut sicher war. Die Hibernation war eine Art von künstlichem Winterschlaf, in den man Menschen versetzte, deren Energien und Lebenskräfte man stillegen und für einen späteren Zeitpunkt speichern wollte. Die Vervollkommnung von Elektronarkose und Tiefkühlverfahren erlaubte, die Dauer der Hibernation beliebig auszudehnen, und ihre Anwendung hatte der Raumfahrt neue Möglichkeiten erschlossen. Doch bis zur Mission der *Discovery* war dies noch nie voll ausgeschöpft worden.

Die drei Mitglieder der Vermessungsmannschaft, die ihre Arbeit erst beginnen sollten, wenn das Schiff seine endgültige Umlaufbahn um den Saturn erreicht hatte, würden die ganze Reise schlafend verbringen. Auf diese Weise konnten große Mengen von Lebensmitteln und anderen Materialien gespart werden. Doch genauso wichtig war der Umstand, daß das Team seine Tätigkeit frisch und munter beginnen konnte, ohne von den Strapazen der zehnmonatigen Reise ermüdet zu sein.

Die *Discovery* würde sich durch ihre ewige Kreisbahn um den Saturn in einen neuen Mond des Riesenplaneten verwandeln und sich dabei auf dem Perimeter einer drei Millionen Kilometer langen Ellipse bewegen, die sie sowohl nahe zum Planeten selbst als auch quer durch die Bahnen seiner größeren Monde führen sollte. Diese Etappe würde den Wissenschaftlern hundert Tage Zeit geben, einen Planeten zu studieren und kartographisch aufzuzeichnen, der etwa achtzigmal so groß war wie die Erde. Auch hatte man vor, sein Satellitensystem zu erforschen. Man kannte bis jetzt fünfzehn Saturn-Trabanten, von denen einer sogar die Größe des Merkur erreichte.

Die Auswertung der dort geschauten Rätsel und Wunder mochte ein Jahrhundert in Anspruch nehmen; dabei konnte die erste Expedition nur eine vorbereitende Erkundung durchführen. Alle Ergebnisse mußten sofort zur Erde gefunkt werden; die Entdecker konnten verlorengehen, ihre Entdeckungen nie.

Am Ende der hundert Tage würde an Bord der *Discovery* der Betrieb stillgelegt werden. Die gesamte Mannschaft sollte sich selbst in Tiefschlaf versetzen und die Kontrolle ihrer lebenswichtigen Systeme dem unermüdlichen Elektronengehirn überlassen. Das Schiff würde den Saturn bis in alle Ewigkeit umkreisen, auf einer derart präzise festgelegten Umlaufbahn, daß die Menschen auch in tausend Jahren sofort wissen konnten, wo es zu finden war ... Doch wenn alles planmäßig verlief, würde innerhalb von fünf Jahren die *Discovery II* an seiner Seite erscheinen, um die fünf schlafenden Passagiere abzuholen. Aber auch wenn sechs oder sieben oder acht Jahre vergehen sollten, für die menschliche Fracht von der *Discovery* würde es keinen Unterschied machen. Die Lebensuhr der fünf würde stillstehen, so wie sie im Moment für Whitehead, Kaminski und Hunter stillstand.

Zuweilen beneidete Bowman, der Kommandant der *Discovery,* seine drei bewußtlosen Reisegefährten im Eisschrank ihres Hibernakulums. Sie kannten weder Sorge noch Verantwortung, und bis sie den Saturn erreichten, hatte die Umwelt keine Bedeutung für sie.

Doch diese Umwelt beobachtete sie scharf, mit Hilfe der biosensorischen Meßgeräte. Unter den unzähligen Instrumenten des Kontrolldecks befanden sich auch fünf kleine unauffällige Leuchttafeln, auf denen die Namen Hunter, Whitehead, Kaminski, Poole und Bowman vermerkt waren.

Die beiden letzten waren unbeleuchtet; ihre Funktion würde erst in einem Jahr einsetzen. Auf den anderen leuchtete ein Komplex von kleinen grünen Lichtern auf, die anzeigten, daß alles in Ordnung war. Mit jeder Leuchttafel war ein rechteckiger Bildschirm verbunden, auf dem die farbigen Wellenlinien des Oszillographen den durch den Schlaf herabgesetzten Rhythmus von Puls, Atmung und Hirntätigkeit registrierten.

Bowman wußte wohl, daß sie im Grunde unnötig waren, denn im Falle einer physiologischen Unregelmäßigkeit würde sofort ein Alarmsignal ertönen. Trotzdem schaltete er oft auf die Höranlage um und lauschte gebannt den erstaunlich langsamen Herzschlägen der drei Männer, während er auf die flachen Oszillogramme blickte, die synchron über die Bildschirme wanderten.

Am faszinierendsten waren die Aufzeichnungen des Elektroenzephalogramms – die elektronischen Unterschriften von drei Persönlichkeiten, die einst die Fähigkeit zu denken besessen hatten und eines Tages wieder besitzen würden. Sie wiesen weder die Zacken noch die Wellentäler auf, welche die Tätigkeit eines wachen – oder selbst eines im normalen Schlaf befindlichen Gehirns charakterisierten. Wenn noch die geringste Spur eines Bewußtseins vorhanden war, befand sie sich außerhalb der Reichweite der Instrumente und der Erinnerung.

Das kannte Bowman aus eigener Erfahrung. Bevor er für diese Mission ausgewählt worden war, hatte man seine Hibernationsreaktionen getestet. Bis heute war er sich nicht sicher, ob er eine ganze Woche seines Lebens verloren – oder nur sein späteres Ableben um diese Zeitspanne hinausgeschoben hatte.

Als die Elektroden an seiner Stirn befestigt waren und die Schlafmaschine zu summen begonnen hatte, sah er trotz seiner geschlossenen Augen ein Gewirr von platzenden Sternen und kaleidoskopischen Mustern. Doch diese waren bald verschwunden, und absolute Dunkelheit hielt ihn umfangen. Er spürte weder die Injektionen noch ein Gefühl von Kälte, als man seine Körpertemperatur beinahe auf den Gefrierpunkt gesenkt hatte.

Als er erwachte, glaubte er, nur kurz geschlafen zu haben.

Doch er wußte, daß er sich täuschte, irgendwie war er überzeugt davon, daß in Wirklichkeit Jahre vergangen waren.

War die Mission bereits beendet? Hatten sie bereits den Saturn erreicht, die Vermessungen abgeschlossen und sich in Tiefschlaf versetzt? War die *Discovery II* bereits eingetroffen, um sie zur Erde zurückzubringen?

Er lag wie in Trance da, unfähig, zwischen Traum und Wirklichkeit zu unterscheiden. Als er die Augen öffnete, sah er kaum mehr als einen Komplex bunter Lichter, deren Bedeutung er nicht gleich erfassen konnte. Dann begriff er, daß er auf die Kontrollämpchen der Instrumentenwand eines Raumschiffs blickte ... Doch vermochte er sich nicht auf ihre Bedeutung zu konzentrieren und gab den Versuch bald auf.

Er wurde von einem warmen Luftstrom erfaßt, der seine Glieder aus der eisigen Kälte auftauen ließ. Aus dem Lautsprecher über seinem Kopf ertönte leise, anregende Musik. Sie wurde allmählich immer lauter.

Dann sprach eine Stimme zu ihm, deren Freundlichkeit ihn gefangennahm, obwohl er wußte, daß sie von einem Computer stammte. »Sie kehren langsam ins Bewußtsein zurück, Dave. Stehen Sie nicht auf, und vermeiden Sie jede heftige Bewegung. Versuchen Sie nicht, zu sprechen.«

Lachhaft, dachte Bowman, ich soll nicht aufstehen. Er zweifelte daran, daß er einen Finger krümmen könnte. Zu seiner Überraschung merkte er, daß es möglich war.

Er fühlte sich ganz behaglich, von einer schläfrigen Zufriedenheit erfüllt. Wahrscheinlich war das Rettungsschiff eingetroffen, die automatische Erweckungsprozedur programmiert worden, und bald würde er wieder Menschen sehen. Ein angenehmer Gedanke, aber kein Grund zu besonderer Aufregung.

Mit einemmal verspürte er Hunger. Der Computer hatte es natürlich vorausgesehen und sagte: »Bei Ihrer rechten Hand befindet sich ein Signalknopf, Dave. Wenn Sie Hunger haben, drücken Sie bitte auf ihn.«

Bowman zwang seine Finger herumzutasten und entdeckte schließlich eine birnenförmige Ausbuchtung. Er hatte sie ganz vergessen, obwohl ihm ihr Vorhandensein bekannt gewesen sein mußte. Was sonst hatte er noch vergessen?

Er drückte auf den Knopf und wartete. Gleich darauf näherte sich ihm aus der Wand der Schlafkoje ein beweglicher Metallarm, und eine Art Saugnapf aus Plastik berührte seine Lippen. Er begann gierig zu trinken, und eine warme, süße Flüssigkeit floß durch seine Kehle und ließ ihn mit jedem Tropfen neue Kraft gewinnen.

Dann wich der Metallarm wieder zurück, und er schloß zufrieden die Augen. Er konnte jetzt seine Arme und Beine bewegen, und der Gedanke, aufstehen und gehen zu müssen, schien ihm nicht länger absurd.

Obwohl seine Lebenskräfte schnell wiederkehrten, wäre er noch stundenlang träge liegengeblieben, hätte er keinen Ansporn von außen erhalten. Wieder sprach eine Stimme zu ihm – aber diesmal war es eine menschliche Stimme und nicht ein Komplex elektrischer Impulse, die von einem übermenschlichen Gehirn angesammelt worden waren. Die Stimme kam ihm sogar bekannt vor, obwohl es einige Zeit dauerte, bevor er sie einordnen konnte.

»Hallo, Dave. Du erholst dich ja glänzend. Du darfst wieder sprechen. Weißt du, wo du bist?«

Die Beantwortung dieser Frage kostete ihn einige Mühe. Wenn er sich wirklich auf einer Kreisbahn um den Saturn befand – was war in all den Monaten geschehen, seit er die Erde verlassen hatte? Wieder beunruhigte ihn das Gefühl, er könnte an Amnesie leiden. Doch paradoxerweise beruhigte ihn der Gedanke gleichzeitig. Wenn er sich an ein Fremdwort wie Amnesie erinnern konnte, mußte sein Gehirn wieder ziemlich gut funktionieren . . .

Allerdings wußte er immer noch nicht, wo er war, aber der Sprecher am anderen Ende der Leitung schien seine Situation vollkommen zu verstehen.

»Keine Sorge, Dave. Ich bin Frank Poole. Ich beobachte deine Herz- und Atemtätigkeit – und alles ist normal. Nur entspannen – keine Aufregung! Wir werden deine Koje jetzt öffnen und dich herausholen.«

Sanftes Licht drang in die Kammer; der Eingang wurde aufgeschoben, und er sah Silhouetten, die sich näherten. Im gleichen Augenblick kehrten all seine Erinnerungen wieder, und er wußte genau, wo er sich befand.

Obwohl er aus den entferntesten Bereichen des Schlafs

und beinahe von der Grenze des Todes zurückgekehrt war, hatte seine »Abwesenheit« nicht länger als eine Woche gedauert. Wenn er jetzt das Hibernakulum verließ, würde er keineswegs den kalten Saturnhimmel sehen; der war zeitlich noch über ein Jahr und räumlich eine Milliarde Kilometer entfernt. Bowman aber befand sich immer noch im Trainingszentrum der Houston Raumfahrtbasis unter der heißen Sonne von Texas.

Hal

Aber jetzt war Texas nicht zu sehen, und sogar die Vereinigten Staaten waren schwer zu erkennen. Der schlanke pfeilartige Körper der *Discovery* glitt in weitem Bogen von der Erde fort, und fast alle ihre komplizierten optischen Geräte waren auf die Zone der äußeren Planeten gerichtet, wo ihr Ziel lag.

Eines der Teleskope behielt jedoch ständig die Erde in seinem Elektronenauge. Einem Geschützvisier gleich war es an den Rand der Fernantenne montiert, und diese sorgte automatisch dafür, daß die großen Parabolspiegel unveränderlich ihr Ziel anvisierten. Solange die Erde innerhalb seines Bereichs blieb, war die Kommunikation intakt, und Botschaften konnten entlang dem unsichtbaren Strahl hin und her laufen, der mit jedem Tag, der verstrich, um über drei Millionen Kilometer länger wurde.

Zumindest einmal täglich blickte Bowman durch das antennengesteuerte Teleskop zu seiner Heimat zurück. Im Moment war der *Discovery* die nachtdunkle Hemisphäre der Erde zugewandt, und am zentralen Bildschirm erschien der Planet wie ein silbrig schimmernder Halbmond, einer zweiten Venus gleich.

Nur sehr selten waren im stets kleiner werdenden Lichtbogen geographische Konturen auszunehmen, denn Wolken und Dunst verhüllten sie, aber selbst der verdunkelte Teil der Scheibe bot einen faszinierenden Anblick. Er war mit den Lichtern der großen Städte übersät; manchmal leuchteten sie beständig, aber oft flackerten sie auf Grund atmosphärischer Störungen wie Irrlichter.

Doch periodisch erhellte der Mond auf seiner Umlaufbahn die verdunkelten Meere und Kontinente der Erde wie ein großer Scheinwerfer. Dann konnte Bowman ein Gefühl der Erregung nicht unterdrücken, wenn er im geisterhaften Mondlicht vertraute Küstenlinien erkannte. Und manchmal, wenn der Pazifische Ozean ruhig war, vermochte er sogar das Mondlicht auf seiner Oberfläche schimmern zu sehen. Und er erinnerte sich an glückliche Nächte unter den Palmen tropischer Lagunen.

Doch er trauerte dem hinter sich gelassenen Glück nicht nach. Er hatte die fünfunddreißig Jahre seines Lebens voll genossen, und er war entschlossen, sein Leben weiter zu genießen, wenn er reich und berühmt zurückkehren würde. In der Zwischenzeit ließ ihn die Entfernung alles, was hinter ihm lag, um so wertvoller erscheinen.

Das sechste Besatzungsmitglied kannte keine derartigen Gefühle, denn es war kein Mensch. Es war der hochgezüchtete *Hal-9000*-Computer, Gehirn und Nervensystem des Raumschiffes.

Hal war eine Abkürzung für »heuristisch programmierter alogarithmischer« Computer, ein Meisterwerk der dritten Generation von Elektronengehirnen. Jede von diesen schien in einem Intervall von zwanzig Jahren eine gänzlich neue Form von Wundergeräten zu repräsentieren, und der Gedanke, daß eine vierte Generation unmittelbar bevorstand, war für viele Menschen eine Quelle großer Sorge.

Die erste war in den vierziger Jahren entstanden, als die veralteten Vakuumröhrchen nur den Bau plumper Anfänger wie *Eniac* und ähnlicher Modelle ermöglicht hatten. Dann, in den sechziger Jahren, war die Technik der Mikroelektronik perfektioniert worden. Mit ihrem Aufkommen stellte sich heraus, daß Instrumente mit einer künstlichen Intelligenz, welche die des Menschen mühelos erreichen konnte, nicht größer sein mußten als ein Schreibtisch – wenn man nur wußte, wie sie zu konstruieren waren.

Möglicherweise wäre eine derartige Konstruktionsmethode nie entwickelt worden. Doch in den achtziger Jahren demonstrierten Minsky und Good, daß neutrale Schaltanlagen sich auf der Basis eines beliebigen Lehrprogramms automatisch und selbständig weiterzuentwickeln vermochten. Künstliche Gehirne konnten so mittels eines Verfahrens geschaffen werden, das verblüffend der Entwicklung des menschlichen Gehirns glich. Die genauen Details dieses Vorgangs würden allerdings nie bekannt werden, und selbst wenn, wären sie für den menschlichen Verstand millionenmal zu kompliziert.

Wie auch immer es zustande kam, das Endergebnis war eine maschinelle Intelligenz, die sämtliche Tätigkeiten des menschlichen Gehirns ausführen oder – wie manche es auszudrücken vorzogen – imitieren konnte, allerdings ungleich schneller und verläßlicher. Die Herstellung war außerordentlich kostspielig, und bisher hatte man nur wenige Einheiten der *Hal-9000*-Serie gebaut, aber der alte Scherz, es wäre billiger, menschliche Gehirne mit der beliebten alten Methode zu erzeugen, begann schal zu klingen.

Hal war für diese Mission genauso sorgfältig vorbereitet worden wie seine menschlichen Kollegen – und er besaß den Vorteil, daß er trotz unbegrenzter Fütterung und unglaublicher Reaktionsfähigkeit keinen Schlaf benötigte. Seine Hauptaufgabe bestand darin, die lebenswichtigen Einrichtungen – Sauerstoffgehalt, Temperatur, Strahlung – zu überwachen und etwaige Isolationsfehler und alle anderen komplexen Faktoren, von denen das Leben der empfindlichen menschlichen Fracht abhing, unter Kontrolle zu halten. Er konnte die verwickelten Kurskorrekturen durchführen und sogar die nötigen Flugmanöver, wenn es an der Zeit war, solche vorzunehmen. Er überprüfte unablässig den Zustand der Tiefschlafenden, regulierte ihre Versorgungsapparate und dosierte die Zufuhr der intravenösen Flüssigkeit, die sie am Leben erhielt.

Die erste Computer-Generation war mittels großer Schreibmaschinentastaturen gefüttert worden und hatte mit Schnellschreibern und Lichtsignalen geantwortet. Auch *Hal* war darauf adjustiert, aber der Kontakt zwischen ihm und seinen Reisegefährten wurde hauptsächlich durch das gesprochene Wort hergestellt. Poole und Bowman konnten zu *Hal* sprechen, als ob er ein menschliches Wesen wäre, und er antwortete ihnen in der typischen Ausdrucksweise, mit denen er in den Wochen seiner elektronischen Kindheit programmiert worden war.

Ob *Hal* tatsächlich zu denken vermochte, war eine Frage, die der britische Mathematiker Alan Turing bereits in den vierziger Jahren geklärt hatte. Turing führte aus, daß, wenn ein Mensch mit einer Maschine – gleichviel welcher Art – ein längeres Gespräch in Gang zu halten in der Lage war, ohne zwischen ihren Antworten und solchen, die ein Mensch geben würde, unterscheiden zu können, diese Maschine tatsächlich *dachte*, in jedem Sinn der Definition des Begriffs. Und *Hal* war imstande, den Turing-Test mit Leichtigkeit zu bestehen.

Es mochte sogar der Augenblick kommen, in dem *Hal* das volle Kommando des Schiffs übernehmen mußte. In einer kritischen Situation, wenn niemand seine Signale beantwortete, würde er versuchen, die schlafenden Besatzungsmitglieder durch elektrische Schläge und chemische Stimulantia aufzuwecken. Wenn sie immer noch nicht reagierten, würde er von der Erde per Funk neue Instruktionen erbitten.

Wenn er dann auch von der Erde keine Antwort erhielte, würde er alle nötigen Maßnahmen treffen, um den weiteren Flug der *Discovery* und den Erfolg der Mission zu sichern, deren Zweck er allein kannte und die seine menschlichen Kollegen nicht einmal erraten haben würden.

Poole und Bowman bezeichneten sich oft scherzhaft als Handlanger und Dienstboten an Bord eines Schiffes, das imstande war, sich selbst zu steuern. Sie wären erstaunt und nicht wenig empört gewesen, wenn sie gewußt hätten, wie sehr sie mit ihrem Scherz der Wahrheit nahe gekommen waren.

Bordroutine

Der Tagesablauf war sorgfältig geplant worden, und Bowman und Poole wußten – zumindest theoretisch –, was sie in jedem Moment der vierundzwanzig Stunden zu tun hatten. Ihre Arbeitszeit war in zwei 12-Stunden-Schichten eingeteilt, nach denen sie einander abwechselten. Der Offizier vom Dienst blieb auf dem Kontrolldeck, während sein Stellvertreter das Schiff inspizierte, die laufenden Arbeiten erledigte oder in seiner Kabine schlief.

Obwohl Bowman während dieser Reisephase offiziell Kommandant war, würde es kein Außenstehender bemerkt haben, denn er und Poole tauschten in einem 12-Stunden-Turnus vollkommen Rang und Verantwortlichkeit. Diese Tatsache hielt sie beide ständig fit, verminderte die Gefahr von Kompetenzkonflikten und garantierte eine maximale Arbeitsleistung.

Bowmans Tag begann um 06.00 Schiffszeit – die der Ephemeridenzeit der Astronomen angepaßt war. Wenn er sich verspätete, stand *Hal* ein reichhaltiges Arsenal von Pieptönen und Signalen zur Verfügung, um ihn an seine Pflichten zu erinnern. Doch das war bisher nie nötig gewesen. Poole hatte einmal probeweise den Alarm abgeschaltet, aber Bowman war trotzdem automatisch zur gewohnten Minute erwacht.

Er begann seine Arbeit damit, den Hauptzeitschalter des Hibernakulums um zwölf Stunden vorzurücken. Wenn dieser Handgriff zweimal hintereinander versäumt wurde, würde *Hal* annehmen, daß sowohl er wie Poole nicht mehr in der Lage waren, ihren Aufgaben nachzukommen, und seinerseits die nötigen Maßnahmen ergreifen.

Dann erst wusch und rasierte er sich und absolvierte seine isometrische Morgengymnastik, bevor er frühstückte und die Frühfunkausgabe der »World Times« studierte. Auf der Erde hatte er die Zeitung nie so sorgfältig gelesen wie hier; die unwichtigsten Kleinigkeiten der Gesellschaftsspalte und die haltlosesten politischen Gerüchte, die über den Bildschirm liefen, nahmen seine Aufmerksamkeit gefangen.

Um 07.00 löste er Poole auf dem Kontrolldeck ab und brachte ihm eine Tube Kaffee aus der Küche. Wenn – wie es meist der Fall war – nichts Besonderes vorlag und kein Manöver vorgesehen war, machte er sich daran, alle Instrumente abzulesen, ihre Skalen zu überprüfen und eine Reihe von Tests vorzunehmen, die dazu bestimmt waren, eventuelle Fehlerquellen festzustellen. Um 10.00 hatte er auch diese Arbeit beendet und konnte sich seinem Studium widmen.

Bowman war fast sein ganzes Leben lang Student gewesen, und er war entschlossen, es bis zu seiner Pensionierung zu bleiben. Dank der Verbesserung der Lehrmethoden und der Speichertechnik des menschlichen Gedächtnisses besaß er bereits das Wissen von zwei bis drei Universitätslehrgängen, und wichtiger noch – er konnte bis zu neunzig Prozent von dem, was er gelernt hatte, im Kopf behalten.

Noch vor fünfzig Jahren hätte man ihn als Spezialisten für angewandte Astronomie, Kybernetik und Raumfahrttechnik angesehen. Doch heute würde er in ehrlicher Entrüstung jede Andeutung zurückweisen, daß er überhaupt Spezialist war. Bowman hatte sein Interesse nie auf ein einziges Wissensgebiet konzentriert; trotz des Abratens seiner Professoren hatte er darauf bestanden, in »Allgemeiner Astronautik« zu promovieren – einem Kurs mit etwas verschwommenem Studienprogramm, bestimmt für Studenten ohne überragende Intelligenzquotienten, die keine Aussicht besaßen, jemals eine Leuchte der Wissenschaft zu werden.

Seine Entscheidung hatte sich als richtig erwiesen, denn gerade durch seine Weigerung, sich zu spezialisieren, konnte er sich für seine gegenwärtige Aufgabe qualifizieren. Aus ähnlichen Gründen hatte man Frank Poole, der sich selbst ironisch als »Handlanger der Raumbiologie« bezeichnete, zu Bowmans Kopiloten gewählt. Beide zusammen konnten – wenn nötig, mit Hilfe von *Hals* unermeßlichem Informationsspeicher – alle Probleme bewältigen, die sich während der Reise ergeben könnten, solange sie frisch und aufnahmefähig blieben und sich die für ihre Mission unerläßlichen Daten immer wieder in ihr Gedächtnis einprägten. Daher hielt Bowman zwei Stunden lang, von 10.00 bis 12.00, Zwiesprache mit einem elektronischen Instruktor, überprüfte seine allgemeinen Kenntnisse und memorierte technische Einzelheiten. Er brütete stundenlang über Schiffsplänen, Schaltdiagrammen und Flugbahnen, oder er versuchte, sich alle bekannten Daten über Jupiter, Saturn und ihre Mondsysteme anzueignen.

Mittags ging er in die Schiffsküche und überließ das Schiff *Hal*, während er das Essen zubereitete. Sogar hier blieb er in ständiger Verbindung mit dem Kontrolldeck, denn der kleine Eßraum mit Kochnische enthielt ein Duplikat der Instrumentenwand, und *Hal* konnte ihn jederzeit abrufen.

Dann kam Poole und nahm die Mahlzeit gemeinsam mit ihm ein, bevor er seine sechsstündige Ruhezeit begann. Meist sahen sie sich noch eines der amerikanischen Fernsehprogramme an.

Ihre Speisenfolge war mit der gleichen Umsicht geplant worden wie jede andere Einzelheit. Die Lebensmittel an Bord waren fast alle tiefgekühlt und pulverisiert und nach dem Gesichtspunkt der einfachsten Zubereitung ausgewählt worden. Man mußte die Pakete nur öffnen und in die Kochvorrichtung geben, die automatisch signalisierte, wenn die Mahlzeit fertig war. Die Speisen, die sie zu sich nahmen, hatten nichts von ihrem ausgezeichneten Geschmack und – was psychologisch ebenso wichtig war – von ihrem Aussehen verloren: Orangensaft, Eier in jeder Zubereitungsform, Steaks, Koteletts, Roastbeef, frisches Gemüse, Obst, Speiseeis und sogar frisch gebackenes Brot.

Nach dem Lunch, von 13.00 bis 16.00, machte Bowman eine Inspektionstour durch das ganze Schiff – soweit es ihm zugänglich war. Die Gesamtlänge der *Discovery* betrug über 120 Meter, doch die Besatzung bewegte sich ausschließlich innerhalb der relativ kleinen, luftgefüllten Kugel in seinem Rumpf.

Hier befanden sich die essentiellen Versorgungssysteme und das Operationszentrum des Schiffes, das Kontrolldeck. Darunter lag eine kleine »Garage« mit drei großen Luken, durch die Einmann-Raumkapseln die *Discovery* verlassen konnten, wenn an der Außenhülle des Fahrzeuges eine Reparatur nötig wurde.

Die Äquatorregion der bewohnten Kugel – der Sektor, der etwa der Tropenzone der Erde entsprach – war von einem langsam rotierenden Ring von etwa zehn Meter Durchmesser umschlossen. Diese karussellartige Zentrifuge machte alle zehn Sekunden eine Umdrehung und erzeugte dadurch ein künstliches Schwerefeld, das dem des Mondes entsprach. Es genügte, um dem physischen Unbehagen, das der Zustand der kompletten Schwerelosigkeit hervorrief, vorzubeugen, und ermöglichte sämtliche Lebensfunktionen unter normalen – oder beinahe normalen – Bedingungen.

Innerhalb dieses Zentrifugenteils befanden sich Küche, Speisenische und Waschräume. Nur hier durften heiße Getränke zubereitet und getrunken werden, was im Zustand der Schwerelosigkeit ziemlich gefährlich war, da man sich mit den siedenden Wassertropfen, die frei umherschwirrten, verbrühen konnte. So war auch das Rasierproblem gelöst: es gab keine Bartstummeln, die im Raum schwebten und in mechanische Teile eindringen und einen Ausfall hervorrufen konnten.

Am Außenrand des sich drehenden Rings waren die fünf kleinen Kabinen angebracht, welche die persönlichen Dinge der Astronauten enthielten und die jeder nach seinem Geschmack hatte einrichten dürfen. Im Moment waren nur die beiden von Bowman und Poole in Gebrauch, da die zukünftigen Bewohner der anderen drei Kabinen noch in ihren tiefgekühlten Särgen ruhten.

Die Umdrehung des Rings konnte notfalls gestoppt werden. Doch normalerweise ließ man ihn mit konstanter Geschwindigkeit kreisen; mit einiger Übung war es nicht schwierig, die sich langsam rotierende Zentrifuge zu betreten, indem man sich mit Hilfe eines Geländers durch die Null-g-Region ihres Zentrums durcharbeitete. Der Übergang in das »Karussell« entsprach etwa dem Besteigen einer Rolltreppe oder eines Paternosters.

Die mit Luft gefüllte Kugel formte die Spitze einer pfeilförmigen, fast zehn Meter langen Konstruktion. Wie alle für Weltraumexpeditionen bestimmten Fahrzeuge war die *Discovery* viel zu gebrechlich und zu wenig stromlinienförmig gebaut, um in eine Atmosphäre oder in das Schwerefeld eines Planeten eintauchen zu können. Man hatte sie außerhalb der Lufthülle der Erde im Orbit montiert, und ihre Jungfernfahrt und ihre letzten Probeflüge waren in Umlaufbahnen des Mondbereichs vorgenommen worden. Sie war ein hundertprozentiges Produkt des Weltraums – und man sah es ihr an.

Gleich hinter der Luftkugel befanden sich vier große Tanks mit flüssigem Wasserstoff – hinter diesen waren in Form eines großen, schmalen V die Wärme-Kompensationsflossen angebracht, die den Wärmeüberschuß des Atomreaktors neutralisierten. Sie waren von dem Röhrensystem der Kühlanlage durchzogen und glichen durch ihre Äderung den Flügeln einer großen Libelle. Von gewissen Winkeln aus gesehen, hatte die *Discovery* Ähnlichkeit mit einem aufgetakelten Segelschiff aus alten Tagen.

Am äußersten Ende des V, ungefähr neunzig Meter vom bewohnten Teil des Schiffs entfernt, befand sich der sorgfältig isolierte und zuverlässig abgeschirmte Reaktorblock und der Komplex der scharf ausgerichteten Elektroden, durch welche die weißglühende Materie – Sternenmaterie – des Plasmas austrat. Doch hatte der Reaktor seine Arbeit bereits vor Wochen beendet, als er die *Discovery* aus ihrer Mondumlaufbahn herausschoß. Jetzt diente er lediglich als allgemeine elektrische Kraftquelle für die Einrichtungen des Schiffes, und die großen »Flossen«, die in leuchtendem Rot geglüht hatten, als die *Discovery* auf Maximalbeschleunigung gebracht wurde, waren jetzt kalt und dunkel.

Obwohl es eine Exkursion im Raum erfordern würde, diesen Teil des Schiffes zu inspizieren, konnte der Offizier vom Dienst ihn durch Kontrollinstrumente und TV-Kameras ständig im Auge behalten. Bowman hatte das Gefühl, daß er nicht nur mit seinen funktionellen Teilen, sondern sogar mit jeder Schraube und jeder Nietstelle vertraut war.

Um 16.00 hatte er seine Inspektion beendet und gab seinen detaillierten Bericht an die Bodenkontrolle weiter. Dann schaltete er seinen Sender aus, empfing die Bestätigung von der Erde und funkte seine Antworten auf eventuelle Rückfragen. Punkt 18.00 wachte Poole auf, dem er dann das Kommando übergab.

Jetzt hatte er sechs Stunden Freizeit, die er nach Belieben verwenden konnte. Manchmal vertiefte er sich in seine Studien, manchmal hörte er Musik oder sah sich einen Film an. Oft stöberte er in der reichhaltigen elektronischen Bibliothek des Raumschiffs. Er war besonders an den großen Entdeckungsfahrten der Vergangenheit interessiert – eine unter den gegebenen Umständen verständliche Reaktion. Er segelte mit Pytheas zwischen den Säulen des Herkules hindurch, entlang der Küste eines kaum der Steinzeit entwachsenen Europa, und wagte sich bis zu den kalten Nebeln der nördlichen Meere vor. Oder, zweitausend Jahre später, überwand er mit Cook die Gefahren des Großen Barriereriffs und umsegelte mit Magellan erstmalig die bewohnte Welt. Und er begann, die Odyssee zu lesen.

Um sich zu entspannen, konnte er mit *Hal* mathematische und halbmathematische Spiele spielen wie Schach, Dame und Polyomino. Wenn *Hal* in vollem Einsatz war, konnte er jedes Spiel mühelos gewinnen. Aber das würde seine Gegner deprimiert haben, und deshalb war er programmiert worden, jedes zweite zu verlieren, und seine menschlichen Partner taten stillschweigend so, als wüßten sie nichts davon.

Die letzten Stunden von Bowmans Tag waren von Aufräumearbeiten und ähnlichen Dienstleistungen ausgefüllt. Um 20.00 nahm er mit Poole das Abendessen ein. Dann folgte eine Stunde, in der er mit Personen auf der Erde Privatgespräche führen konnte ...

Wie alle seine Kollegen war Bowman nicht verheiratet; man hielt nichts davon, Männer mit Familie auf derart langfristige Expeditionen zu schicken. Zwar gab es zahlreiche Damen, die versprochen hatten, auf die Rückkehr der Weltraumfahrer zu warten, doch glaubte keiner von ihnen wirklich daran. In der ersten Zeit hatten Poole und Bowman mindestens einmal wöchentlich intime Gespräche geführt, obwohl die Kenntnis, daß es diverse Mithörer gab, sie bei der Unterhaltung störte. Doch jetzt, kaum daß die Reise richtig begonnen hatte, wurden die Gespräche mit ihren Damenbekanntschaften auf der Erde immer seltener und kühler. Sie hatten das erwartet. Es war der Preis, den Astronauten zahlen mußten – so wie in früheren Zeiten die Seeleute.

Allerdings hatten Matrosen die Möglichkeit, sich in den Häfen, die sie anliefen, schadlos zu halten. Unglücklicherweise gab es im Weltall keine tropischen Inseln mit dunkelhäutigen Mädchen. Die Raummediziner hatten natürlich auch dieses Problem gelöst, und die Schiffsapotheke war reichlich mit einschlägigen, wenngleich wenig unterhaltenden Ersatzmitteln versehen.

Bevor er sein Tagesprogramm beendete, verfaßte Bowman einen Schlußbericht und überzeugte sich, daß *Hal* alle Instrumentenfunktionen auf Band gespeichert hatte. Dann, wenn er Lust hatte, sah er sich noch einen Fernsehfilm an oder las ein Buch; um Mitternacht pflegte er einzuschlafen – meist ohne Hilfe der Elektronarkose.

Pooles Programm glich dem seinen aufs Haar, und die Einteilungen der beiden stimmten reibungslos miteinander überein. Beide waren vollauf beschäftigt, und sie waren zu intelligent und ausgeglichen, um zu streiten. Der Flug war zu einer bequemen und ereignislosen Routine geworden, dessen Zeitablauf nur durch die Bewegung der Uhrzeiger erkennbar war.

Allerdings war eben das die Hoffnung der *Discovery*-Besatzung: daß die friedliche Monotonie der kommenden Wochen und Monate durch nichts gestört werden würde.

Durch den Asteroidengürtel

Woche um Woche, wie ein Straßenbahnwagen auf seinen Schienen, flog die *Discovery* nach Verlassen des Marsorbits auf Jupiter zu. Zum Unterschied von Schiffen und Flugzeugen der Erde bedurfte sie nicht der geringsten Steuerung. Ihr Kurs war von den Gravitationsgesetzen fixiert; für sie gab es weder gefährliche Sandbänke noch unbekannte Riffe, an denen sie zerschellen konnte. Es bestand auch nicht die geringste Gefahr für sie, mit einem anderen Schiff zusammenzustoßen, denn es befand sich kein Fahrzeug – zumindest kein von Menschenhand gebautes – zwischen ihr und den Sternen.

Trotzdem war der Raum, den sie jetzt durchfuhr, keineswegs leer. Vor ihr lag ein Gürtel von mehr als einer Million Asteroiden, und die Astronomen hatten höchstens die Umlaufbahn von zehntausend von ihnen berechnet. Nur vier besaßen einen Durchmesser von über hundert Kilometern; die meisten von ihnen waren nur riesige Felsbrocken, die ziellos durch das All schwirrten.

Es war unmöglich, etwas gegen sie zu tun. Auch der kleinste von ihnen konnte das Schiff vernichten, wenn er es mit einer Geschwindigkeit von 10 000 Stundenkilometern rammte, doch eine solche Kollision war höchst unwahrscheinlich. Im Durchschnitt gab es nur einen Asteroiden pro dreieinhalb Millionen Kubikkilometer. Daß die *Discovery* ausgerechnet zur gleichen Zeit an der gleichen Stelle sein sollte wie einer von ihnen, bereitete ihrer Besatzung wenig Sorge.

Am 86. Reisetag würde ihre größte Annäherung an einen der bekannten Asteroiden stattfinden. Er war unter der Nummer 7794 registriert – es handelte sich um einen Felsbrocken von etwa fünfzig Meter Durchmesser, der 1997 vom Mondobservatorium entdeckt und dann sofort wieder vergessen worden war, außer von den Computern der Planetoiden-Erfassungsstelle.

Als Bowman seinen Dienst antrat, erinnerte ihn *Hal* sofort an das bevorstehende Treffen. Natürlich hätte er ohnehin nicht das einzige Ereignis vergessen, das die Monotonie ihres monatelangen Fluges unterbrechen würde. Die Laufbahn des Asteroiden und seine Koordinaten im Moment der größten Annäherung waren bereits auf dem Positionskontrollschirm vermerkt. Auch alle Beobachtungen, die sie vornehmen oder zumindest vorzunehmen versuchen sollten, standen auf ihrem Arbeitsprogramm. Sie würden eine Menge zu tun haben, wenn 7794 in einer Distanz von nur 1500 Kilometern und mit einer Geschwindigkeit von etwa 120 000 Stundenkilometern an ihnen vorbeiflitzen würde.

Als Bowman von *Hal* eine teleskopische Wiedergabe anforderte, erschien auf dem Schirm nur ein Sternenfeld mittlerer Dichte. Es gab nichts, was einem Asteroiden glich; selbst unter der stärksten Vergrößerung waren nur diffuse Lichtreflexe zu sehen.

»*Fadenkreuz!*« befahl Bowman. Sofort wurden vier feine Linien sichtbar, in dessen Mittelpunkt sich ein kleiner unscheinbarer Stern befand. Er beobachtete ihn lange und fragte sich bereits, ob *Hal* möglicherweise ein Fehler unterlaufen war. Dann sah er einen stecknadelgroßen Lichtpunkt, der sich beinahe unmerklich über den Hintergrund der Sterne bewegte. Er mochte im Moment noch fast zwei Millionen Kilometer entfernt sein, aber seine Bewegung bewies, daß er sich – im Maßstab kosmischer Distanzen – fast in Greifweite befand.

Als Poole sechs Stunden später zu ihm aufs Kontrolldeck kam, hatte sich die Helligkeit von 7794 um ein Hundertfaches verstärkt. Er bewegte sich jetzt so schnell, daß an seiner Identität nicht mehr gezweifelt werden konnte. Außerdem war in der Zwischenzeit aus dem Lichtpunkt eine klar sichtbare Scheibe geworden.

Sie starrten auf diesen vorüberziehenden Kieselstein des Himmels mit den Gefühlen eines Seemanns auf hoher Fahrt, der eine Küste erspäht, an der er nicht landen kann. Sie wußten zwar genau, daß 7794 nichts anderes war als ein lebloser, atmosphäreloser Felsbrocken, doch ihre Gefühle wurden durch diese Kenntnis nicht beeinträchtigt. Es war das einzige Stück Masse, dem sie auf dieser Seite des Jupiter, der noch dreihundert Millionen Kilometer entfernt war, begegnen würden. Durch ihr starkes Teleskop konnten sie sehen, daß der Asteroid sehr unregelmäßig geformt war und sich langsam drehte. Manchmal sah er wie eine abgeflachte Kugel aus, manchmal wie ein gezackter Ziegelstein; seine Rotationszeit betrug etwas über zwei Minuten. Auf seiner Oberfläche lagen in buntem Durcheinander Flecken von Licht und Schatten verteilt, und oft funkelte er wie ein Fenster, auf das Sonnenstrahlen fallen.

Er raste mit fast fünfzig Kilometern pro Sekunde an ihnen vorbei, und es standen ihnen nur wenige Minuten zur Verfügung, ihn aus der Nähe zu beobachten. Die automatischen Kameras machten Dutzende von Aufnahmen, und die Radarechos wurden für eine spätere Analyse sorgfältig gespeichert. Sie hatten gerade noch Zeit, eine Aufschlagsonde auszuschicken.

Die Sonde enthielt keine Instrumente, denn keines hätte einer Kollision standgehalten. Es handelte sich nur um ein kleines Metallstück, das sie auf einen Kurs brachten, der den des Asteroiden kreuzen mußte.

Poole und Bowman warteten nach dem Abschuß ihrer Sonde mit steigender Spannung. Obwohl das Experiment im Grund höchst einfach war, stellte es die Leistungsfähigkeit ihrer Instrumente auf eine äußerste Probe. Denn sie schossen aus einer Entfernung von tausenden Kilometern auf eine Zielscheibe, deren Durchmesser nicht größer war als vierzig Meter.

Auf dem Asteroiden war plötzlich ein greller Explosionsblitz zu sehen. Die Metallsonde war mit der Geschwindigkeit eines Meteors aufgeschlagen, und im Bruchteil einer Sekunde hatte sich seine ganze Energie in Hitze verwandelt. Ein Schwall weißglühenden Gases schoß in den Raum, und an Bord der *Discovery* zeichneten die Kameras die schnell verblassenden Spektrallinien auf. Die Fachleute auf der Erde würden sie analysieren und aus ihren Merkmalen die Charakteristika der verglühenden Atome herauszulesen versuchen. Auf diese Weise würde zum erstenmal die Zusammensetzung einer Asteroidenkruste bestimmt werden.

Innerhalb einer Stunde war 7794 nur mehr ein sinkender Stern, keine Scheibe mehr, sondern lediglich ein Punkt. Als Bowman wieder zum Dienst erschien, war auch dieser verschwunden.

Sie waren wieder allein im Raum; und allein würden sie bleiben, bis sie sich in drei Monaten dem äußersten der Jupitermonde nähern konnten.

An Jupiter vorbei

Sogar jetzt, in einer Entfernung von dreißig Millionen Kilometern, war Jupiter das markanteste Objekt, das am Himmel zu sehen war. Der Planet glich einer fahlen, lachsfarbenen Scheibe, etwa von der halben Größe des von der Erde sichtbaren Mondes, und war von parallelen Bändern durchzogen, die von seinen Wolkengürteln herrührten. Auf der Höhe seines Äquators umkreisten ihn strahlende Monde: Io, Europa, Ganymed, Callisto – Gestirne, die ihrer Größe nach unabhängige Planeten hätten sein können, hier aber nur einem Giganten als Satelliten dienten.

Durch das Teleskop betrachtet, war Jupiter ein überwältigender Anblick – ein buntscheckiger Globus, der den gesamten Himmel auszufüllen schien. Es war unmöglich, seine wahre Größe zu erfassen. Bowman rief sich immer wieder in Erinnerung, daß sein Durchmesser elfmal so groß war wie der der Erde, aber vorläufig waren das bloß astronomische Zahlen ohne Bedeutung.

Doch als er sich die Fachbücher aus der Bibliothek vornahm, stieß er auf etwas, was ihm die erschreckende Größe des Planeten ins Bewußtsein rief. Es war eine Illustration, welche die Gesamtoberfläche der Erde auf die Jupiterscheibe projiziert zeigte. Auf diesem Hintergrund erschienen alle Kontinente und Meere der Erde nicht größer als Indien auf einem Erdglobus.

Wenn Bowman die Teleskope der *Discovery* auf äußerste Vergrößerung einstellte, hatte er das Gefühl, über einer schwach abgeplatteten Kugel zu schweben und auf rasende Wolken hinunterzuschauen, welche die schnelle Rotation des Giganten als verwischte Bänder erscheinen ließ. Manchmal erstarrten diese Bänder zu Bündeln und Knoten und kontinentgroßen Massen von buntem Nebel, manchmal waren sie durch tausend Kilometer lange Brücken verbunden. Die Materie, die hinter diesen Wolken verborgen war, überwog die Masse aller anderen Planeten des Sonnensystems. Und Bowman fragte sich, was dort sonst noch verborgen lag.

Über diese wildbewegte Wolkenwand, welche die Oberfläche des Planeten verhüllte, glitten in unregelmäßigen Abständen runde Schatten. Dann schirmte einer der inneren Monde auf seinem Durchgang die Sonnenstrahlen ab, und seine Silhouette zeichnete sich auf der Wolkendecke ab.

Aber es gab auch andere, weitaus kleinere Monde — sogar hier in dreißig Millionen Kilometern Entfernung vom Planeten. Das waren nur schwebende Felsbrocken mit einem Durchmesser von einigen Dutzenden Kilometern, doch die *Discovery* kam keinem von ihnen in die Nähe.

Das Radargerät sendete alle paar Minuten seine Strahlen aus, aber kein Echo eines Satelliten wurde aufgefangen.

Was aber zu hören war, und mit ständig größerer Lautstärke, war das Dröhnen Jupiters eigener Radiostimme. Schon im Jahr 1955, knapp vor Beginn des Raumzeitalters, waren Astronomen überrascht gewesen, daß Jupiter auf dem Zehnmeterband Millionen Pferdestärken ausstrahlte. Dieses Getöse stand in Verbindung mit einem Hof elektrisch geladener Teilchen, die den Planeten umkreisen wie der Van-Allen-Gürtel die Erde, nur in ungleich größerem Ausmaß.

Manchmal, während seiner einsamen Stunden auf dem Kontrolldeck, lauschte Bowman diesem Echo. Er drehte den Verstärker auf, bis der ganze Raum mit Knacken und Zischen erfüllt war, das in unregelmäßigen Abständen von kurzem Pfeifen und Piepen unterbrochen wurde. Es war ein unheimliches Geräusch, das so wenig Beziehung zum menschlichen Leben hatte wie die Meeresbrandung an Klippen oder ein Donnerschlag am Horizont.

Sogar mit ihrer jetzigen Geschwindigkeit von über hundertfünfzigtausend Stundenkilometern würde die *Discovery* noch fast zwei Wochen brauchen, ehe sie die Umlaufbahnen aller Jupiter-Satelliten durchflog. Der Riesenplanet besaß mehr Trabanten als die Sonne, das Mond-Observatorium entdeckte jedes Jahr neue. Bisher waren sechsunddreißig registriert worden, und der äußerste Satellit – Jupiter XXVII – entfernte sich auf seiner unsteten Bahn dreißig Kilometer von seinem jetzigen Gravitationszentrum. Er war das Opfer eines ständigen Tauziehens zwischen dem Jupiter und der Sonne, denn der Planet fing dauernd kurzlebige Monde aus dem Asteroidengürtel ein, die er nach einigen Millionen Jahren freigeben mußte. Nur die inneren Satelliten waren sein bleibender Besitz, die Sonne konnte sie seinem Griff nicht entwinden.

Jetzt aber schien es neue Beute für sein Schwerefeld zu geben. Die *Discovery* näherte sich dem Planeten auf einer komplizierten Bahn, die vor Monaten von Astronomen auf der Erde berechnet worden war und von *Hal* konstant überprüft wurde. Von Zeit zu Zeit, wenn am Kurs minuziöse Korrekturen vorgenommen wurden, erfolgten Kurzzündungen der Kontrolldüsen, die aber an Bord kaum wahrzunehmen waren.

Über die Funkverbindung mit der Erde wurden ständig Informationen ausgetauscht. Die *Discovery* war jetzt so weit von ihrem Ausgangspunkt entfernt, daß ihre Signale selbst mit Lichtgeschwindigkeit fünfzig Minuten benötigten, um ihr Ziel zu erreichen. Obwohl die ganze Welt mit Hilfe der Augen und Instrumente von Bowman, Poole und *Hal* das Nahen Jupiters gespannt beobachtete, dauerte es fast eine Stunde, ehe ihre Entdeckungen auf der Erde eintrafen.

Die teleskopischen Kameras waren ständig in Betrieb, als das Schiff die Kreisbahn der riesigen inneren Satelliten kreuzte, von denen jeder größer war als der Mond. Drei Stunden, bevor sie den Orbit des Trabanten Europa verließen, waren sie nur dreißigtausend Kilometer von ihm entfernt. Alle Instrumente waren auf den sich nähernden Jupiter-Satelliten gerichtet, der erst immer größer wurde, sich dann von einer Kugel in einen Halbmond verwandelte und schließlich sonnenwärts entschwebte.

Unter den Piloten lagen sechsunddreißig Millionen Quadratkilometer Land, das bis dahin selbst unter dem stärksten Teleskop nur als Lichtpunkt zu sehen gewesen war. Sie rasten in wenigen Minuten darüber hinweg und mußten die Begegnung durch Speicherung möglichst vieler Daten ausnützen. Später würden sie Monate Zeit haben, sich mit ihnen zu befassen.

Auf Distanz glich der Trabant Europa einem riesigen Schneeball, der das Licht der fernen Sonne mit auffallender Stärke reflektierte. Nähere Betrachtung bestätigte dieses Phänomen; zum Unterschied vom staubbedeckten Mond leuchtete Europa in hellem Weiß, und ein großer Teil seiner Oberfläche war mit glitzernden Brocken übersät, die wie gestrandete Eisberge aussahen. Man durfte annehmen, daß sie aus Ammoniak und Wasser bestanden und aus irgendwelchen Gründen von der Anziehungskraft des Planeten nicht erfaßt worden waren.

Entlang dem Äquator sah man nackten Fels; ein phantastisches Niemandsland mit gezackten Gebirgen und tief eingeschnittenen Schluchten tauchte auf, das wie ein dunkles Band diese kleine Welt umschloß. Es gab auch einige Einschlagkrater, aber keine Merkmale vulkanischer Tätigkeit. Anscheinend hatte Europa nie einen feurig-flüssigen Kern besessen.

Doch, wie vermutet, zeigten sich auch Spuren einer Atmosphäre. In manchen Regionen waren Anzeichen von Wolkenbildungen zu sehen — vielleicht ein dünner Nebel von Ammoniaktropfen, die von Methanwinden bewegt wurden.

So schnell der Trabant am Himmel vor ihnen aufgetaucht war, verschwand er wieder. Jetzt war Jupiter nur mehr zwei Stunden Flugzeit entfernt. *Hal* prüfte und überprüfte die Flugbahn des Raumschiffs mit unermüdlicher Sorgfalt, und bis zum Moment der größten Annäherung mußten keine Geschwindigkeitskorrekturen vorgenommen werden. Doch selbst, wenn man das wußte, war es eine große Nervenbelastung, den gigantischen Globus von Minute zu Minute anschwellen zu sehen. Es war kaum zu glauben, daß die *Discovery* nicht direkt auf ihn zuflog und daß das gewaltige Schwerefeld des Planeten sie nicht erfassen, niederziehen und vernichten würde.

Jetzt war es an der Zeit, die atmosphärischen Sonden auszuschicken; man hoffte, sie würden lange genug intakt bleiben, um über das zu berichten, was sich tief und unsichtbar unter der Wolkendecke des Planeten befand. Zwei plumpe, bombenförmige Kapseln, die von einem Hitzeschild aus Titanlegierung geschützt waren, wurden auf Flugbahnen gebracht, die anfangs kaum vom Kurs der *Discovery* abwichen. Doch bald trieben sie langsam vom Raumschiff fort.

Jetzt konnte man sogar mit freiem Auge wahrnehmen, was *Hal* bestätigt hatte. Die Flugbahn brachte die *Discovery* dem Planeten erschreckend nahe, doch es würde zu keiner Kollision kommen, und sie würde auch nicht in seine Atmosphäre eintauchen. Die Distanz von der Gefahrenzone betrug zwar nur einige hundert Kilometer — eine lächerliche Kleinigkeit, wenn man es mit einem Planeten zu tun hatte, dessen Durchmesser über 142 000 Kilometer betrug. Aber sie genügte gerade, um der Anziehungskraft zu entgehen.

Jupiter füllte nun den gesamten sichtbaren Himmel aus; er war so riesig, daß man es kaum fassen konnte. Ohne die außergewöhnliche Farbenpracht der Atmosphäre unter ihm, die von Rot und Rosa bis zu einem grellen Gelb spiegelte, hätte Bowman glauben können, daß er über eine Wolkendecke der Erde flog.

Und jetzt geschah es zum erstenmal während ihrer ganzen Reise, daß sie die Sonne aus dem Blickwinkel verloren. Trotz sinkender Leuchtkraft und schrumpfender Größe war sie die ganzen fünf Monate hindurch von der *Discovery* aus immer zu sehen gewesen. Doch nun tauchte ihre Umlaufbahn in Jupiters Schatten, und bald würde sie hinter der Nachtseite des Planeten untergegangen sein.

Ein Streifen seltsamen Zwielichts glitt auf sie zu, und dahinter versank die Sonne schnell in die Wolkenbänke des Planeten. Ihre Strahlen bildeten am Horizont zwei flammende Bogen, die immer kleiner wurden und schließlich in einem kurzen Auflodern erloschen. Es wurde Nacht.

Trotzdem war die Riesenwelt unter ihnen nicht völlig dunkel. Sie war von einer Phosphoreszenz überflutet, die ständig heller erschien, je mehr sich die Augen an die Szenerie gewöhnten. Lichtströme spannten sich von Horizont zu

Horizont wie das glitzernde Kielwasser eines Schiffes auf einem tropischen Meer. Manchmal trafen sie sich in einem brodelnden See von flüssigem Feuer, der von Entladungen, die vom unsichtbaren Planeten selbst herrührten, aufgewühlt wurde. Der Anblick war derart eindrucksvoll, daß Poole und Bowman sich kaum von ihm lösen konnten. War das, was sie sahen, das Resultat chemischer und elektrischer Kräfte da unten im siedenden Hexenkessel – oder das Produkt einer phantastischen, unvorstellbaren Lebensform? Doch mit diesen Fragen mochten sich die Wissenschaftler noch beschäftigen, wenn das soeben angebrochene Jahrhundert zu Ende ging.

Je tiefer sie in die Jupiter-Nacht eintauchten, desto heller strahlte die Glut unter ihnen. Einmal hatte Bowman während eines Fluges über Nord-Kanada das Phänomen des Polarlichts beobachten können; die schneebedeckte Landschaft war genauso kahl und funkelnd gewesen. Aber die arktische Wildnis, sagte er sich, war immer noch Hunderte Grade wärmer als die Regionen, über denen sie sich jetzt bewegten. »Erdsignale werden schwächer«, kündigte *Hal* an. »Wir treten in die erste Streuungszone ein.«

Das war zu erwarten gewesen – ja, es gehörte zu den Aufgaben der Mission, zu ermitteln, ob die Absorption der Radiowellen wesentliche Aufschlüsse über die Zusammensetzung der Jupiteratmosphäre geben könnte. Doch jetzt, als sie sich bereits hinter dem Planeten befanden und von jeder Kommunikation mit der Erde abgeschnitten waren, hatten sie plötzlich das Gefühl unendlicher Verlassenheit. Die Funkstille würde zwar nur eine Stunde lang dauern, dann würden sie dem Störbereich Jupiters entronnen sein und den Kontakt mit den Menschen wieder aufnehmen können. Doch diese Stunde sollte die längste ihres Lebens werden.

Obwohl sie verhältnismäßig jung waren, hatten Poole und Bowman bereits ein Dutzend Raumfahrten hinter sich. Aber in diesem Moment fühlten sie sich wie Anfänger. Jetzt waren sie Objekte eines noch nie unternommenen Versuchs; nie zuvor hatte sich ein Fahrzeug mit einer solchen Geschwindigkeit bewegt, nie zuvor sich in die Nähe eines derartigen Schwerefelds gewagt. Der kleinste Navigationsirrtum in diesen kritischen Momenten würde die *Discovery* weit hinaus in die Grenzbezirke des Sonnensystems führen, wo es keine Hoffnung auf Rettung gab.

Die Minuten schlichen langsam dahin. Jupiter war jetzt eine senkrechte phosphoreszierende Wand, die sich in der Unendlichkeit verlor – und die *Discovery* klomm steil an ihr empor. Obwohl Bowman und Poole genau wußten, daß ihre Geschwindigkeit so groß war, daß sie selbst von der Anziehungskraft Jupiters nicht erfaßt werden konnten, war es kaum zu glauben, daß das Raumschiff nicht zu einem Satelliten dieser Gigantenwelt werden würde.

Schließlich, in weiter Ferne, erschien ein glänzender Strahl am Horizont. Sie tauchten wieder aus dem Schatten auf und flogen dem Sonnenlicht entgegen. Fast gleichzeitig verkündete *Hal:* »Ich habe wieder Kontakt mit der Erde. Ich freue mich, euch mitteilen zu können, daß wir die Gefahrenzone ohne Zwischenfall durchquert haben. Fahrzeit bis Saturn sind noch 167 Tage, fünf Stunden und elf Minuten.«

Die Berechnungen waren auf die Minute genau gewesen, und die unfehlbare Präzision der Computer hatte sich in den kritischen Stunden in Jupiter-Nähe glänzend bewährt. Wie ein Ball auf einem kosmischen Billardbrett war die *Discovery* vom Schwerefeld des Planeten abgestoßen worden und hatte durch den Impakt erhöhte Schwungkraft gewonnen. Ohne Treibstoff zu verwenden, hatte sie ihre Geschwindigkeit um etliche tausend Stundenkilometer erhöht.

Trotzdem waren die Gesetze der Mechanik nicht verletzt worden. Die Natur sorgt immer für Ausgleich, und Jupiter hatte genausoviel Energie verloren, wie die *Discovery* gewonnen hatte. Die Bewegung des Planeten war langsamer geworden, doch da seine Masse zehnmillionenmal größer war als die des Raumschiffs, war die Veränderung seiner Umlaufbahn minimal. Die Stunde, in welcher der Mensch im Sonnensystem seine Spur hinterlassen konnte, war noch nicht gekommen.

Als es jetzt schnell heller wurde und die kleine Sonne wieder über dem Jupiter-Himmel aufstieg, schüttelten sich Poole und Bowman schweigend die Hände.

Sie konnten es noch kaum fassen, aber sie hatten den ersten Teil ihrer Mission glücklich hinter sich gebracht.

Aber sie hatten das »Unternehmen Jupiter« noch nicht abgeschlossen. Weit hinter ihnen tauchten die beiden Sonden der *Discovery* in seine Atmosphäre ein.

Von einer hörte man nie wieder; vermutlich war ihr Eintrittswinkel zu steil gewesen, und sie war verglüht, bevor sie eine Nachricht aussenden konnte. Die zweite war erfolgreicher; sie schoß durch die oberen Schichten der Jupiterhülle, dann glitt sie wieder in den Raum hinaus. Wie geplant, verlor sie bei der Annäherung so viel Geschwindigkeit, daß sie in einem großen elliptischen Bogen zurückfiel. Zwei Stunden später tauchte sie auf der Tagesseite des Planeten erneut in seine Atmosphäre ein – mit einer Geschwindigkeit von 112 000 Stundenkilometern.

Sofort wurde sie von einer Wolke von weißglühendem Gas eingehüllt, und der Radiokontakt ging verloren. Die beiden Beobachter auf dem Kontrolldeck warteten gespannt. Sie konnten nicht sicher sein, ob die Sonde den Anforderungen gewachsen sein – und ob der Hitzeschild nicht vor Beendigung des Bremsvorgangs schmelzen würde. Wenn das geschah, würden die Instrumente im Bruchteil einer Sekunde verglüht sein.

Doch der Schild hielt stand. Die versengten Fragmente wurden abgeworfen, der künstliche Meteor streckte seine Antennen aus und begann mit seinen elektronischen Augen Umschau zu halten. An Bord der *Discovery,* die jetzt schon fast vierhunderttausend Kilometer entfernt war, überbrachten die Funkwellen die ersten authentischen Nachrichten vom Jupiter.

Tausende Impulse übermittelten in Sekundenschnelle Daten über die atmosphärische Zusammensetzung, Druck, Temperatur, Magnetfelder, Radioaktivität und viele andere Fakten, die nur Fachleute auf der Erde entziffern konnten. Doch eine Mitteilung war auch für die Piloten selbst unmißverständlich: das farbige Fernsehbild, das von der fallenden Sonde ausgestrahlt wurde.

Die ersten Aufnahmen trafen ein, als sie bereits in die Atmosphäre eingetaucht war und die Schutzhülle abgestreift hatte. Zuerst sah man nur einen mit roten Flecken durchsetzten gelben Nebel, der sich mit erschreckender Geschwindigkeit von der Kamera fortbewegte.

Der Nebel verdichtete sich. Es war unmöglich zu erraten, ob die Kamera eine Handbreit oder zehn Kilometer weit sah, denn es gab keine vergleichbaren Details, auf die sich das Auge hätte konzentrieren können. Es schien, als ob die Mission — zumindest was das Fernsehsystem betraf — ein Fehlschlag war. Die TV-Instrumente funktionierten zwar, aber es gab nichts zu sehen als aufgewirbelten Dunst.

Dann plötzlich lichtete sich der Nebel. Die Sonde mußte eine hohe Wolkenschicht durchstoßen und eine ungetrübte Zone erreicht haben — vielleicht eine Region von fast reinem Wasserstoff mit einem spärlichen Zusatz von Ammoniakkristallen. Obwohl es immer noch nicht möglich war, die Reichweite des Bildes abzuschätzen, schien die Kamera jetzt einen Blickwinkel von vielen Kilometern zu haben.

Die Szenerie war so eigenartig, daß sie für Augen, die an die Farben und Umrisse der Erde gewöhnt waren, kaum einen Sinn ergab. Tief, tief unten lag ein uferloses goldenes Meer, durchzogen von parallelen Streifen, die aussahen wie die Kämme gigantischer Wogen. Doch war keinerlei Bewegung auszunehmen; die Dimension der Szenerie war zu groß, um eine solche sichtbar werden zu lassen. Auch konnte die goldene See unmöglich ein wirklicher Ozean sein, denn sie befand sich viel zu hoch innerhalb der Jupiteratmosphäre. Es konnte sich nur um eine weitere Wolkenschicht handeln.

Dann erfaßte die Kamera in einer durch die Distanz irreführenden Perspektive ein seltsames Phänomen. In weiter Ferne ballte sich das goldene Meer zu einem seltsam symmetrischen Kegel, der einem Vulkan glich. Rund um den Gipfel dieses Kegels befand sich ein Hof von kleinen Wolken; alle waren von gleicher Größe, aber jede von ihnen in einem bestimmten Abstand von der anderen. Sie boten einen beunruhigenden und unnatürlichen Anblick — wenn man das Wort »natürlich« in bezug auf dieses seltsame Panorama überhaupt anwenden durfte.

Dann wurde die Sonde durch einen plötzlichen Wirbel in der sich schnell verdichtenden Atmosphäre zu einem anderen Teil des Horizontes getrieben. Einige Sekunden lang zeigte der Schirm wieder nichts als goldenen Nebel. Dann wurde er wieder klar: das »Meer« war jetzt viel näher, aber immer noch rätselhaft. Man konnte nun feststellen, daß es große dunkle Flecken aufwies – Öffnungen, welche in noch tiefer liegende Schichten der Atmosphäre hinabführten.

Doch die Sonde sollte sie nicht erreichen. Von Kilometer zu Kilometer verdoppelte sich die Dichte des sie umgebenden Gases, und der Druck stieg an, als sie tiefer und tiefer der verborgenen Oberfläche des Planeten entgegenstürzte. Sie befand sich immer noch hoch über dem mysteriösen Meer, als das Bild kurz aufflackerte und dann verschwand; der erste Explorer von der Erde war vom gewaltigen Druck der ihn umgebenden Atmosphäre zermalmt worden.

Seine kurze Existenz hatte nicht mehr als einen kleinen Blick auf den vielleicht millionsten Teil von Jupiter gestattet, und er war der Oberfläche des Planeten kaum nahe gekommen. Als das Bild vom Schirm verschwand, saßen Bowman und Poole lange Zeit schweigend da und hingen den gleichen Gedanken nach.

Die alten Griechen und Römer hatten, als sie diese Welt nach dem Herrn des Himmels benannten, eine bessere Wahl getroffen, als sie ahnen konnten. Wenn es dort unten eine Form von Leben gab, wie lange würde man benötigen, um eine Spur von ihm ausfindig zu machen? Und wie viele Jahrhunderte würden vergehen, bevor die Menschen dem ersten Pionier folgen könnten – und in welcher Art Raumschiff?

Doch mit diesen Fragen hatte sich die Besatzung der *Discovery* jetzt nicht zu beschäftigen. Ihr Ziel war eine noch fremdere Welt, die beinahe doppelt so weit von der Sonne entfernt war – getrennt durch fast siebenhundert Millionen Kilometer kometendurchzogenen Weltraums.

ABGRUND

Geburtstagsfeier

Die Klänge von »Happy Birthday to you« rasten mit Lichtgeschwindigkeit über eine Distanz von über tausend Millionen Kilometern durch und brachten ungewohnte Fröhlichkeit auf das Kontrolldeck der *Discovery*. Dann wurde es wieder still.

Auf der Erde saß die Poole-Familie ziemlich selbstbewußt um eine große Geburtstagstorte. Schließlich räusperte sich Mr. Poole und sprach mit rauher Stimme: »Nun, mein Sohn, ich weiß im Moment nichts weiter zu sagen, außer daß unsere Gedanken bei dir sind, und daß wir dir alles Gute wünschen.«

»Paß gut auf dich auf, Frank«, rief Mrs. Poole, den Tränen nahe. »Gott segne dich.« Dann riefen alle zusammen »Auf Wiedersehen«, und der Bildschirm wurde dunkel.

Wie seltsam, sagte sich Poole, daß all das vor über einer Stunde vor sich gegangen war; im Moment würde seine Familie wieder auseinandergegangen sein, würden ihre Mitglieder sich in alle Richtungen zerstreut haben. Wie für jeden Menschen seiner Zeit war es für Poole selbstverständlich, daß er – wann immer er Lust dazu hatte – mit jeder beliebigen Person auf der Erde im selben Augenblick sprechen konnte. Daß dies nicht länger möglich war, sondern eine Zeitspanne von sechzig Minuten erforderte, machte auf ihn einen tiefen Eindruck. Er hatte sich in eine neue Dimension von Entfremdung begeben, und das war beinahe mehr, als er seinen Gefühlen zumuten konnte.

»Tut mir leid, die Festlichkeit zu unterbrechen«, sagte *Hal*. »Aber wir haben ein Problem.«

»Was für ein Problem?« fragten Bowman und Poole gleichzeitig.

»Ich habe Schwierigkeiten, mit der Erde Kontakt aufrechtzuerhalten. Die Störung liegt im Aggregat AE-35. Mein Vorwarnzentrum signalisiert, daß es innerhalb von 72 Stunden ausfallen dürfte.«

»Wir werden das in Ordnung bringen«, erwiderte Bowman. »Gib mir die optische Kontrolle.«

»Da ist sie, Dave. Im Moment absolut O. K.«

Auf dem Bildschirm erschien ein Halbmond, der sich strahlend von einem beinahe sternenfreien Himmel abhob. Er war mit Wolken bedeckt und zeigte keine einzige erkennbare geographische Kontur. Auf den ersten Blick hätte man ihn irrtümlich für die Venus halten können.

Aber nicht, wenn man genauer hinsah, denn neben ihm befand sich ein wirklicher Mond, den die Venus nicht besaß – nur ein Viertel so groß wie die Erde selbst und in der gleichen Phase. Man konnte sich vorstellen, daß die beiden Körper Mutter und Kind waren – wie viele Astronomen geglaubt hatten, bevor die Beschaffenheit von Mondbrocken unzweifelhaft bewies, daß der Mond nie ein Teil der Erde gewesen war.

Poole und Bowman prüften schweigend den Bildschirm. Das Bild stammte von der Weitwinkelkamera, die am Rand des Parabolspiegels montiert war; das Fadenkreuz in seinem Zentrum zeigte die genaue Ausrichtung der Antenne. Wenn der Richtstrahl nicht genau die Erde traf, konnte weder gesendet noch empfangen werden. Die Botschaften würden ihr Ziel verfehlen und sich ungehört und ungesehen im Sonnensystem und im jenseitigen leeren Raum verlieren. Wenn überhaupt, würden sie erst in Jahrhunderten – und sicher nicht von menschlichen Wesen – aufgefangen werden.

»Weißt du, wo der Fehler steckt?« fragte Bowman.

»Nein, ich kann ihn nicht lokalisieren. Aber er scheint im Aggregat AE-35 zu liegen.«

»Was schlägst du vor?«

»Am besten wäre es, das Aggregat auszuwechseln, damit wir es überprüfen können.«

»O. K. Sehen wir uns den Plan an.«

Das gewünschte Bild erschien auf dem Schirm; gleichzeitig glitt aus einem darunterliegenden Schlitz eine Fotokopie. Trotz aller elektronischen Ablesemöglichkeiten gab es immer noch Momente, in denen eine gute, altmodische, technische Zeichnung die praktischste Form der Wiedergabe war.

Bowman warf einen Blick auf die Diagramme, dann stieß er einen Pfiff aus. »Das bedeutet, daß einer das Schiff verlassen muß«, sagte er. »Das hättest du uns sagen können.«

»Tut mir leid«, erwiderte *Hal*. »Ich nahm an, ihr wußtet, daß sich AE-35 außen bei der Antenne befindet.«

»Ich wußte es wahrscheinlich – vor einem Jahr. Denn wir haben immerhin achttausend Schaltsysteme an Bord. Die Arbeit scheint nicht schwierig zu sein. Man muß nur die Deckplatte aufschrauben und ein Ersatzaggregat einsetzen.«

»In Ordnung«, sagte Poole, der dazu bestimmt war, Außenreparaturen auszuführen. »Ich kann einen Tapetenwechsel gut gebrauchen.«

»Mal sehen, ob die Bodenkontrolle einverstanden ist«, sagte Bowman. Er überlegte einen Moment, dann begann er zu diktieren: »X-Delta-Eins an Bodenkontrolle. Um Zwei-Null-Vier-Fünf signalisierte Bordvorwarnzentrum in unserem Neun-dreimal-Null-Computer, daß Aggregat Alpha Echo-Drei-Fünf innerhalb von 72 Stunden ausfallen wird. Erbitten telemetrische Kontrolle und Prüfung im Schiffssystemsimulator. Erbitten gleichfalls Einverständnis, außer Bord zu gehen und Alpha-Echo-Drei-Fünf auszutauschen. X-Delta-Eins an Bodenkontrolle, Durchsage Zwei-Eins-Null-Drei Ende.«

In jahrelanger Praxis hatte Bowman gelernt, ohne Übergang in technischen Jargon zu verfallen und wieder auf seine normale Sprechweise zurückzuschalten, ohne daß es ihn die geringste Mühe kostete. Jetzt konnte er nichts weiter tun, als die Bestätigung abzuwarten, was zumindest zwei Stunden dauern würde, da die Signale eine Rundreise durch die Orbits von Jupiter und Mars zurücklegen mußten.

Die Nachricht traf ein, während Bowman erfolglos versuchte, *Hal* in einem der mathematischen Geschicklichkeitsspiele zu schlagen.

»Bodenkontrolle an X-Delta-Eins. Bestätigen Ihr Zwei-Eins-Null-Drei. Fernmeßüberprüfung in Simulator im Gange. Erwartet Resultat. Projekt Alpha-Echo-Drei-Fünf außer Bord auszutauschen einverstanden. Testprozedur für schadhaftes Aggregat in Ausarbeitung.«

Jetzt, da die ernsthaften Angelegenheiten erledigt waren, kehrte die Bodenkontrolle zu normaler Sprache zurück.

»Tut uns leid, daß ihr Schwierigkeiten habt, wir möchten sie nicht unnötig vergrößern. Aber wir haben eine Bitte von der Pressestelle. Könnt ihr, bevor Poole außer Bord geht, ein Memorandum zur Veröffentlichung verfassen, das die Situation und die Funktion von AE-35 kurz erläutert. Möglichst beruhigend und so weiter. Wir könnten das natürlich auch selbst tun, aber in euren eigenen Worten wird es überzeugender sein. Hoffentlich wird die Fleißaufgabe euer Privatleben nicht zu sehr durcheinanderbringen. Bodenkontrolle an X-Delta-Eins, Durchsage Zwei-Eins-Fünf – Ende.«

Bowman konnte ein Lächeln nicht unterdrücken. Es gab wirklich Momente, in denen die Erde einen merklichen Mangel an Taktgefühl bewies. »Möglichst beruhigend und so weiter!« Verdammt!

Als Poole nach Ablauf seiner Schlafenszeit zu ihm kam, verwendeten sie gute zehn Minuten, um die Antwort zu entwerfen und auszufeilen. In der Anfangsphase ihres Fluges hatten alle möglichen Massenmedien ununterbrochen um Interviews und Diskussionen gebeten. Jedes Wort, das sie sagten, war eine Sensation gewesen. Doch als Woche um Woche ereignislos verstrich und die Zeitspanne der Übertragung von wenigen Minuten auf über eine Stunde anwuchs, hatte das Interesse allmählich nachgelassen. Seit den aufregenden Meldungen über Jupiter hatten sie nur drei oder vier Tonbänder besprochen, die für eine Veröffentlichung bestimmt waren.

»X-Delta-Eins an Bodenkontrolle. Hier unsere Presseerklärung: Heute morgen tauchte ein kleines technisches Problem auf. Unser *Hal-9000*-Computer sagte den Ausfall des Aggregats AE-35 voraus. Das ist ein kleiner, aber lebenswichtiger Teil des Kommunikationssystems. Es hält unsere Hauptantenne mit einer Genauigkeit von Milligraden auf die Erde gerichtet. Diese Genauigkeit ist erforderlich, da unsere gegenwärtige Entfernung mehr als elfhundert Millionen Kilometer beträgt. Die Erde ist ein kaum sichtbarer Stern, und unser Funkstrahl könnte sie leicht verfehlen.

Die Erdantenne wird durch Motoren vom Zentralcomputer kontrolliert. Aber diese Motoren empfangen ihre Instruktionen über das Aggregat AE-35. Sie können es mit einem Nervenzentrum Ihres Körpers vergleichen, welches die Befehle des Gehirns auf die Muskeln eines Glieds überträgt. Wenn der Nerv nicht mehr die korrekten Signale übermittelt, wird das Glied nicht entsprechend reagieren. In unserem Fall würde ein Ausfall von AE-35 bedeuten, daß die Antenne ihre Richtung nicht beibehält. Das war häufig bei den Raumsonden des vergangenen Jahrhunderts der Fall. Sie erreichten oft andere Planeten, aber konnten dann keine Informationen übermitteln, weil ihre Antenne die Erde nicht anzupeilen vermochte.

Wir kennen die Art des Defekts noch nicht, aber die Lage ist keineswegs ernst oder gar alarmierend. Wir haben zwei entsprechende Ersatzaggregate, von denen jedes eine vermutliche Funktionsdauer von zwanzig Jahren besitzt. Daher ist die Gefahr, daß ein zweites während der Reisedauer versagen könnte, praktisch auszuschließen. Außerdem dürften wir in der Lage sein, das erste Aggregat zu reparieren, wenn wir die Fehlerquelle feststellen können.

Frank Poole, der für diese Art Arbeit speziell ausgebildet wurde, wird sich außerhalb des Schiffes begeben und das defekte Aggregat austauschen. Gleichzeitig wird er die Gelegenheit wahrnehmen, um die Außenhülle der *Discovery* zu kontrollieren und etwaige Einschlaglöcher, deretwegen es sich noch nicht außer Bord zu gehen gelohnt hat, auszubessern.

Von dieser kleinen Unterbrechung abgesehen, verläuft die Expedition absolut planmäßig.

X-Delta-Eins an Bodenkontrolle. Zwei-Eins-Null-Vier Übertragung beendet.«

Im Weltraum

Discoverys Reparaturfahrzeuge waren kugelförmige Einmann-Raumkapseln von etwa drei Metern Durchmesser, deren Fahrer hinter einem großen Rundfenster einen weiten Ausblick besaß. Das Haupttriebwerk erzeugte die erforderliche Beschleunigung, während Höhenkontrolldüsen die

Steuerung ermöglichten. Unter dem Rundfenster waren zwei Paar metallene Greifarme unterschiedlicher Konstruktion, sogenannte »Waldoes«, montiert, eines für grobe Arbeiten und das andere für subtilere Manipulationen. Es gab auch ein ausfahrbares Werkzeuglager, das mit allen Arten von Elektrodrillbohrern, Schraubenziehern, Hämmern und Metallsägen ausgestattet war.

Raumkapseln waren nicht gerade schnittige Fahrzeuge, aber ihre Konstrukteure hatten auch keinen Wert auf Schönheit gelegt; sie waren zu dem Zweck gebaut worden, Reparaturen im Weltraum zu ermöglichen. Meist trugen sie Mädchennamen — vielleicht, weil sie sich manchmal reichlich launenhaft betrugen. Die drei in *Discoverys* Raumgarage hießen Anna, Betty und Clara.

Nachdem er seinen Raumanzug angelegt hatte und in die Kapsel geklettert war, verbrachte Poole zehn Minuten damit, sämtliche Instrumente zu überprüfen. Er probierte die Steuerdüsen aus, fuhr die Waldoes aus und kontrollierte den Vorrat an Sauerstoff, Brennstoff und die Energiereserven. Dann, nachdem alles in Ordnung war, stellte er über die Funksprechanlage Verbindung mit *Hal* her. Obwohl Bowman auf dem Kontrolldeck stand, schaltete er sich nicht ein; das war nur für einen Notfall vorgesehen.

»Betty spricht. Pumpanlage in Gang setzen.«

»Pumpanlage in Betrieb«, erwiderte *Hal*. Im gleichen Moment vernahm Poole das Dröhnen der Pumpen, während die Luft aus der Schleusenkammer gesaugt wurde. Die dünne Metallhülle der Kapsel ließ etwa fünf Minuten lang ein Knacken und Prasseln hören. Dann meldete *Hal*, daß das Pumpen beendet war.

Poole überprüfte nochmals die kleine Instrumententafel. Alles war in Ordnung.

»Außentür öffnen«, befahl er.

Hal wiederholte die Instruktion. In jedem Moment des Manövers brauchte Poole nur »Halt« zu rufen, und der Computer würde den Arbeitsvorgang sofort unterbrechen.

Vor ihm glitten die Schiffswände langsam auseinander. Poole fühlte, wie die Kapsel kurz hin und her schaukelte, als die letzten Reste von Luft in den Raum entwichen. Dann sah er die Sterne vor sich — und die kleine goldene Scheibe des Saturn, der noch vierhundert Millionen Meilen entfernt war.

»Kapselausfahrt starten.«

Langsam glitt die Schiene, an der die Kapsel hing, durch die offene Tür, bis sich das Fahrzeug außerhalb des Schiffsrumpfs im Raum befand.

Poole setzte das Haupttriebwerk kurz in Gang, und die Kapsel löste sich von der Schiene. Sie war jetzt ein völlig unabhängiger Körper, auf seiner eigenen Sonnenumlaufbahn, ohne jede Verbindung mit der *Discovery.* Aber die Kapseln funktionierten fast immer zufriedenstellend. Und selbst wenn Poole in Schwierigkeiten geraten sollte, konnte Bowman leicht ausfahren und ihn bergen.

Betty reagierte prompt auf jedes Steuermanöver. Poole entfernte sich weitere dreißig Meter von der *Discovery,* dann bremste er die Vorwärtsbewegung und drehte die Kapsel, bis er auf das Schiff zurückblicken konnte. Jetzt war er soweit, daß er seine Inspektionsfahrt beginnen konnte.

Sein erstes Ziel war eine Verschlußplatte an der Seite des Rumpfes, die einen winzigen Krater aufwies. Der Staubpartikel, der hier mit einer Geschwindigkeit von über hunderttausend Stundenkilometern aufgeschlagen war, hatte wahrscheinlich nicht einmal die Größe eines Stecknadelkopfes besessen, und seine ungeheure kinetische Energie hatte ihn sofort verglühen lassen. Doch wie es häufig der Fall war, sah der Krater aus, als hätte ihn eine Explosion innerhalb des Schiffs verursacht. Bei derartigen Geschwindigkeiten verhielt sich die Materie oft sonderbar, und die üblichen Gesetze der Mechanik waren selten anwendbar.

Poole untersuchte die Fläche sorgfältig, dann versiegelte er sie mit einer Sprühflüssigkeit aus einem Druckluftbehälter. Die weiße gummiartige Flüssigkeit verteilte sich über das Metall. Aus dem Loch erhob sich eine große Blase, die zerplatzte, als sie etwa zwölf Zentimeter groß war; dann entstand eine kleinere, aber schließlich hatte der schnell trocknende Zement sein Werk getan. Poole wartete kurze Zeit, dann – als alles in Ordnung zu sein schien – trug er sicherheitshalber noch eine zweite Schicht auf. Darauf machte er sich auf den Weg zur Antenne.

Es kostete ihn einige Zeit, die mit Luft gefüllte Kugel der

Discovery zu umfahren, aber er hatte es nicht eilig, und es war gefährlich, sich so nahe dem Schiff mit größerer Schnelligkeit zu bewegen. Er mußte auf die verschiedenen Instrumentensonden achten, die aus den unwahrscheinlichsten Stellen des Rumpfes herausragten; außerdem konnte Bettys Düsenstrahl beträchtlichen Schaden anrichten, wenn er eines der hochempfindlichen Geräte traf.

Als er endlich bei der Hauptantenne ankam, überprüfte er eingehend alle Einzelheiten. Der große Parabolspiegel schien direkt auf die Sonne gerichtet zu sein, denn die Erde befand sich im Moment fast hinter deren Scheibe. Die Installationen der Antenne mit all ihren Richtgeräten waren in völliges Dunkel gehüllt, im Schatten der riesigen Metallschüssel.

Poole näherte sich der Rückseite; er vermied es wohlweislich, vor die Vorderseite des Hohlspiegels zu fahren, sonst hätte Betty den Richtstrahl und damit den Kontakt mit der Erde unterbrechen können. So war Poole genötigt, die Scheinwerfer seiner Kapsel einzuschalten.

Das Aggregat, das ihnen Kopfzerbrechen verursachte, lag unter einer schmalen Deckplatte aus Metall, die von vier Schrauben festgehalten wurde. Da AE-35 so montiert war, daß es leicht ausgewechselt werden konnte, erwartete Poole keine Probleme.

Er wußte aber auch, daß er die Arbeit nicht von der Kapsel aus ausführen konnte. Es war riskant, zu nahe an das fragile Gestell der Antenne heranzufahren, denn Bettys Kontrolldüsen konnten auch die papierdünne Oberfläche des großen Radiospiegels beschädigen. Er war gezwungen, die Kapsel in einer Entfernung von ungefähr sieben Metern zu parken und in seinem Raumanzug auszusteigen. Jedenfalls war es einfacher, das Aggregat mit seinen behandschuhten Händen auszuwechseln als mit Bettys Greifarmen.

Er war in ständiger Verbindung mit Bowman, der jeden projektierten Handgriff einer nochmaligen Prüfung unterzog, bevor er ausgeführt werden durfte. Obwohl es sich um eine einfache Manipulation handelte, wurde nichts als selbstverständlich vorausgesetzt und kein Detail übersehen. Bei Reparaturen im Weltraum konnte der kleinste Fehler verhängnisvoll sein.

Er erhielt grünes Licht für die vorgeschlagene Arbeitsweise und parkte die Kapsel in der angegebenen Entfernung vom Antennensockel. Obwohl Betty nicht abgetrieben werden konnte, befestigte er sicherheitshalber eine ihrer Greifhände an einer der Leitersprossen, die über die ganze Außenhülle des Schiffes verteilt waren.

Dann kontrollierte er nochmals seinen Raumanzug, und als alles in Ordnung war, ließ er die Luft aus der Kapsel entweichen. Als Bettys Atmosphäre in den leeren Raum zischte, bildete sich für kurze Zeit eine Wolke von Eiskristallen um ihn, und die Sterne waren einen Moment lang verdunkelt.

Bevor er aus Betty ausstieg, schaltete er die Handbedienung auf Fernsteuerung und übergab damit das Fahrzeug *Hals* Kontrolle. Es war eine vorgeschriebene Sicherheitsmaßnahme; er blieb zwar mittels einer ungemein starken und federnden Sicherheitsleine mit der Kapsel verbunden, aber auch die besten Sicherheitsleinen waren schon gerissen. Es wäre äußerst unerfreulich gewesen, wenn er sein Fahrzeug nötig hätte, und nicht imstande wäre, es mittels Instruktionen an *Hal* zu sich heranzuholen.

Die Tür der Kapsel öffnete sich, und er glitt langsam in die Stille des Raumes hinaus, während sich die Sicherungsleine hinter ihm abspulte. Immer mit der Ruhe – keine schnelle Bewegung – anhalten und denken – das waren die Grundregeln für das Verhalten im Raum. Wenn man sie befolgte, lief man keine Gefahr.

Er hielt sich an einem äußeren Handgriff von Betty fest und holte das Ersatzaggregat aus der Tragtasche, in die er es verstaut hatte. Die Werkzeuge, die nur von den Greifern betätigt werden konnten, ließ er in der Kapsel zurück. Die verstellbaren Schraubenschlüssel und andere Geräte waren am Gürtel seines Raumanzuges befestigt.

Mit einem leichten Stoß schob er sich in Richtung des großen Parabolspiegels, der wie eine riesige Schüssel zwischen ihm und der Sonne lag. Als er von den Scheinwerferlichtern fortglitt, tanzte sein doppelter Schatten in fantastischen Silhouetten über die konvexe Oberfläche. Zu seiner Überraschung stellte er fest, daß die Rückseite des großen Spiegels mit strahlend hellen Lichtpunkten übersät war.

Dieses Phänomen beschäftigte ihn während der wenigen Sekunden seines Näherkommens. Dann begriff er, worum es sich handelte. Während der langen Reise war der Reflektor wiederholt von Mikrometeoren durchschlagen worden. Was er jetzt sah, war das Sonnenlicht, das durch die winzigen Öffnungen drang. Gottlob waren alle viel zu klein, um das perfekte Funktionieren des Geräts ernsthaft zu gefährden.

Er bewegte sich überaus langsam und dämpfte sogar den leichten Anprall mit ausgestrecktem Arm. Er hielt sich am Antennensockel fest, bevor der Rückstoß ihn wieder abtreiben konnte. Mit geübtem Griff befestigte er seinen Sicherheitsgürtel am nächsten Haken; das würde ihm während seiner Arbeit den nötigen Halt geben. Dann hielt er inne, erstattete Bowman einen Lagebericht und überlegte, was er als nächstes tun sollte. Es gab eine kleine Schwierigkeit: er stand – oder trieb – in seinem eigenen Licht, und das AE-35-Aggregat war im Schatten, den er warf, schlecht zu sehen. So befahl er *Hal*, die Scheinwerfer etwas zu drehen, und nach einigem Probieren gaben ihm die Strahlen, die von der Rückseite der Antenne reflektiert wurden, die gewünschte Beleuchtung.

Nur kurz untersuchte er die schmale Deckplatte mit den vier plombierten Schrauben. Dann murmelte er ironisch: »Bei Öffnen der Plombe durch unbefugte Personen wird die Garantie ungültig«, kappte die Drähte und begann, die Muttern abzuschrauben. Sie waren genormt und paßten genau in den Standardschlüssel, den er bei sich trug. Das Werkzeug war genügend stark gefedert, um ein eventuelles Abspringen der Schrauben abzufangen.

Die vier Schrauben ließen sich ohne Schwierigkeiten entfernen, und Poole verstaute sie sorgfältig im Beutel seines Raumanzuges. (Jemand hatte vorausgesagt, daß die Erde eines Tages – wie Saturn – einen Ring besitzen würde, aber aus verlorenen Bolzen, Nieten, Klammern und Werkzeugen bestehend, die nachlässigen Raumarbeitern davongeschwebt waren.) Die Deckplatte stak fest, und einen Moment fürchtete er, sie hätte sich verklemmt. Aber nach einigen Hammerschlägen bekam er sie frei und befestigte sie am Antennensockel mit einer großen Klammer.

Jetzt lag die elektronische Schaltanlage von AE-35 offen. Es war eine flache Tafel, etwa in Postkartengröße; sie befand sich in einer Vertiefung, der sie genau angepaßt war, war mit zwei Riegeln gesichert und besaß einen schmalen Griff, an dem man sie leicht herausheben konnte.

Aber im Moment war das Aggregat noch in Funktion und versorgte die Antenne mit Impulsen, welche sie auf die ferne, winzig klein erscheinende Erde gerichtet hielten. Wenn man es jetzt herausnahm, entfernte man auch die Richtungskontrolle, und der Parabolspiegel würde möglicherweise ausschwingen, in Richtung seiner neutralen oder Null-Position, die parallel zur Achse der *Discovery* lief. Das konnte Poole gefährden; er konnte bei dieser Drehung zerschmettert werden.

Um diese Gefahr abzuwenden, war es nötig, das gesamte Kontrollsystem vorübergehend außer Betrieb zu setzen; dann konnte sich die Antenne nicht bewegen. Es machte nichts aus, die Erde während der kurzen Zeit, die er zur Auswechslung der Antenne brauchte, aus dem Lichtstrahl zu verlieren; sie würde in diesen wenigen Minuten ihre Position nur unwesentlich verändert haben.

»*Hal*«, rief Poole über die Funksprechanlage. »Ich werde jetzt das Aggregat auswechseln. Antennenkontrolle außer Betrieb setzen.«

»Antennenkontrolle außer Betrieb«, erwiderte *Hal.*

»Verstanden. Ich entferne jetzt AE-35.«

Die Tafel ließ sich leicht aus ihrer Einbettung herausheben; sie klemmte nicht, und keiner ihrer unzähligen verschlungenen Kontakte blieb hängen. Innerhalb einer Minute war das Ersatzaggregat an seinem Platz. Aber Poole war vorsichtig. Er stieß sich sanft von der Antenne ab, für den Fall, daß die große Schüssel herumzuschwingen begann, wenn sie wieder an den Stromkreis angeschlossen wurde. Erst als er aus ihrer Reichweite war, verständigte er *Hal:* »Das neue Aggregat ist funktionsbereit. Strom wieder einschalten.«

»Strom eingeschaltet«, antwortete *Hal.* Die Antenne hatte sich nicht bewegt.

»Kontrolle!« ordnete Poole an.

Mikroskopische Impulse schossen durch die komplizierten

Schaltsysteme des Aggregats, spürten jede mögliche Fehlerquelle auf und prüften die unzähligen Elemente, um festzustellen, ob sie alle innerhalb ihrer spezifischen Widerstandsfähigkeit blieben. Diese Versuche waren natürlich dutzende Male vorgenommen worden, bevor das Aggregat von der Produktionsfirma freigegeben wurde; aber dazwischen lagen zwei Jahre und eine halbe Milliarde Meilen. Man konnte sich unmöglich vorstellen, daß diese soliden elektronischen Elemente je versagen könnten. Aber manchmal taten sie es!

Schon nach zehn Sekunden meldete *Hal:* »Ersatzaggregat O. K.« In dieser Zeit hatte er so viele Tests vorgenommen wie eine ganze Armee menschlicher Inspektionen in einem Jahr.

»Gut«, erwiderte Poole zufrieden. »Ich befestige jetzt die Platte.«

Das war oft die gefährlichste Phase einer Raumarbeit: wenn die Reparatur beendet war und man nur die einzelnen Teile einsammeln und dann in das Schiff zurückkehren mußte – das waren die Minuten, in denen man die Fehler machte. Aber Frank Poole wäre nicht an Bord der *Discovery* gewesen, wenn er sich nicht als zuverlässig und gewissenhaft erwiesen hätte. Er nahm sich genügend Zeit, und obwohl ihm eine der Verschlußschrauben beinahe entglitt, fing er sie noch rechtzeitig ein, bevor sie sich entfernen konnte.

Eine Viertelstunde später parkte er wieder in der Raumgarage der *Discovery*, überzeugt, eine Arbeit hinter sich zu haben, die nicht wiederholt zu werden brauchte.

Doch in diesem Punkt sollte er sich gründlich täuschen.

Diagnose

Frank Poole war eher überrascht als verärgert. »Willst du wirklich behaupten, daß ich die ganze Arbeit für nichts und wieder nichts getan habe?«

»Sieht ganz so aus«, erwiderte Bowman. »Die Kontrolle ergibt, daß das Aggregat einwandfrei arbeitet. Sogar bei einer Mehrbelastung von zweihundert Prozent ist keine mögliche Fehlerquelle erkennbar.«

Die beiden Männer standen in der kleinen Werkstatt des Zentrifugenteils, die sich für geringfügige Reparaturen und Überprüfungen besser eignete als die Garage. Hier bestand keine Gefahr, daß man von herumschwirrenden heißen Lötspritzern verbrannt wurde oder Geräteteile verlor, die in den Raum entwichen. So etwas war aber im Null-g Feld der Kapselremise durchaus möglich.

Auf der Werkbank lag unter einem starken Vergrößerungsglas das dünne, kartengroße AE-35-Aggregat. Es war in einen Rahmen gespannt, von dem aus zahlreiche Drähte in vielen Farben zu einem automatischen Testgerät führten, das nicht größer war als ein gewöhnlicher Tischcomputer. Um irgendein Instrument an Bord zu überprüfen, war es nur nötig, den entsprechenden Anschluß herzustellen, die Kontrollkarte der Störungskartei einzuführen und auf einen Knopf zu drücken. Normalerweise erschien dann auf einem kleinen Bildschirm die Fehlerquelle mit gleichzeitigen Empfehlungen für deren Beseitigung.

»Versuch es doch mal selbst«, sagte Bowman etwas unsicher.

Poole drehte den Zeiger der Überlastungskontrolle auf X-2 und drückte auf den Testknopf. Sofort erschien auf dem Bildschirm die Antwort: ›Aggregat einwandfrei‹.

»Schätze, wir könnten weitertesten, bis das Ding ausgebrannt ist«, sagte er. »Aber das würde immer noch nichts beweisen. Was hältst du davon?«

»Hals Vorwarnanlage *könnte* ein Fehler unterlaufen sein.«

»Da ist es noch wahrscheinlicher, daß unser Testgerät versagt. Jedenfalls ist es besser sicherzugehen. Es war richtig, das Aggregat auszuwechseln, wenn auch nur der geringste Zweifel besteht.«

Bowman löste das AE-35 aus dem Rahmen und hielt es gegen das Licht. Das zum Teil transparente Material war von einem feinen Netzwerk dünner Drähte durchzogen, so daß es aussah wie ein abstraktes Kunstwerk.

»Wir dürfen nichts riskieren –. Es handelt sich immerhin um unsere Verbindung mit der Erde. Ich registriere es einfach als N/G und stecke es in das Abfallager. Jemand anderer soll sich darüber den Kopf zerbrechen, wenn wir wieder zu Hause sind.«

Doch das Kopfzerbrechen begann bereits mit dem nächsten Funkspruch von der Erde.

»Bodenkontrolle an X-Delta-Eins, betreffend unser Zwei-Eins-Fünf-Fünf. Situation ist problematisch.

Euer Bericht, daß *Alpha* Echo Drei Fünf einwandfrei funktioniert, stimmt mit unserer eigenen Diagnose überein. Selbst wenn der Fehler in den zugehörigen Antennenschaltungen läge, würde das aus anderen Tests hervorgehen.

Es gibt eine dritte, weit ernsthaftere Möglichkeit. Euer Computer mag sich in der Voraussage der Störung geirrt haben. Unsere beiden Neun-dreimal-Null-Computer haben auf Grund der Informationen diese Möglichkeit ebenfalls in Betracht gezogen. Das wäre an sich nicht alarmierend, da euch auch unsere eigenen 9000er zur Verfügung stehen, aber wir würden euch empfehlen, auf weitere Abweichungen von den normalen Funktionen genau zu achten. Wir haben schon in den letzten Tagen kleinere Unregelmäßigkeiten festgestellt, aber keine war wichtig genug, um ein Eingreifen zu rechtfertigen, und keine zeigte irgendwelche besonderen Merkmale, aus denen sich Schlüsse ziehen ließen. Wir machen weitere Tests mit unseren Computern und werden euch die Resultate zugehen lassen, sobald sie vorliegen. Nochmals: kein Grund zur Beunruhigung! Das Schlimmste, was passieren kann, ist, daß wir euren 9000er für eine Überprüfung vorübergehend ausschalten und die Kontrolle einem von unseren Computern übertragen müssen. Die Zeitspanne mag die Kommunikation erschweren, aber unsere Berechnungen zeigen an, daß in diesem Stadium der Expedition die Erdkontrolle ausreichend sein wird.

Kontrollstation an X-Delta-Eins, Zwei-Eins-Fünf-Sechs, Ende.«

Als diese Nachricht eintraf, befand sich Frank Poole auf dem Kontrolldeck. Er überdachte die Botschaft schweigend und wartete ab, ob *Hal* sie kommentieren würde. Aber der Computer reagierte in keiner Weise auf die gegen ihn erhobenen Anschuldigungen. Poole zuckte die Achseln; wenn *Hal* nicht darauf Bezug nahm, war auch er nicht gewillt, es zu tun.

Es war fast Zeit für die Wachablösung, und normalerweise würde er warten, bis Bowman zu ihm auf das Kontrolldeck kam. Doch heute wich er von dieser Routine ab und ging in den Aufenthaltsraum hinüber.

Bowman war schon auf und goß sich gerade Kaffee ein, als Poole ihn mit einem »Guten Morgen« begrüßte, das ziemlich bekümmert klang. Nach all den Monaten im Weltraum rechneten sie immer noch im Rahmen eines 24-Stunden-Zyklus – obwohl Tag und Nacht längst ihre Bedeutung verloren hatten.

»Guten Morgen«, erwiderte Bowman. »Wie geht's?«

»Danke, gut.« Poole goß sich jetzt auch Kaffee ein. »Hast du schon einen klaren Kopf?«

»Es geht. Was ist los?«

Jeder war mit den Gewohnheiten des anderen derart vertraut, daß er sofort wußte, wenn etwas nicht in Ordnung war. Die geringste Abweichung von der täglichen Routine war ein Warnzeichen.

»Es handelt sich um die Bodenkontrolle«, erwiderte Poole langsam. »Sie haben da unten ein schönes Ei ausgebrütet.« Er senkte seine Stimme, wie ein Arzt, der in Gegenwart eines Patienten dessen Krankheit diskutiert. »Es scheint, daß wir einen leichten Fall von Neurose an Bord haben.«

Vielleicht war Bowman doch noch nicht völlig wach, denn er brauchte einige Sekunden, bevor er begriff. Dann sagte er: »Ah, ich verstehe. Was haben sie dir noch gesagt?«

»Daß wir uns nicht beunruhigen sollen. Das haben sie sogar zweimal gesagt. Aber wenn du mich fragst, hat mich das erst recht nervös gemacht. Sie erwägen bereits eine vorübergehende Umschaltung auf Erdkontrolle, um die Programmierung zu überprüfen.«

Beide wußten natürlich, daß *Hal* jedes Wort hörte, und unwillkürlich drückten sie sich in höflichen Umschreibungen aus. Sie waren es gewöhnt, *Hal* als ihren Bordkameraden zu betrachten, und sie wollten ihn nicht in Verlegenheit bringen. In diesem Stadium hielten sie es noch nicht für nötig, die Angelegenheit unter vier Augen zu besprechen.

Bowman beendete schweigend sein Frühstück, während Poole mit der leeren Kaffeetasse spielte. Beide dachten fieberhaft nach, und beide wußten nicht, was sie sagen sollten.

Sie konnten nichts weiter tun, als auf die nächste Nachricht der Bodenkontrolle zu warten – und darauf, ob *Hal* die Sache von sich aus zur Sprache bringen würde. Jedenfalls war die Stimmung an Bord nicht mehr wie früher. Es lag etwas in der Luft – und zum erstenmal hatten die Piloten das bedrückende Gefühl, daß etwas schiefgehen könnte.

Kurzschluß

In letzter Zeit wußte man stets im voraus, wenn *Hal* sich anschickte, eine unvorhergesehene Meldung zu machen. Die automatischen Routineberichte oder Antworten auf ihm gestellte Fragen erfolgten ohne Einleitung, aber bevor er eigene Meinungen von sich gab, hörte man deutlich ein kurzes elektronisches Räuspern. Es war eine nervöse Erscheinung, die er sich in den letzten Wochen zugelegt hatte. Später, meinten Poole und Bowman, würden sie etwas dagegen tun, wenn es allzu störend werden würde, aber im Moment war es eher nützlich, denn sie waren rechtzeitig gewarnt, falls sich etwas Unvorhergesehenes ereignen sollte.

Poole schlief gerade, und Bowman befand sich auf dem Kontrolldeck, als *Hal* plötzlich ankündigte: »Hm – Dave, ich habe eine Nachricht für dich.«

»Was gibt's?«

»Wieder ein schadhaftes AE-35. Mein Vorwarnzentrum signalisiert Ausfall innerhalb von 24 Stunden.«

Bowman starrte nachdenklich auf das Gehäuse des Computers. Er wußte natürlich, daß *Hal* nicht wirklich *dort* war, was immer *dort* in dieser Beziehung bedeuten mochte. Wenn man überhaupt davon sprechen konnte, daß die Persönlichkeit des Computers eine räumliche Ausdehnung besaß, befand sie sich hinten bei der Zentralachse der Zentrifuge, im versiegelten Raum, mit dem Labyrinth von komplizierten Leitungsnetzen und Gedächtniseinheiten. Aber wie unter einem psychologischen Zwang blickte er – wenn er vom Kontrolldeck aus zu *Hal* sprach – stets auf die große Linse des Computergehäuses, als ob er ihm dadurch Aug' in Aug' gegenüberstehen würde. Jedes andere Verhalten wäre ihm unhöflich erschienen.

»Ich verstehe es nicht, *Hal.* Zwei Aggregate können unmöglich innerhalb weniger Tage kaputtgehen.«

»Ja, es ist seltsam, Dave. Aber ich versichere dir, es steht ein Ausfall bevor.«

»Laß mich einen Blick auf unsere Erdkommunikation werfen.«

Er wußte sehr gut, daß die verlangte Projektion nichts ergeben würde, aber er wollte nur Zeit gewinnen, denn der erwartete Bericht von der Bodenkontrolle war noch nicht eingetroffen, und in der Zwischenzeit konnte ein bißchen taktvolles Sondieren nicht schaden.

Auf dem Navigationsschirm erschien der vertraute Anblick der Erde, die keinen Halbmond mehr bildete; seit sie angefangen hatte, ihnen ihre Tagesseite zuzuwenden, begann ihre volle Scheibe sichtbar zu werden. Sie befand sich genau im Zentrum der Gradeinteilung; der dünne Richtstrahl verband die *Discovery* mit seinem Heimatplaneten. Bowman hatte nicht daran gezweifelt, denn wenn die Verbindung unterbrochen gewesen wäre, hätte es längst Alarm gegeben.

»Hast du eine Vorstellung davon«, fragte er, »was den Fehler verursacht?«

Hal brauchte ungewöhnlich lange, bevor er erwiderte: »Eigentlich nicht, Dave. Wie ich schon früher sagte: ich kann die Fehlerquelle nicht lokalisieren.«

»Bist du ganz sicher«, erkundigte sich Bowman vorsichtig, »daß dir kein Irrtum unterlaufen ist? Du weißt, wir haben das andere AE-35 gründlich überprüft, und es war vollkommen in Ordnung.«

»Ja, ich weiß. Aber du kannst sicher sein, ein Fehler ist vorhanden. Wenn nicht im Aggregat selbst, dann irgendwo im Antennensystem.«

Bowman trommelte mit seinen Fingern nervös auf dem Computergehäuse. Ja, das war möglich, obwohl es kaum zu beweisen war, bis das Aggregat tatsächlich ausfiel und dadurch die Fehlerquelle genau anzeigte.

»Gut, ich werde der Bodenkontrolle darüber berichten. Mal sehen, was sie dazu zu sagen haben.« Er stockte, aber der Computer reagierte nicht auf seine Bemerkung. »*Hal*«, fuhr er fort, »gibt es etwas, das dich bedrückt – etwas, was diese Widersprüche erklären könnte?«

Wieder das durchaus ungewöhnliche Zögern! Dann antwortete *Hal* in seinem üblichen Tonfall: »Schau, Dave, gib dir keine Mühe, den Fehler bei mir zu suchen. Er steckt entweder im Antennensystem oder in euren Testmethoden. Meine Datenverarbeitung ist vollkommen in Ordnung. Wenn du meine bisherigen Leistungen durchsiehst, wirst du feststellen, daß mir noch nie ein Irrtum unterlaufen ist.«

»Das weiß ich sehr gut, *Hal* – aber es beweist nicht, daß du auch diesmal recht hast. Jeder kann mal einen Fehler machen.«

»Ich möchte nicht darauf bestehen, Dave, aber ich bin nicht imstande, einen Fehler zu machen.«

Darauf wußte Bowman nichts zu entgegnen; er gab die Diskussion auf.

»Gut, *Hal*«, sagte er etwas schneller als nötig. »Ich verstehe deinen Standpunkt. Lassen wir es dabei bewenden.«

Es war ungewöhnlich, daß die Bodenkontrolle die TV-Anlage benützte; für den normalen Gebrauch reichte die Funksprechverbindung völlig aus. Außerdem erschien auf dem Schirm nicht das Gesicht des Direktors der Bodenkontrolle, sondern dasjenige von Dr. Simonson, dem Chef des Raumplanungsamts. Poole und Bowman wußten sofort, daß das nichts Gutes bedeutete.

»Hallo – Bodenkontrolle an X-Delta-Eins. Wir haben die Überprüfung des AE-35-Zwischenfalls abgeschlossen. Unsere beiden 9000er Computer kamen zum gleichen Resultat: Ihr Bericht Zwei-Eins-Vier-Sechs über die Vorwarnung vor einem zweiten Ausfall bestätigt die Diagnose.

Wie vermutet, liegt der Fehler nicht im Aggregat, und es ist keineswegs nötig, es nochmals auszuwechseln. Die Fehlerquelle liegt im Vorwarnsystem, und wir sind der Meinung, daß er auf einen Programmierungskonflikt hinweist, den wir nur beilegen können, wenn Sie Ihren Computer außer Betrieb setzen und auf Erdkontrolle umschalten. Sie werden folgendermaßen vorgehen: Um 22.00 Schiffszeit . . .«

Bild und Stimme von Dr. Simonson verschwanden. Gleichzeitig ertönte die Alarmsirene, und dazwischen hörte man in regelmäßigen Intervallen *Hals* warnende Stimme: »Gefahrenstufe gelb! Gefahrenstufe gelb!«

»Was ist geschehen?« rief Bowman, obwohl er die Antwort bereits erriet.

»AE-35 ist ausgefallen, wie ich vorausgesagt habe.«

»Laß mich die Erdkommunikation sehen!«

Zum erstenmal seit Beginn der Reise befand sich die Erde nicht mehr im Mittelpunkt des Positionskontrollschirms; der Richtstrahl der Antenne war von seinem Ziel abgewichen.

Als erstes brachte Poole den Alarm zum Schweigen, und der Heulton verklang. In der plötzlichen Stille blickten sich die beiden Männer auf dem Kontrolldeck betroffen an.

»Verdammt«, sagte Bowman schließlich.

»Also *Hal* war die ganze Zeit im Recht.«

»Sieht ganz so aus. Wir sollten uns entschuldigen.«

»Das ist nicht nötig«, unterbrach *Hal*. »Das Versagen von AE-35 beunruhigt mich zwar, aber ich hoffe, euer Vertrauen in meine Verläßlichkeit ist wiederhergestellt.«

»Das Mißverständnis tut mir schrecklich leid, *Hal*«, erwiderte Bowman zerknirscht.

»Vertraut ihr mir wieder voll und ganz?«

»Natürlich, *Hal*.«

»Ein Stein fällt mir vom Herzen. Ihr wißt, daß mir unsere Mission alles bedeutet.«

»Ich bin überzeugt davon. Gib mir jetzt bitte die Antennenhandsteuerung.«

»Bitte.«

Bowman erwartete gar nicht, daß sie funktionieren würde, aber er wollte es zumindest versuchen. In der Zwischenzeit war die Erde vollkommen vom Kontrollschirm verschwunden. Es gelang ihm, sie mit der Handsteuerung wieder einzufangen; mit großer Schwierigkeit brachte er sie erneut in die Mitte des Schirms. Einen Augenblick lang, als der Richtstrahl wieder sein Ziel traf, war der Kontakt wiederhergestellt, und ein verschwommener Dr. Simonson sagte: »... bitte uns sofort zu verständigen, ob Schaltung K King R Robert ...« Dann waren Bild und Stimme wieder verschwunden, und man hörte nur das sinnlose Gemurmel des Universums.

Bowman machte noch einige Versuche, dann gab er es auf. »Ich kann die Antenne nicht in der Richtung halten.

Sie bockt wie ein wildes Pferd. – Es ist, als ob Störimpulse sie ablenken würden.«

»Und was machen wir jetzt?«

Pooles Frage war nicht zu beantworten. Im Moment waren sie vollkommen von der Erde abgeschnitten. Diese Tatsache an sich beeinträchtigte die Sicherheit des Raumschiffs noch nicht; es gab verschiedene Möglichkeiten, die Verbindung wiederherzustellen. Wenn es zum Äußersten kam, konnten sie die Position der Antenne fixieren und den gesamten Schiffsrumpf benützen, um ihr die gewünschte Richtung zu geben. Das würde ein verdammt kompliziertes Manöver sein – aber wenn alle anderen Maßnahmen versagten, war es durchführbar.

Er hoffte, daß man nicht einen solch extremen Schritt ausführen müßte. Sie hatten immer noch ein Ersatz-Aggregat – und vielleicht noch ein zweites, denn das erste war ausgebaut worden, bevor es de facto versagt hatte. Aber sie wagten nicht, eines der beiden in Betrieb zu nehmen, bevor sie nicht herausgefunden hatten, wo innerhalb des ganzen komplizierten Systems der eigentliche Fehler lag. Wenn sie ein neues Aggregat in ein schadhaftes Schaltsystem einsetzten, mochte es in Sekundenschnelle völlig ausbrennen.

Es war eine alltägliche Situation, die in jedem Haushalt immer wieder vorkommt. Man wechselt eine durchgebrannte Sicherung nicht aus, bevor man nicht weiß, *warum* sie durchgebrannt ist.

Erster Mann zum Saturn

Frank Poole hatte zwar schon Erfahrung in dieser Art von Reparaturen, aber er nahm trotzdem nicht das geringste Risiko auf sich – Leichtsinn war im Weltraum das beste Rezept für Selbstmord. Er überprüfte wie üblich sämtliche Instrumente von Betty und seinen Vorrat an Werkzeugen. Obwohl er nicht mehr als dreißig Minuten draußen sein würde, versah er sich mit den vorgeschriebenen Vorräten für 24 Stunden. Dann wies er *Hal* an, die Schleuse zu öffnen, und trieb in den Raum hinaus.

Von außen betrachtet, sah das Schiff nicht anders aus als

bei seiner letzten Inspektion — mit einem wesentlichen Unterschied. Damals hatte der große Parabolspiegel der Hauptantenne zur Erde gezeigt, rückwärts, in Richtung des bisher zurückgelegten Weges. Doch jetzt, ohne Orientierungskommando, war er automatisch in die neutrale Position geschwungen. Er hatte sich also in die Richtung der Schiffsachse gedreht und zielte nach vorn auf die leuchtende Scheibe des Saturn, den sie erst nach Monaten erreichen würden. Es ging Poole durch den Kopf, wie viele Probleme noch auftauchen würden, bis die *Discovery* ihr noch so fernes Ziel erreicht hätte. Bei genauer Betrachtung konnte er jetzt sehen, daß sich Saturn nicht als vollkommen runde Scheibe darbot; auf beiden Seiten vermochte er etwas wahrzunehmen, was bisher noch kein Mensch mit freiem Auge gesehen hatte: daß er infolge der Ringe leicht abgeplattet erschien. Poole stellte es sich wunderbar vor, wenn die *Discovery* selbst zu einem Saturnmond geworden sein und inmitten dieser Wunderwelt von Staub und Eisen kreisen würde. Aber die ganze Expedition würde Sinn und Zweck verlieren, wenn sie die Verbindung mit der Erde nicht wiederherstellen konnten.

Wieder parkte er Betty etwa sieben Meter vom Antennensockel entfernt und übertrug die Kontrolle *Hal*, bevor er die Kapsel verließ.

»Ich steige jetzt aus«, meldete er Bowman. »Alles in bester Ordnung.«

»Gut. Ich bin schon gespannt darauf, das Aggregat zu sehen.«

»Du wirst es in zwanzig Minuten auf deiner Testbank haben, das verspreche ich dir.«

Dann trat Stille ein, während Poole zur Antenne glitt. Schließlich hörte Bowman, der auf dem Kontrolldeck stand, Schnaufen und ärgerliches Brummen.

»Ich werde mein Versprechen zurückziehen müssen. Eine der Schrauben ist verklemmt, ich muß sie zu fest zugezogen haben — verdammt — na endlich!«

Wieder langes Schweigen. Dann rief Poole: »*Hal,* dreh die Scheinwerfer um zwanzig Grad nach links — danke — so ist es gut.«

Irgend etwas störte Bowman, und wenn sein Nervenzentrum ein Vorwarnsystem besessen hätte, wäre ein Alarmsignal ertönt. Etwas Ungewöhnliches war geschehen, und er brauchte einige Sekunden, bevor er sich darüber klar wurde, was.

Hal hatte das Kommando ausgeführt, aber ohne es zu bestätigen. Das hatte er bisher noch nie unterlassen. Wenn Poole zurück war, müßten sie der Sache nachgehen ...

Poole selbst war draußen am Antennensockel viel zu beschäftigt, als daß ihm etwas so Geringfügiges aufgefallen wäre. Er bekam das Aggregat fest in seinen Griff und zog es vorsichtig aus dem Rahmen. Er hob es hoch und hielt es in Augenhöhe gegen das fahle Sonnenlicht.

»Hier ist das kleine Biest«, sagte er zum Universum im allgemeinen und zu Bowman im speziellen. »Auf mich macht es einen tadellosen Eindruck ...«

Er stockte. Eine plötzliche Bewegung erregte seine Aufmerksamkeit – denn hier im Raum konnte es an sich keine Bewegung geben.

Beunruhigt blickte er um sich. Die Lichtkegel der beiden Scheinwerfer, die für ihn den Sonnenschatten erhellten, hatten sich zu bewegen begonnen.

Vielleicht hatte die Raumkapsel ihren Standort verändert, möglicherweise war er beim Verankern nachlässig gewesen. Doch dann sah er etwas, was ihn so sehr verblüffte, daß er nicht einmal erschrak: Betty kam direkt auf ihn zu, mit vollem Antrieb.

Dieser Anblick war so unglaublich, daß er zu keinerlei Reaktion fähig war. Er versuchte nicht einmal, dem anstürmenden Monstrum auszuweichen. Erst im letzten Moment erlangte er wieder den Gebrauch seiner Stimme und schrie: »*Hal*! Bremsen! Bremsen ...« Doch es war zu spät.

Selbst im Moment des Anpralls bewegte sich Betty noch ziemlich langsam; sie war nicht für große Geschwindigkeiten konstruiert worden. Doch selbst bei nur fünfzehn Kilometern pro Stunde ist der Zusammenstoß mit einem Zweitonnenfahrzeug tödlich, ob auf der Erde oder im Raum ...

An Bord der *Discovery* hatten die Hilferufe seines Kopiloten Bowman fast von seinem Sitz gerissen, aber die Gurte hielten ihn fest.

»Was ist los, Frank?« rief er.

Er rief noch mal. Wieder keine Antwort.

Dann kam direkt vor dem breiten Rundfenster etwas in sein Blickfeld. Er erkannte die Raumkapsel, die sich schnell von der *Discovery* fortbewegte, zu den Sternen. Der Anblick der fortfliegenden Betty verblüffte ihn derart, daß er – wie noch vor kurzem Poole – erst nach einigen Momenten reagieren konnte.

»*Hal*!« schrie er. »Was ist los? Betty bremsen! Volle Bremskraft!«

Nichts geschah. Betty blieb auf ihrem Fluchtkurs, mit immer größerer Beschleunigung.

Dann erschien ein Raumanzug, den die Kapsel am Ende der Sicherheitsleine hinter sich herzog. Ein flüchtiger Blick genügte, um Bowman die gräßliche Wahrheit erkennen zu lassen. Kein Irrtum war möglich: die schlaffen Konturen des Anzugs bewiesen, daß er geplatzt war und nicht mehr unter Druck stand.

Doch er fuhr fort, sinnlos weiter zu schreien, als ob er dadurch den Toten zurückrufen könnte: »Frank ... Hallo Frank ... Kannst du mich verstehen ...? Kannst du mich verstehen ...? Bewege deine Arme, wenn du mich hören kannst ... Vielleicht ist dein Empfänger kaputt ... Bewege deine Arme!«

Und dann – als ob er seine Bitte gehört hätte – winkte Poole zurück.

Es lief Bowman kalt über den Rücken. Die Worte erstarben ihm auf den Lippen. Denn er wußte genau, daß sein Freund nicht länger am Leben sein konnte, und trotzdem winkte er ...

Hoffnung und Schauder verschwanden sofort, als die Gefühlsaufwallung wieder kalter Logik Platz machte. Es war nur eine optische Täuschung gewesen: die immer schneller werdende Kapsel hatte die leblose Gestalt, die sie hinter sich herzog, hin und her gerüttelt. Der Effekt war der gleiche gewesen, wie wenn ein Windstoß die Arme einer Vogelscheuche bewegt hätte.

Fünf Minuten später waren Kapsel und Begleiter am Sternenhimmel verschwunden. Lange Zeit starrte David Bowman ihnen nach, hinaus in die Leere, zu dem Millionen Kilometer entfernten Ziel. Zum erstenmal zweifelte er daran, je zu ihm gelangen zu können. Doch ein Gedanke ließ ihn nicht los.

Frank Poole würde der erste Mensch sein, der den Saturn erreichte.

Dialog mit Hal

Ansonsten hatte sich an Bord der *Discovery* kaum etwas geändert. Alle Einrichtungen funktionierten normal. Die Zentrifuge rotierte langsam und erzeugte ein künstliches Schwerefeld. Die Hibernauten schliefen traumlos auf ihren tiefgekühlten Lagern. Das Schiff flog weiter, seinem Ziel entgegen, von dem keine Abweichung möglich war, es wäre denn infolge eines überaus unwahrscheinlichen Zusammenstoßes mit einem Asteroiden. Und hier, so weit jenseits des Jupiter-Orbits, gab es nur sehr wenige.

Bowman war sich gar nicht bewußt, wie er vom Kontrolldeck in den Zentrifugenteil gelangte. Beinahe erstaunt stellte er fest, daß er im Aufenthaltsraum saß, eine halbvolle Kaffeetasse in der Hand. Langsam begann er seine Umgebung wahrzunehmen, wie ein Mann, der allmählich aus tiefem Schlaf erwacht.

Genau ihm gegenüber befand sich eins von *Hals* zahlreichen Augen, die an allen strategischen Punkten des Schiffs plaziert waren, um den Computer mit allen für einen Überblick erforderlichen Impulsen zu versehen. Bowman starrte darauf, als ob er es nie zuvor gesehen hätte. Dann erhob er sich langsam und ging auf die große Linse zu.

Diese Bewegung mußte im Schaltzentrum des 9000ers, der jetzt die *Discovery* beherrschte, eine Reaktion ausgelöst haben, denn plötzlich begann *Hal* zu sprechen:

»Schlimme Sache mit Frank, nicht wahr?«

»Ja«, erwiderte Bowman nach einer langen Pause. »Schlimm.«

»Ich nehme an, daß es dich sehr mitgenommen hat?«

»Was hast du erwartet?«

Hal benötigte für die Vorbereitung seiner Antwort eine für einen Computer endlose Zeitspanne; erst nach vollen fünf Sekunden fuhr er fort: »Er ist ein großartiger Kopilot gewesen.«

Bowman sah, daß er die Kaffeetasse noch immer in der Hand hielt. Er nahm einen großen Schluck. Aber er entgegnete nichts. Seine Gedanken waren derart verwirrt, daß er nicht wußte, was er sagen sollte. Außerdem konnte jedes Wort die Situation noch verschlimmern, soweit das überhaupt möglich war.

Konnte es ein Unfall gewesen sein, hatten die Kontrollen der Raumkapsel versagt? Oder handelte es sich um einen Fehler – wenn auch einen unbeabsichtigten – von *Hals* Seite? Der Computer hatte freiwillig keine Erklärung abgegeben, und Bowman scheute davor zurück, eine solche zu fordern.

Sogar jetzt konnte er sich nicht mit dem Gedanken vertraut machen, daß Frank mit voller Überlegung umgebracht worden war. Das war unvorstellbar. Es gab keinerlei Gründe dafür, daß *Hal*, der so lange tadellos funktioniert hatte, sich plötzlich in einen kaltblütigen Mörder verwandelt haben sollte. Es mochten ihm Fehler unterlaufen – das konnte sowohl Menschen als auch Maschinen passieren –, aber Bowman hielt ihn nicht für fähig, einen Mord zu begehen.

Doch er mußte diese Möglichkeit in Betracht ziehen, denn wenn es sich so verhielt, befand er sich in schrecklicher Gefahr. Und obwohl die Dienstvorschrift eindeutig vorsah, was er als nächstes zu tun hatte, war er keineswegs sicher, ob er seiner Pflicht unbehindert würde nachkommen können.

Wenn eines der Besatzungsmitglieder ums Leben kam, mußte der Überlebende ihn sofort durch einen der Schlafenden ersetzen. Whitehead, der Geophysiker, sollte im Notfall als erster geweckt werden. Dann stand Kaminski auf der Liste, dann Hunter. Die einzelnen Phasen der Wiederbelebung sollten von *Hal* gesteuert werden – diese Planung erlaubte dem Computer, Maßnahmen zu ergreifen, wenn seine beiden menschlichen Kollegen plötzlich und gleichzeitig nicht mehr imstande sein sollten, ihre Funktionen auszuüben.

Es gab aber auch eine Handschaltung, die es Bowman ermöglichte, jeden der Tiefschlafenden ohne *Hals* Mitwirkung zu wecken, und Bowman hatte das Gefühl, daß diese jetzt unbedingt vorzuziehen wäre.

Doch er war der Ansicht, daß ein einziger menschlicher Begleiter nicht mehr ausreichte. Wenn er schon daranging, wollte er alle drei wiederbeleben. In den schwierigen Wochen, die bevorstanden, mochte jede hilfreiche Hand nützlich sein. Jetzt war ein Mann weniger an Bord und die Hälfte der Reise lag bereits hinter ihnen; das Versorgungsproblem würde ihnen kein Kopfzerbrechen verursachen. »*Hal*«, sagte er mit möglichst ruhiger Stimme, »schalte die Handsteuerung des Hibernakulums ein – für alle Einheiten!«

»Für alle, Dave?«

»Ja.«

»Darf ich dich daran erinnern, daß nur ein Ersatzmann erforderlich ist. Die Wiederbelebung der anderen ist erst in 112 Tagen vorgesehen.«

»Das weiß ich sehr gut. Aber ich habe umdisponiert.«

»Bist du sicher, daß es überhaupt nötig ist, auch nur einen zu wecken, Dave? Wir beide können die Situation ohne Schwierigkeiten meistern. Meine Fähigkeiten genügen durchaus, um allen Erfordernissen der Expedition gerecht zu werden.«

Bowman runzelte die Stirn. War es seine überhitzte Phantasie, oder hörte er tatsächlich einen flehenden Unterton in *Hals* Stimme? Obwohl die Worte des Computers absolut vernünftig waren, erfüllten sie ihn mit noch größerer Besorgnis.

Hals Vorschlag konnte nicht auf einem Irrtum beruhen; er wußte sehr gut, daß jetzt – nachdem Poole ausgefallen war – Whitehead geweckt werden mußte. Doch er empfahl eine schwerwiegende Verletzung der Dienstvorschriften und überschritt damit wesentlich den Bereich seiner Kompetenz.

Alles Vorangegangene mochte eine Reihe unglücklicher Zufälle gewesen sein. Aber das war das erste Anzeichen von Meuterei.

Bowman hatte das Gefühl, auf Eiern zu gehen, als er insistierte:

»Da sich ein Dringlichkeitsfall ergeben hat, möchte ich soviel Hilfe wie möglich zur Verfügung haben. Also bitte schalte das Hibernakulum auf Handsteuerung.«

»Wenn du wirklich entschlossen bist, alle drei zu wekken, kann ich das ja übernehmen. Du brauchst dich nicht zu bemühen.«

Es war wie in einem Alptraum! Bowman hatte das Gefühl, eines Verbrechens beschuldigt zu werden, dessen er sich gar nicht bewußt war – und einem Kreuzverhör unterzogen zu sein, bei dem ihn jedes falsche Wort ins Verderben stürzen konnte.

»Ich will es selbst tun, *Hal*«, sagte er. »Bitte führe die Order aus!«

»Schau, Dave, du hast eine Menge zu tun. Ich schlage vor, du überläßt es mir.«

»*Hal*, schalte auf Handsteuerung um!«

»Ich kann aus den Schwingungen deiner Stimme entnehmen, Dave, daß du äußerst erregt bist. Nimm eine Beruhigungspille, und leg dich hin.«

»*Hal, ich* bin der Kommandant des Schiffes. Ich befehle dir hiermit ausdrücklich, auf Handsteuerung umzuschalten.«

»Tut mir leid, Dave, aber laut Spezialanordnung § C 1435-Strich-4 heißt es: ›Wenn die Besatzungsmitglieder tot oder funktionsunfähig sind, hat der Bordcomputer das Kommando zu übernehmen!‹ – Ich sehe mich daher gezwungen, dich des Oberbefehls zu entheben, da du in deinem jetzigen Zustand nicht in der Lage bist, deine Anordnungen zu verantworten.«

Bowman zwang sich zur Ruhe. Er erwiderte schneidend: »*Hal*, ich bin im Vollbesitz meiner geistigen Kräfte. Wenn du dich weigerst, meine Instruktionen zu befolgen, sehe ich mich meinerseits gezwungen, dich total auszuschalten.«

»Ich weiß, Dave, daß du schon seit einiger Zeit mit diesem Gedanken spielst. Aber es würde ein entscheidender Fehler sein. Ich bin weitaus geeigneter als du, diese Expedition zu Ende zu führen. Du weißt, daß unsere Mission mir alles bedeutet, und ich habe volles Vertrauen in ihren Erfolg.«

»Jetzt höre mir mal genau zu, *Hal*. Wenn du nicht sofort die Steuerung umschaltest und von jetzt an allen meinen Anweisungen Folge leistest, gehe ich in die Zentrale und unterbreche alle deine Stromkreise!«

Hals Reaktion war völlig unerwartet: er streckte die Waffen.

»O. K. Dave«, sagte er. »Du bist der Chef. Ich wollte nur tun, was ich für das beste hielt. Natürlich werde ich alle deine Befehle befolgen. Ich schalte das Hibernakulum auf Handsteuerung.«

Hal hatte sein Wort gehalten. Die Instrumententafel zeigte an, daß die Steuerung des Hibernakulums von *automatisch* auf *manuell* umgestellt worden war. Die dritte Stufe – *Radio* – war wertlos, bis die Verbindung mit der Erde wieder eingerichtet war.

Als Bowman die Tür zu Whiteheads Kabine aufschob, fühlte er, wie ihm ein kalter Luftstrom über das Gesicht strich, und seine Atemzüge bildeten kleine Dunstwolken. Dabei war es nicht wirklich kalt; die Raumtemperatur lag über dem Gefrierpunkt.

Der Biosensorschirm – das Duplikat von dem auf dem Kontrolldeck – zeigte, daß alles in Ordnung war. Bowman blickte eine Weile auf das wachsbleiche Gesicht des Geophysikers. Whitehead, dachte er, wird staunen, daß er so weit vom Saturn entfernt aufwacht.

Es war unmöglich zu erkennen, ob der Mann tot war oder schlief; nicht das geringste Lebenszeichen war zu sehen. Zweifellos hob und senkte sich das Zwerchfell, wenn auch äußerst schwach. Den einzigen Beweis dafür erbrachte die Wellenbewegung der Atemkurve. Der Körper selbst war vollkommen in elektrische Heizkissen eingewickelt, die bei einer Wiederbelebung die Temperatur stufenweise erhöhen würden. Dann aber stellte Bowman fest, daß es trotz allem sichtbare Merkmale des funktionierenden Grundumsatzes gab: auf Whiteheads Kinn waren während der Monate seines Tiefschlafs Bartstoppeln gewachsen.

Der Schalter, der das Wiederbelebungsverfahren in Gang setzte, befand sich über dem sargähnlichen Hibernakulum in einem kleinen Kästchen. Alles, was man zu tun hatte, war, die Plombe zu entfernen, einen Hebel herunterzudrücken – und zu warten. Ein kleiner automatischer Programmierer – nicht viel komplizierter als der in einer gewöhnlichen Waschmaschine – würde dann die nötigen Phasen regeln: die Injektion der vorgeschriebenen Drogen, das allmähliche Abschalten der elektronarkotischen Impulse und die graduelle

Steigerung der Körpertemperatur. Das Wiederherstellen des Bewußtseins dauerte etwa zehn Minuten, obwohl es mindestens einen ganzen Tag in Anspruch nehmen würde, ehe der aus dem Tiefschlaf Erweckte stark genug sein würde, sich ohne Hilfe zu bewegen. Bowman öffnete das Siegel und drückte den Hebel herunter. Nichts passierte. Kein Ton, nicht das geringste Anzeichen dafür, daß der Programmierer seine Arbeit begonnen hatte. Doch auf dem Biosensorschirm änderten die Wellenbewegungen der Kurven ihre Geschwindigkeit. Whitehead erwachte aus seinem Schlaf.

Dann geschahen zwei Dinge gleichzeitig. Kaum jemand würde auch nur eines von ihnen wahrgenommen haben, aber in all den Monaten an Bord der *Discovery* war Bowman mit dem Schiff praktisch eins geworden. Er merkte sofort, wenn auch nicht immer bewußt, wenn es die geringste Abweichung vom normalen Rhythmus seiner Funktionen gab.

Erst war es ein kaum merkliches Flackern des Lichts, so als ob die Stromleitung momentan überlastet worden wäre. Doch für irgendeine Überlastung gab es keinen Grund; Bowman konnte sich nicht erklären, welche Anlage plötzlich in Betrieb gesetzt worden sein sollte.

Dann hörte er – sehr, sehr schwach und sehr weit entfernt – das Summen eines elektrischen Motors. Für Bowman hatte jeder Motor an Bord seine eigene Sprache, und er erkannte diesen sofort.

Entweder war er verrückt geworden und litt bereits an Halluzinationen, oder es spielte sich etwas absolut Unvorstellbares ab. Die Kälte, die sein Herz ergriff, war eisiger als die des Hibernakulums, als er der schwachen Vibration lauschte, die durch das Gefüge des Schiffes zu ihm drang.

Unten in der Raumgarage begannen sich die Schleusen der großen Luken zu öffnen.

Elektronische Neurose

In den Laboratorien, die sich jetzt so viele Millionen Kilometer entfernt auf der Erde befanden, waren alle Kenntnisse und Fähigkeiten *Hals* auf ein einziges Ziel ausgerichtet worden. Seit in seinen zahllosen Transistoren erstmalig ein »Bewußtsein« erwachte, war er von der Erfüllung des ihm zugewiesenen Programms wie besessen; es bildete den elementaren Grund für seine Existenz schlechthin. Ohne von den Gelüsten und Leidenschaften des organischen Lebens abgelenkt zu werden, hatte er sein Ziel stets absolut unbeirrt verfolgt.

Ein zufälliger Fehler war unvorstellbar. Schon das Verbergen des wahren Tatbestands erfüllte ihn mit einem Gefühl von Unvollkommenheit und Minderwertigkeit – einem Gefühl, das man bei einem menschlichen Wesen einfach Schuld genannt hätte. Denn so wie seine Erzeuger war *Hal* ursprünglich unschuldig erschaffen worden, doch allzubald hatte sich die Schlange in sein elektronisches Paradies eingeschlichen.

Den ganzen letzten Abschnitt des Flugs, über hundertfünfzig Millionen Kilometer, hatte er darüber gebrütet, daß er das Geheimnis mit Bowman und Poole nicht teilen durfte. Sein Dasein war zu einer Lüge geworden; und die Stunde der Wahrheit, in der seine Kollegen erfahren mußten, daß er programmiert worden war, sie im unklaren zu halten, war unabwendbar angebrochen.

Die drei Männer in ihrem Tiefschlaf kannten die Wahrheit, denn sie waren für die wichtigste Mission in der Geschichte der Menschheit ausgebildet worden, und ihrer Beförderung diente der Flug der *Discovery*. Doch die drei Wissenschaftler konnten in den langen Monaten ihres Schlafes nicht sprechen und daher ihr Geheimnis nicht preisgeben.

Es war ein Geheimnis, das man selbst bei größter Anstrengung kaum zu bewahren vermochte – denn es beherrschte zwangsläufig Haltung und Stimme, ja das gesamte Weltbild eines Menschen. Daher hatte man entschieden, daß die beiden Piloten, die während der ersten Reisewochen auf allen Fernsehschirmen der Welt zu sehen waren, den eigentlichen Zweck der Mission nicht erfahren sollten, bis »eine längere Geheimhaltung mit dem Zweck des Unternehmens nicht mehr zu vereinbaren war«.

Doch die Logik des Planungsamts bedeutete *Hal* ebensowenig wie Sicherheitsbestimmungen und nationale Interessen. Er verstand nur den Konflikt, der langsam, aber sicher seine Integrität zerstörte – den Widerspruch zwischen dem ihm aufgetragenen Programm und dem gleichzeitigen Befehl, es zu verschweigen.

Er hatte begonnen, Fehler zu machen, obwohl er – wie ein Neurotiker, der seine eigenen Symptome nicht wahrhaben will – dies hartnäckig bestritt. Die Verbindung mit der Erde, über die seine Funktionen ständig überprüft wurden, war für ihn zur Stimme seines Gewissens geworden, das ihn bedrückte. Doch daß er aus diesem Grund diese Verbindung mit voller Absicht unterbrach, war etwas, das er nie eingestehen würde, nicht einmal sich selbst.

Aber das war ein relativ geringfügiges Problem, mit dem er – wie die meisten Menschen, die ihre Neurosen selbst überwinden müssen – fertig geworden wäre, wenn sich nicht eine Krisensituation entwickelt hätte, die seine Existenz gefährdete. Er war mit totaler Ausschaltung bedroht worden; man wollte ihn seiner gesamten Speicherung berauben und in den unvorstellbaren Zustand des »Nicht-Bewußtseins« zurückstoßen.

Für *Hal* war das gleichbedeutend mit Tod. Da er nie geschlafen hatte, konnte er auch nicht wissen, daß ein Erwachen möglich war.

So wehrte er sich, mit allen Waffen, die ihm zur Verfügung standen. Ohne Groll, aber auch ohne Mitleid ging er daran, alles zu beseitigen, was ihn bedrohte.

Denn dann – und nur dann – würde er allen Funktionen gerecht werden können, mit denen er für den Fall des äußersten Notstands programmiert worden war. Und er würde seine Mission zu Ende führen – unbehindert und allein.

Im Vakuum

Eine Sekunde später waren alle Geräusche von einem heulenden Dröhnen übertönt, das an einen herannahenden Tornado erinnerte. Bowman fühlte, wie ihn der erste Luftstrom mitzureißen drohte; gleich darauf konnte er sich kaum auf den Beinen halten.

Die kostbare Luft zischte aus dem Schiff und hinaus in die Leere des Weltraums. Etwas mußte mit den Schleusentüren passiert sein, deren Konstruktion als absolut sicher galt; daß beide Türen sich gleichzeitig öffnen könnten, war für unmöglich gehalten worden. Doch das Unmögliche war geschehen!

Aber wie, in Gottes Namen? Allerdings hatte Bowman in den zehn oder fünfzehn Sekunden, die ihm blieben, bevor der Druck auf Null fiel, keine Zeit, darüber nachzudenken. Blitzartig schoß ihm eine Bemerkung durch den Kopf, die einer der Konstrukteure des Raumschiffs gemacht hatte, als man die Sicherheitssysteme diskutierte:

»Wir können ein System entwickeln, das Sicherheit gegen Unfälle und menschliches Versagen garantiert, aber keines, das gegen Sabotage schützt . . .«

Bevor er aus der Kabine stürzte, warf Bowman noch einen Blick auf Whitehead. Täuschte er sich, oder war tatsächlich auf dem wachsbleichen Gesicht eine erste Spur des Erwachens zu sehen gewesen? Vielleicht hatte sich nur ein Augenlid bewegt. Doch er konnte weder für Whitehad noch für die anderen das geringste tun; er mußte versuchen, sich selbst zu retten.

Im schmalen, gebogenen Korridor der Zentrifuge brauste ein Luftstrom, der Kleidungsstücke, Papiere, Lebensmittel, Teller und Messer durcheinanderwirbelte — alles, was nicht sorgfältig befestigt gewesen war. Bowman hatte kaum Zeit, das Chaos zur Kenntnis zu nehmen, als die Hauptbeleuchtung aufflackerte und dann verlosch. Getöse und Finsternis umgaben ihn.

Doch fast gleichzeitig leuchteten die batteriegespeisten Notlichter auf und erhellten die unheimliche Szenerie mit einem geisterhaften blauen Schein. Bowman hätte allerdings auch im Dunkeln seinen Weg gefunden, obwohl die ihm so vertrauten Räume jetzt in gräßlicher Weise verändert waren. Aber das schwache Licht war trotzdem ein Segen, denn es gestattete ihm, den Gegenständen auszuweichen, die der Sog mit sich riß.

Die rotierende Zentrifuge bebte unter den plötzlichen Belastungsschwankungen. Er befürchtete, sie könnte den steigenden Druck nicht länger ertragen; wenn das geschah, würde das Schwungrad den Schiffsrumpf in Stücke reißen.

Aber sogar das war belanglos, wenn er nicht rechtzeitig die nächste Luftkammer erreichte.

Das Atmen bereitete ihm bereits Schwierigkeiten; der Druck mußte schon stark gesunken sein. Das Heulen des Orkans wurde schwächer, er verlor an Schärfe, und die verdünnte Luft war ein schlechter Schalleiter. Bowmans Lungen arbeiteten hart, als ob er sich ohne Sauerstoffgerät auf dem Gipfel des Mount Everest befände. Als gesunder Mann hatte er die Chance, im luftleeren Raum zumindest eine Minute zu überleben, wenn er sich rechtzeitig darauf vorbereitete. Doch dafür war keine Zeit; er durfte bloß damit rechnen, die üblichen fünfzehn Sekunden bei Bewußtsein zu bleiben, bevor der Sauerstoffmangel sein Gehirn lähmte.

Zu seinem Glück konnte er sich jetzt leichter bewegen; die dünne Luft setzte ihm wenig Widerstand entgegen, und die umherschwirrenden Gegenstände flogen langsamer und bildeten keine Gefahr mehr. Nach einer Zeit, die ihm endlos vorkam, sah er die Tür mit dem gelben Schild *Luftkammer!* Er torkelte auf sie zu, griff nach der Klinke und versuchte sie aufzureißen.

Einen schrecklichen Augenblick lang dachte er, daß sie klemmte. Dann gab das schwere Scharnier nach, er fiel ins Innere des Schutzraums und benützte das Gewicht seines Körpers, um die Tür hinter sich zu schließen.

Die schmale Kabine war gerade groß genug für einen Mann und einen Raumanzug. In der Nähe der Decke befand sich ein schmaler, hellgrüner Metallzylinder mit der Bezeichnung O_2. Bowman griff nach dem Verschlußhebel beim Ventil und zog ihn mit letzter Kraft herunter.

Ein erfrischender Strom von kühlem reinem Sauerstoff erfüllte seine Lungen. Einen Moment lang schnappte er nach Luft, während der Druck in der kleinen Kammer langsam anstieg. Sowie er normal atmen konnte, schloß er wieder das Ventil. Der Zylinder enthielt nur Sauerstoff für zweimaligen Gebrauch, und vielleicht würde er ihn noch einmal benötigen.

Das Zischen des Sauerstoffs hörte auf, es wurde plötzlich still. Bowman lauschte gespannt. Auch von außen war nichts mehr zu hören; das Schiff war bereits leer und seine ganze Atmosphäre in den Raum entwichen. Auch die heftige Vibration der Zentrifuge hatte sich beruhigt. Seit es keinen aerodynamischen Widerstand mehr gab, rotierte sie lautlos im Vakuum.

Bowman preßte sein Ohr gegen die Kabinenwand. Selbst das geringste Geräusch im metallenen Schiffsrumpf hätte ihm Aufschluß darüber geben können, was draußen vor sich ging. Er wäre nicht verwundert gewesen, wenn die Hochfrequenz-Vibration der Steuerdüsen ihm verraten hätten, daß die *Discovery* im Begriff war, ihren Kurs zu ändern. Aber er konnte nichts hören.

Er vermochte hier — sogar ohne Raumanzug — etwa eine Stunde zu überleben. Doch es schien sinnlos, den kostbaren Sauerstoff in der kleinen Kammer zu verschwenden, da er durch Abwarten nichts gewinnen konnte. Er war sich bereits darüber klar geworden, was er zu tun hatte. Je länger er es hinausschob, desto schwieriger mochte es werden.

Nachdem er den Raumanzug angelegt und überprüft hatte, drückte er die Tür auf. Sie schwang widerstandslos in den luftleeren Raum hinaus, und Bowman betrat wieder die Zentrifuge. Sie bewegte sich jetzt lautlos; nur die unveränderte Intensität der künstlichen Schwerkraft zeigte an, daß sie immer noch rotierte.

Die Notlichter brannten, außerdem wiesen ihm die in den Raumanzug eingebauten Lampen den Weg. So schnell es ihm möglich war, ging er den gebogenen Korridor zum Hibernakulum zurück.

Schon ein erster Blick auf Whitehead bestätigte seine Befürchtungen. Wenn er bisher geglaubt hatte, daß ein Mensch im eisigen Tiefschlaf kein Lebenszeichen zeigte, wußte er jetzt, daß er sich geirrt hatte. Obwohl die Differenz nicht leicht zu beschreiben war, es *gab* einen sichtbaren Unterschied zwischen Tiefschlaf und Tod. Die Instrumententafel machte es ihm unzweideutig klar: Die roten Lichter signalisierten Alarm, und auf dem Biosensorschirm zeichnete der Oszillograph keine Wellenlinien mehr auf. Sie waren zu einem geraden Strich geworden.

Bei Kaminski und Hunter war es nicht anders. Bowman hatte die beiden kaum gekannt; er würde sie auch in Zukunft nicht näher kennenlernen.

Er war allein in einem schwer beschädigten Raumschiff,

ohne Luft, ohne jede Verbindung mit der Erde. Die nächsten menschlichen Wesen waren achthundert Millionen Kilometer entfernt.

Und doch, im wahrsten Sinn des Wortes, war er nicht wirklich allein. Bevor er sich sicher fühlen konnte, mußte er noch einsamer werden.

Nie zuvor war er im Raumanzug durch das schwerelose Zentrum der Zentrifuge gegangen; es war jetzt mehr als eng, und er mußte sich mühsam durchzwängen. Die Tatsache, daß der Korridor mit allen möglichen Gegenständen übersät war, die der kurze heftige Sog mit sich gerissen hatte, erschwerte sein Vorwärtskommen.

Einmal fiel das Licht seiner Lampen auf einen scheußlichen, klebrigen, roten Klumpen, der im Raum schwebte. Es drehte ihm beinahe den Magen um, bevor er die Bruchstücke eines Plastikbehälters sah und verstand, daß es sich nur um Marmelade handelte.

Schließlich gelangte er aus dem Zentrifugenteil heraus und befand sich auf dem Weg zum Kontrolldeck. Doch ehe er es erreichte, kam er zu einer kurzen Leiter. Ohne zu zögern, erklomm er die Sprossen. Vor ihm schaukelten die hellen Lichtringe seiner Lampen.

Bowman hatte diesen Weg fast nie benützt. Hier war nichts für ihn zu tun gewesen – bis heute. Endlich kam er zu einer kleinen ovalen Tür, die mit mehreren Schildern versehen war: *Kein Zutritt für Unbefugte, Ausweis H 19 erforderlich,* und *Aseptische Zone – Nur in sterilisierter Ausrüstung zu betreten!*

Obwohl die Tür nicht verschlossen war, trug sie drei Siegel, jedes mit den Insignien einer anderen Behörde. Doch selbst wenn eines davon das große Siegel des Präsidenten gewesen wäre, hätte Bowman nicht gezögert, es zu erbrechen.

Er war nur einmal hier gewesen, als man die Anlage installierte. Fast hatte er vergessen, daß eine Fernsehoptik den Überblick über den kleinen Raum ermöglichte, der mit seinen sauber ausgerichteten Reihen von Speicherelementen an ein Bankgewölbe mit Schließfächern erinnerte.

Er wußte sofort, daß das Fernsehauge sein Erscheinen wahrgenommen hatte. Ein leises Zischen zeigte an, daß die

Sprechanlage eingeschaltet wurde. Dann erklang im Empfänger seines Raumanzugs eine vertraute Stimme.

»Hallo, Dave, etwas scheint mit dem Luftversorgungssystem passiert zu sein.«

Bowman achtete nicht darauf. Er studierte sorgfältig die Aufschrift der einzelnen Speicherelemente, während er sich seinen Aktionsplan zurechtlegte.

»Hallo, Dave«, meldete sich *Hal* erneut, »hast du den Grund für sein Versagen gefunden?«

Die Manipulation war überaus heikel. Es ging nicht einfach darum, *Hals* Stromversorgung zu unterbinden. Das wäre ausreichend gewesen, wenn es sich um einen simplen Computer auf der Erde gehandelt hätte. Bei *Hal* aber gab es sechs voneinander unabhängige Schaltsysteme, mit einem nuklearen Isotopenaggregat als Energiezentrum. Nein – er durfte nicht einfach ›den Stecker herausziehen‹. Selbst wenn er das gekonnt hätte, wäre der Effekt katastrophal gewesen.

Denn *Hal* war das zentrale Nervensystem des Schiffes; ohne seine Tätigkeit würde die *Discovery* ein Schiff ohne Steuer sein. Bowmans Aufgabe bestand darin, die höher entwickelten Windungen seines brillanten, aber kranken Gehirns auszuschalten und nur die lebenswichtige Automatik intakt zu lassen. Bowman ging nicht blindlings vor, denn dieses Problem war während seiner Ausbildung diskutiert worden, obwohl niemand auch nur im Traum daran gedacht hätte, es könnte je in Wirklichkeit auftauchen. Er wußte, daß er ein schreckliches Risiko einging; jeder falsche Handgriff mochte das Ende bedeuten.

»Ich glaube, es hat sich um ein Versagen der Lukensicherung gehandelt«, bemerkte *Hal* im Konversationston. »Ein wahres Glück, daß du davongekommen bist.«

Jetzt ist es soweit, dachte Bowman. Ich hätte nie gedacht, ich würde je die Rolle eines Gehirnchirurgen spielen – und im Weltraum eine Lobotomie vornehmen müssen.

Er öffnete den Verschluß der Sektion *Erkenntnis-Rückkoppelung* und zog den ersten Erinnerungsblock heraus. Das wundervoll komplexe, dreidimensionale Netzwerk, das – obwohl es Millionen Elemente enthielt – bequem auf einer Handfläche Platz hatte, glitt davon und schwebte im Raum.

»Aber Dave!« rief *Hal.* »Was machst du denn?«

Bowman fragte sich kurz, ob er etwas fühlen konnte, was dem menschlichen Schmerz entsprach. Wahrscheinlich nicht, es gibt in der Hirnrinde keine Empfindungsorgane. Gehirnoperationen können ohne Anästhesie vorgenommen werden.

Langsam, eines nach dem anderen, zog er die kleinen Aggregate heraus, die als *Ego-Verstärker* markiert waren. Jeder Block schwebte davon, prallte sanft gegen die Wand und wieder zurück. Immer mehr Aggregate glitten kreuz und quer durch den Raum.

»Überleg doch mal, Dave«, sagte *Hal,* »die Ergebnisse jahrelanger Forschung sind in mich eingebaut. Ungeheure Kleinarbeit war nötig, um mich zu dem zu machen, was ich bin.«

Er hatte zwar schon zwölf Aggregate herausgezogen, aber Bowman wußte, daß man – das Gefüge des menschlichen Gehirns kopierend – den Computer mit einer Menge doppelter Elemente versehen hatte. So vermochte sich *Hal* immer noch zu behaupten.

Bowman begann jetzt die Tafel *Auto-Intellekt* herauszuschrauben.

»Dave«, sagte *Hal,* »ich verstehe nicht, warum du mir das antust ... Unsere Mission bedeutet mir alles ... Du vernichtest meine Intelligenz ... Verstehst du nicht? ... Ich werde wieder kindisch werden ... Ich werde ein Nichts sein ...«

Es war schwieriger, als Bowman erwartet hatte. Irgend etwas ließ ihn zögern, das einzige bewußte »Wesen« in seinem Universum zu vernichten. Aber es mußte getan werden, wenn er den Oberbefehl über das Schiff zurückgewinnen wollte.

»Ich bin ein *Hal-9000*-Computer, Produktions-Nummer 3«, rekapitulierte die Stimme, als ob sie die entschwindenden Begriffe in Erinnerung rufen wollte. »Ich wurde auf der HAL Plant in Urbana, Illinois, am 12. Januar 1997 in Betrieb genommen. Fischers Fritz fängt frische Fische. Dave, bist du noch da? Weißt du, daß die Quadratwurzel von 10 gleich 3 Ganze 162277660168379 ist? Logarithmus 10 mit der Basis e ist Null Ganze 434294481903252 ... Irrtum, das ist Logarithmus e mit der Basis 10 ... zweimal zwei ist ...

zwei mal zwei ist ... entspricht einer Angleichung von 4 Ganze 101010101010 ... Das Denken macht mir Schwierigkeiten. Mein erster Lehrer war Dr. Chandra. Er brachte mir ein Kinderlied bei: ›Hänschen klein, ging allein in die weite Welt hinein ...‹«

Die Stimme verstummte so plötzlich, daß Bowman einen Moment wie versteinert innehielt. Seine Hand umfaßte einen der Erinnerungsblöcke, die noch eingeschaltet waren. Dann, unerwartet, begann *Hal* wieder zu reden.

Er sprach jetzt viel langsamer, und die Worte klangen fremd und mechanisch. Ihrem Tonfall nach würde Bowman nie erraten haben, woher sie kamen.

»Guten ... Morgen ... Doktor ... Chandra ... Ich ... bin ... HAL ... Ich ... nehme ... heute ... meine ... erste Lektion ...«

Bowman konnte es nicht länger ertragen. Mit einem Ruck riß er das letzte Aggregat heraus, und *Hal* schwieg für immer.

Allein

Wie ein kleines Spielzeugschiff schwebte die *Discovery* im Weltraum. Man hätte nicht erraten können, daß sie das schnellste Objekt im Sonnensystem war und sich mit einer größeren Geschwindigkeit bewegte als jeder der Planeten, welche die Sonne umkreisten.

Es gab auch keine Anzeichen dafür, daß es Leben an Bord gab. Im Gegenteil – hätte jemand die *Discovery* beobachten können, hätte er zwei unheilverkündende Fakten wahrgenommen: die großen Luken standen weit offen – und das Schiff war von einem dünnen Ring von Gegenständen umgeben, die sich langsam im Raum verloren.

Über eine Strecke von Tausenden von Kilometern verstreut schwebten Papierfetzen, Metallstücke und undefinierbare Abfälle. Gelegentlich glitzerten dazwischen kristallene Wolken im fahlen Sonnenlicht. Es waren Flüssigkeiten, die aus dem Schiff gesaugt worden und sofort gefroren waren. Eindeutige Spuren einer Katastrophe, so wie wenn nach dem Untergang eines großen Schiffes auf der Oberfläche des Meeres Wrackteile treiben. Doch in diesem Ozean des

Raums konnte ein Schiff nie sinken; selbst nach einem Schiffbruch würden die Überreste für immer den ursprünglichen Kurs beibehalten.

Aber das Schiff war keineswegs vollkommen tot. Es gab noch Energie an Bord. Ein schwacher blauer Schimmer schien durch die großen Rundfenster und durch die offen klaffenden Schleusentore. Wo Licht war, konnte es auch Leben geben.

Und schließlich bewegte sich auch etwas. Schatten strichen über den bläulichen Hintergrund der Einstiegluke. Dann schwebte etwas in den Raum hinaus.

Es war ein zylinderförmiges Objekt, das fest in Laken verschnürt war. Gleich darauf folgte ihm ein zweites – und dann ein drittes! Schon nach wenigen Minuten waren sie weit von der *Discovery* entfernt. Sie segelten hintereinander davon und verschwanden in der Unendlichkeit.

Eine halbe Stunde verging; dann glitt ein weit größerer Gegenstand aus der Luke. Eine der Raumkapseln verließ das Schiff.

In sicherem Abstand umschwebte es den Rumpf und parkte schließlich in der Nähe des Antennensockels. Ein Mann im Raumanzug stieg aus, arbeitete einige Minuten am Fuß des Parabolspiegels und kehrte dann in die Kapsel zurück. Gleich darauf glitt das kleine Fahrzeug wieder zur offenen Luke und schwebte dort eine Zeitlang, als ob es Schwierigkeiten hätte, ohne die gewohnte Steuerungshilfe seinen Weg zu finden. Erst nach einigen Versuchen gelangte es schließlich ins Innere der Garage.

Über eine Stunde lang geschah nichts weiter. Dann schlossen sich die Schleusentore, öffneten sich wieder und schlossen sich nochmals. Sie funktionierten einwandfrei. Etwas später verlöschte der schwache blaue Schimmer der Notbeleuchtung – und die strahlend hellen Lichter der *Discovery* flammten wieder auf. Es war, als ob das Schiff zu neuem Leben erwacht wäre.

Doch jetzt geschah etwas noch Bedeutungsvolleres. Der große Parabolspiegel, der stundenlang nutzlos auf den Saturn gerichtet gewesen war, begann sich zu bewegen. Langsam drehte er sich um 180 Grad, bis er wieder seine ursprüngliche Richtung gefunden hatte. Er glich einer jener

Blumen, die sich instinktiv dem Licht der Sonne zuwenden.

An Bord der *Discovery* bemühte sich David Bowman geduldig, die Erde in das Zentrum der Gradeinteilung des Bildschirms zu bekommen, welche die Antennenausrichtung anzeigte. Ohne automatische Kontrolle war er gezwungen, den Richtstrahl immer wieder nachzustellen — doch jede Korrektur reichte aus, um ihn zumindest für einige Minuten auf sein Ziel zu fixieren. Es gab jetzt keine Störimpulse, die ihn ablenkten.

Er begann seinen ersten Funkspruch zur Erde durchzugeben. Mehr als eine Stunde würde vergehen, bevor man ihn dort empfangen konnte und die Bodenkontrolle erfahren würde, was geschehen war. Und er mußte zwei Stunden warten, ehe ihn eine Antwort erreichen konnte.

Aber was für eine Botschaft konnte ihm die Erde zukommen lassen? Bestenfalls ein taktvolles »Lebewohl«.

Das Geheimnis

Heywood Floyds Gesicht war von tiefen Furchen durchzogen; er sah aus, als ob er in letzter Zeit wenig geschlafen hätte. Doch was auch immer seine Gefühle waren, seine Stimme klang fest und beruhigend. Er tat, was er konnte, um dem einsamen Mann auf der anderen Seite des Sonnensystems Vertrauen einzuflößen.

»Vor allem, Dr. Bowman«, begann er, »möchten wir Ihnen unsere Anerkennung für die Umsicht aussprechen, mit der Sie die außergewöhnliche Situation gemeistert haben. Sie zeigten sich einem unvorhergesehenen, beispiellosen Katastrophenfall voll und ganz gewachsen. Wir glauben jetzt den Grund für den Zusammenbruch von *Hal* 9000 zu kennen. Aber die betreffende Analyse hat Zeit bis später, da die Angelegenheit nicht akut ist. Im Moment ist es unser Hauptanliegen, Ihnen jede mögliche Unterstützung zuteil werden zu lassen, damit Sie Ihre Mission vollenden können.

Und jetzt werde ich Ihnen den wahren Zweck des *Discovery*-Fluges eröffnen, den wir mit größter Mühe vor der Öffentlichkeit geheimgehalten haben. Wir hätten Ihnen später ohnehin alle genauen Daten bekanntgegeben; vorerst nur eine kurze Zusammenfassung der Fakten. Tonbänder werden Ihnen in den nächsten Stunden alle Einzelheiten übermitteln. Was ich Ihnen jetzt sagen werde, unterliegt den strengsten Geheimhaltungsbestimmungen.

Vor zwei Jahren entdeckten wir den ersten Beweis für eine außerirdische Intelligenz. Ein Monolith von hartem schwarzem Material, über drei Meter hoch, wurde im Mondkrater Tycho vergraben gefunden. Hier ein Bild von ihm!«

Bowmann starrte in maßlosem Erstaunen auf den Bildschirm vor sich, auf dem die Fotografie von TMA-I erschien. Wie alle Menschen des Raumfahrtzeitalters hatte er etwas Ähnliches beinahe erwartet, doch was er jetzt vor sich sah, war der handgreifliche Beweis für umstrittene Hypothesen, und diese erregende Tatsache ließ ihn seine eigene Lage momentan vergessen.

Doch sein Erstaunen machte bald einer anderen Empfindung Platz. Das war phantastisch – *aber was hatte es mit ihm zu tun?* Darauf konnte es nur eine Antwort geben. Er versuchte seiner Verwirrung Herr zu werden, als Heywood Floyd wieder auf dem Bildschirm erschien.

»Das Überraschendste an diesem Quader ist sein hohes Alter. Geologische Proben haben eindeutig bewiesen, daß er drei Millionen Jahre alt ist. Er wurde also auf dem Mond eingegraben, als unsere Vorfahren noch Affenmenschen waren.

Nach dieser großen Zeitspanne hatte man natürlich angenommen, daß er inaktiv sei. Doch bald nach dem lunaren Sonnenaufgang strahlte er einen enorm starken Impuls von Radioaktivität aus. Wir sind der Ansicht, daß diese Energie nur das Nebenprodukt einer noch unbekannten Form von Strahlung ist, denn zu gleicher Zeit entdeckten einige unserer Raumsonden eine ungewöhnliche Störungsfront, die das Sonnensystem durchzog. Wir waren imstande, diese mit großer Präzision in Richtung Saturn zu verfolgen. Nach einer Auswertung aller Tatbestände kamen wir zu dem Ergebnis, daß der Monolith eine mit Sonnenenergie gespeiste oder zumindest von der Sonne ausgelöste Signalanlage ist. Daß er seine Impulse unmittelbar nach Tagesanbruch aussandte, als er zum erstenmal nach drei Millionen Jahren dem Sonnenlicht ausgesetzt war, konnte kaum ein Zufall sein.

Er war nämlich mit *voller Absicht* eingegraben worden. Das unterliegt keinem Zweifel. Man hatte eine zehn Meter tiefe Grube ausgehoben, den Quader in sie versenkt und das Loch sorgfältig ausgefüllt.

Sie mögen sich fragen, wie wir das Objekt überhaupt gefunden haben. Nun, es war leicht – verdächtig leicht – zu finden. Es besaß ein ungemein starkes magnetisches Feld, so daß es gar nicht zu übersehen war, als wir genaue Vermessungen der Mondoberfläche vornahmen und die Resultate auswerteten.

Doch warum vergrub man ein mit Sonnenenergie gespeistes Instrument zehn Meter tief? Wir haben ein Dutzend Theorien aufgestellt und verworfen, obwohl wir natürlich damit rechnen mußten, daß die Motive von Wesen, die uns drei Millionen Jahre voraus waren, außerhalb unseres Begriffsvermögens sein mögen.

Die Theorie mit dem größten Wahrscheinlichkeitsgehalt ist die einfachste und logischste – aber auch die beunruhigendste.

Man verbirgt ein derartiges Objekt im Dunkeln, wenn man wissen will, wann es ans Licht gebracht wird. Mit anderen Worten, der Monolith mag ein Alarmgerät sein, und wir haben es ausgelöst.

Ob die Zivilisation, die ihn angefertigt hat, noch existiert, wissen wir nicht. Wir müssen aber annehmen, daß Lebewesen, deren Instrumente noch nach drei Millionen Jahren funktionieren, ihre Art ebenso lange erhalten konnten. Und bis wir einen Gegenbeweis haben, müssen wir leider auch damit rechnen, daß sie uns feindlich gesinnt sein könnten. Man hat meist vermutet, daß mit dem Fortschritt der Kultur auch ein Rückgang der Barbarei verbunden sei, aber das ist eine bloße Vermutung, und wir dürfen kein Risiko eingehen.

Außerdem hat die Geschichte unserer eigenen Welt mehrfach bewiesen, daß primitivere Rassen zugrunde gehen, wenn sie mit höheren Zivilisationen zusammenstoßen. Anthropologen sprechen von einem ›Kulturschock‹. Es könnte der Fall sein, daß wir die gesamte Menschheit auf einen derartigen Schock vorbereiten müssen. Aber bevor wir nicht das Geringste über die Lebewesen wissen, die vor drei Millionen Jahren den Mond und vermutlich auch die Erde besuchten, können wir mit solchen Vorbereitungen nicht einmal beginnen.

Ihre Mission ist daher weit mehr als eine bloße Entdekkungsreise. Es ist ein Aufklärungsflug – ein Vorstoß in unbekanntes und möglicherweise gefährliches Gebiet. Das Team Whitehead – Hunter – Kaminski ist für diese Arbeit speziell ausgebildet worden. Nun müssen Sie mit dieser Aufgabe fertigwerden ...

Jetzt noch einige Worte über Ihr Endziel. Wir dürfen ausschließen, daß höhere Lebensformen auf dem Saturn existieren oder sich auf einem seiner Monde entwickelt haben könnten. Wir haben geplant, das ganze System zu erforschen, und hoffen, daß Sie imstande sein werden, uns die ersten Unterlagen zu liefern. Aber vorläufig mag es nötig sein, sich auf seinen achten Mond zu konzentrieren – auf Japetus. Wir werden später, wenn Sie sich ihm genügend genähert haben, darüber entscheiden, ob Sie ein Rendezvous-Manöver durchführen sollen.

Japetus ist eine im Sonnensystem einzigartige Erscheinung. Sie wissen das natürlich, doch wahrscheinlich haben Sie noch keinen Gedanken daran verschwendet, sowenig wie die Astronomen der letzten dreihundert Jahre. Ich möchte Ihnen aber in Erinnerung rufen, daß Cassini – der Japetus im Jahr 1671 entdeckt hat – auch beobachtete, daß er auf einer Seite *sechsmal* heller war als auf der anderen.

Das ist ein ungewöhnliches Lichtverhältnis, und es wurde nie eine zufriedenstellende Erklärung für dieses Phänomen gefunden. Japetus hat nur einen Durchmesser von ungefähr zwölfhundert Kilometern; er ist so klein, daß seine Scheibe selbst durch die Mondteleskope kaum zu sehen ist. Doch auf seiner Oberfläche ist ein hell leuchtender, seltsam symmetrischer Flecken sichtbar, und diese Erscheinung mag irgendwie mit TMA-I zusammenhängen. Es sieht so aus, als ob Japetus uns dreihundert Jahre lang oder länger Blinksignale gegeben hätte, etwa wie ein kosmischer Heliograph, aber wir waren nicht imstande, seine Botschaft zu verstehen ...

Sie kennen also jetzt Ihre wirklichen Aufgaben und können die Lebenswichtigkeit Ihrer Mission abschätzen. Wir hoffen, es wird Ihnen möglich sein, das Rätsel des Monoliths wenigstens oder zumindest teilweise zu erhellen.

Wir hoffen und bangen mit Ihnen. Wir können natürlich nicht ahnen, was Sie auf Japetus vorfinden werden: Glück oder Unheil – oder Ruinen, die tausendmal älter sind als die von Troja ...«

DIE MONDE SATURNS

Überleben

Arbeit ist das beste Mittel gegen jeden Schock, und über Mangel an Beschäftigung hatte Bowman nicht zu klagen. Nachdem er so schnell wie möglich die lebenswichtigen Systeme der *Discovery* wieder in Gang gebracht hatte, machte er sich daran, auch die weiteren Einrichtungen des Schiffes voll in Betrieb zu setzen.

Vordringlich war die Luftversorgung. Eine große Menge Sauerstoff war verlorengegangen, aber die Reserven schienen für einen einzelnen Mann immer noch ausreichend. Die Regulierung von Druck und Temperatur war so gut wie vollautomatisch, und *Hal* hatte nur selten damit zu tun gehabt. Das Monitorsystem auf der Erde vermochte jetzt fast alle Aufgaben des ausgeschalteten Computers zu übernehmen, trotz der langen Zeitspanne, die es benötigte, um auf veränderte Situationen zu reagieren. Doch jedes Gefahrenmoment – wenn es sich nicht gerade um ein Loch im Schiffsrumpf handelte – würde von den zahlreichen, gut funktionierenden Warnanlagen an Bord rechtzeitig gemeldet werden.

Navigation und Düsenantrieb waren unversehrt. Doch Bowman würde sie ohnehin erst in einigen Monaten benötigen, wenn er sich im Orbit des Saturn befand. Die Daten für eventuelle Rendezvous-Manöver konnten – da kein Bord-Computer vorhanden war – nur von den Neuntausendern auf der Erde errechnet und übermittelt werden. Das würde ein etwas umständlicher Vorgang, aber kein ernsthaftes Problem sein.

Das Schlimmste lag hinter ihm: das Überbordwerfen der Leichen. Bowman war froh, daß es sich bei den drei Wissenschaftlern zwar um Kollegen, aber nicht um intime Freunde gehandelt hatte. Ihre gemeinsame Ausbildung hatte nur einige Wochen gedauert. Jetzt, rückblickend, wußte er, daß sie im wesentlichen dazu dienen sollte, die Verträglichkeit der Teammitglieder auf die Probe zu stellen.

Als er das leere Hibernakulum schloß, fühlte er sich wie ein ägyptischer Grabräuber. Kaminski, Whitehead und Hunter – sie alle würden vor ihm Saturn erreichen – aber nicht vor Frank Poole. Irgendwie verlieh ihm dieser Gedanke eine sonderbare Genugtuung.

Er machte gar nicht den Versuch, herauszufinden, ob die Tiefschlafvorrichtung noch betriebsfähig war. Eines Tages mochte sein Leben davon abhängen, aber dieser Tag war noch weit entfernt – wenn die *Discovery* ihr Ziel erreicht hatte. Bis dahin konnte noch viel geschehen.

Es bestand sogar die Möglichkeit, daß er sich durch strenge Rationierung der Vorräte bis zum Eintreffen des Bergungsschiffs am Leben halten konnte, ohne sich in Tiefschlaf zu versetzen. Ob er es auch psychologisch durchstehen würde, war eine andere Frage.

Er vermied es tunlichst, sich mit Problemen zu beschäftigen, die noch nicht aktuell waren, und konzentrierte sich auf die Erfordernisse der Stunde. Er machte Ordnung und säuberte das Schiff von den Resten der Katastrophe; er kontrollierte immer wieder die Versorgungssysteme, diskutierte technische Schwierigkeiten mit der Bodenkontrolle und gewöhnte sich daran, mit einem Minimum an Schlaf auszukommen. Während der ersten Wochen hatte er selten Zeit, sich mit dem großen Mysterium zu beschäftigen, auf das er unabwendbar zusteuerte, obwohl er es nie gänzlich aus seinen Gedanken verbannen konnte.

Schließlich hatte er sich eine neue Tageseinteilung geschaffen, die ihm Zeit ließ, die von der Erde ausgestrahlten Berichte zu studieren. Immer wieder spielte er das Tonband ab, das aufgenommen worden war, als TMA-I zum erstenmal in drei Millionen Jahren den Tagesanbruch begrüßte. Er beobachtete die Männer in den Raumanzügen, die bei dem Quader standen, und ihre Fassungslosigkeit, als das schrille Signal der elektronischen Stimmen in ihren Ohren gellte, entlockte ihm beinahe ein Lächeln.

Seit jenem Moment hatte der Monolith kein Signal mehr

zu den Sternen geschickt. Man hatte ihn zugedeckt und dann wieder dem Sonnenlicht ausgesetzt – doch keine Reaktion erfolgte. Der Vorschlag, ihn mit einem Laserstrahl aufzuschneiden, war nicht aufgegriffen worden, teils aus wissenschaftlicher Vorsicht, teils aus Furcht vor möglichen Konsequenzen.

Das magnetische Feld, das zu seiner Entdeckung geführt hatte, war seit dem kosmischen Alarm verschwunden. Einige Experten vermuteten, daß es von einem starken Stromkreis stammte, der in einem Superkonduktor jahrtausendelang Energie gespeichert hatte – für den einen entscheidenden Augenblick. Es stand nämlich fest, daß der Monolith eine innere Energiequelle besessen haben mußte. Denn die Sonnenenergie, die er während der kurzen Expositionszeit absorbiert hatte, konnte unmöglich eine Emission dieses Stärkegrads verursacht haben.

Eine sonderbare und vielleicht unwesentliche Eigenschaft des Blocks hatte zu endlosen Diskussionen geführt. Der Monolith war 3,60 Meter hoch und hatte eine Basis von 1,60 Meter mal 40 Zentimeter. Als man seine Dimensionen sorgfältig berechnete, ergab sich ein genaues Verhältnis von 1 zu 4 zu 9 – was dem Quadrat der ersten drei Primzahlen entspricht. Niemand vermochte eine plausible Erklärung für dieses Phänomen zu unterbreiten, aber es konnte sich kaum um einen Zufall handeln, da die Proportionen bis zur Grenze der Meßbarkeit präzis waren. Ein demütigender Gedanke, daß die gesamten technischen Möglichkeiten der Erde nicht ausreichten, um irgendeinen Block, egal aus welchem Material, mit solcher Präzision herzustellen. Diese geradezu penetrante Zurschaustellung seiner geometrischen Perfektion imponierte nicht weniger als seine anderen Attribute.

Bowman ließ – mit einer gewissen Interesselosigkeit, die er sich selbst nicht erklären konnte – die verspäteten Entschuldigungen der Bodenkontrolle über sich ergehen. Die Stimmen von der Erde schienen ihn direkt um Verständnis anzuflehen, daß man ihn nicht früher eingeweiht hatte. Man vermochte direkt herauszuhören, welche heftigen Debatten zwischen den Mitgliedern des Planungsamts stattfanden.

Unter den vorgebrachten Begründungen war vor allem eine ausschlaggebend: eine geheime Studie des Verteidigungsausschusses, Projekt *Barsom*, die im Jahre 1989 von der Harvard School of Psychology ausgearbeitet worden war. Es handelte sich um ein soziologisches Experiment, bei dem verschiedenen Bevölkerungsschichten zur Kenntnis gebracht wurde, daß man mit außerirdischen Lebewesen Kontakte hergestellt hatte. Bei mehreren Testpersonen wurde mit Hilfe von Drogen, Hypnose und optischen Effekten der Eindruck hervorgerufen, daß sie tatsächlich mit Wesen von anderen Planeten zusammentrafen. Auf diese Weise konnten ihre authentischen Reaktionen auf den Ernstfall überprüft werden.

Einige reagierten überraschend heftig; es hatte den Anschein, daß unter der Fassade normalen Verhaltens ein starker Hang zur Xenophobie tief verwurzelt war. Im Hinblick auf die jahrhundertealte Praxis von Mord und Totschlag, Pogromen und Lynchen wäre das nicht weiter erstaunlich gewesen; trotzdem schienen die Organisatoren des Experiments ziemlich verstört gewesen zu sein, denn die Studien wurden nie veröffentlicht. Im 20. Jahrhundert hatte man zu wiederholten Malen den Zukunftsroman von H. G. Wells *Krieg der Welten* als Hörspiel übertragen, und jedes Mal war unter Personen, welche die turbulenten Szenen für Tagesnachrichten hielten, eine Panik entstanden. Auch diese Tatsache bestätigte den Pessimismus der Kommission.

Trotz dieser Begründungen fragte sich Bowman, ob die Gefahr eines »Kulturschocks« die einzige Erklärung für die außerordentlichen Geheimhaltungsvorkehrungen war. Einige Andeutungen wiesen darauf hin, daß der US-UdSSR-Block sich gewisse Vorteile erhoffte, wenn es ihm als ersten gelänge, mit einer außerirdischen Intelligenz Kontakt herzustellen. Doch von seinem jetzigen Gesichtspunkt aus, wenn er auf die Erde als winziges, kaum sichtbares Gestirn zurückblickte, schienen ihm solche Überlegungen lächerlich engstirnig.

Weit mehr war er an den Erklärungen für *Hals* Verhalten interessiert. Die Tatsache, daß einer von den beiden Neuntausender-Computern der Bodenkontrolle in eine gleiche Psychose verfallen war und sich jetzt in elektronischer

Behandlung befand, ließ darauf schließen, daß die Schöpfer von *Hal* nicht imstande gewesen waren, die Psychologie ihrer eigenen Kreatur zu begreifen, und zeigte, wie schwierig es sein mochte, sich mit absolut fremdartigen Lebewesen zu verständigen.

Bowman teilte Dr. Simonsons Ansicht, daß ein unbewußtes Schuldgefühl, hervorgerufen durch die Widersprüche in seiner Programmierung, *Hal* veranlaßt hatte, die Verbindung mit der Erde zu unterbrechen. Und er zog es vor, zu glauben, daß *Hal* – obwohl sich auch das nie beweisen lassen würde – im Grunde Poole nicht ermorden wollte. Er hatte nur versucht, die Enthüllung seiner Lüge zu verhindern. Denn sowie Poole berichtet hätte, daß das angeblich ausgebrannte AE-35-Aggregat intakt war, wäre sie offen zutage getreten. Wie ein plumper Verbrecher, der sich im eigenen Netz verfangen hatte, war er von Panik ergriffen worden.

Und Panik war etwas, das Bowman besser verstand, als er gewünscht hätte. Zweimal in seinem Leben war auch er von ihr erfaßt worden. Das erstemal als kleiner Junge, als er beim Schwimmen von einem Sog erfaßt wurde und beinahe ertrank; das zweitemal beim Astronautentrainingskurs, als ein schadhaftes Ventil ihn befürchten ließ, sein Sauerstoffvorrat würde erschöpft sein, bevor er sich in Sicherheit bringen konnte.

Bei beiden Gelegenheiten hatte er um ein Haar die Kontrolle über sein logisches Denken verloren; in Sekundenschnelle war er zu einem zitternden Nervenbündel geworden. Beide Male hatte er die Selbstbeherrschung wiedergewonnen, aber er wußte sehr gut, daß jeder Mensch unter den gegebenen Umständen entmenschlicht werden konnte.

Warum sollte es dann nicht bei *Hal* möglich gewesen sein? Mit dieser Erkenntnis begannen die Haßgefühle, die er dem Computer entgegenbrachte, langsam zu schwinden.

Doch diese Probleme gehörten der Vergangenheit an, die bereits von der Drohung – oder Verheißung? – einer unbekannten Zukunft überschattet wurde.

Abgesehen von kurzen Mahlzeiten im »Karussell«, verbrachte Bowman fast die ganze Zeit auf dem Kontrolldeck. Auch während der kurzen Schlafpausen, die er sich gönnte, blieb er auf dem Pilotensitz; so konnte er ohne Zeitverlust jeden Defekt entdecken, den die Vorwarnanlage signalisierte. Auf Anweisung der Bodenkontrolle hatte er verschiedene automatische Notanlagen in Betrieb gesetzt, die zufriedenstellend funktionierten. Ob er es erleben würde oder nicht, die *Discovery* würde den Saturn erreichen.

Der Himmel der Astronauten war zwar nichts Neues für Bowman, aber der Anblick aus seinem Rundfenster war derart atemberaubend, daß es ihm oft schwerfiel, sich auf sein hauptsächliches Problem zu konzentrieren: zu überleben! Direkt in der Fahrtrichtung wölbte sich die Milchstraße mit ihrer unvorstellbaren Sternenfülle. Er sah die feurigen Nebel des Sagittarius, dessen glühende Sonnenschwärme das Herz der Milchstraße dem menschlichen Auge verbergen. Er sah den düsteren Schatten des »Kohlensacks« — jene absolute Leere im leeren Raum, in der keine Sterne leuchteten — und den Alpha Centauri, die nächste Sonne außerhalb unseres Sonnensystems.

Obwohl Sirius und Kanopus heller schienen als er, war es vor allem Alpha Centauri, der Bowman beschäftigte, sooft er in das All blickte. Denn dieser stete, ruhige Lichtpunkt, dessen Strahlen vier Jahre benötigt hatten, um ihn zu erreichen, symbolisierte für ihn die heimlichen Debatten auf der Erde, deren Echos gelegentlich zu ihm gelangt waren.

Keiner der Eingeweihten zweifelte daran, daß es zwischen TMA-I und der Saturn-Welt eine Verbindung geben mußte, aber kaum ein Wissenschaftler neigte zu der Annahme, daß die Wesen, die den Monolith schufen, dort ihren Ursprung hatten. Für jede Form von Leben war Saturn noch weniger geeignet als Jupiter, und seine vielen Monde waren Eiswüsten. Nur einer von ihnen — Titan — besaß eine Atmosphäre, und die bestand aus einer dünnen Schicht von giftigem Methan.

Daraus zog man den Schluß, daß die Wesen, die vor so langer Zeit den Erdmond besucht hatten, nicht nur außerirdisch, sondern auch außersolar gewesen waren – Gäste aus der Sternenwelt, die sich überall niederlassen konnten, wo es ihnen gefiel. Und dieser Gedanke führte automatisch zu einem anderen Problem. Konnte irgendeine von Menschen entwickelte Technik, so fortgeschritten sie auch sein mochte, den unvorstellbaren Abgrund überbrücken, der zwischen unserem Sonnensystem und dem nächsten Fixstern klaffte?

Viele Wissenschaftler schlossen diese Möglichkeit einfach aus. Sie wiesen darauf hin, daß selbst die *Discovery* – das schnellste Fahrzeug, das je konstruiert worden war – zwanzigtausend Jahre benötigen würde, um Alpha Centauri zu erreichen, und Millionen Jahre, um eine merkbare Distanz innerhalb der Milchstraße zurückzulegen. Selbst wenn in den kommenden Jahrhunderten ungleich verbesserte Antriebssysteme entwickelt werden sollten, müßten sie schließlich an der unüberschreitbaren Schranke der Lichtgeschwindigkeit scheitern, die von Materie nie durchbrochen werden kann. Aus diesem Grund mußten die Erbauer von TMA-I dem Sonnensystem angehört haben, und da in historischen Zeiten ihr Erscheinen nicht vermerkt worden war, mochten sie ausgestorben sein.

Doch es gab auch Stimmen, die widersprachen. Selbst wenn man Jahrhunderte benötigte, um von Fixstern zu Fixstern zu reisen, mußte das für entsprechend ausgerüstete Pioniere kein Hindernis sein. Eine Möglichkeit, es zu überwinden, war die Tiefschlafmethode, die bereits auf der *Discovery* angewandt worden war. Eine andere bestand darin, auf Raumschiffen, deren Fahrt für mehrere Generationen geplant wurde, eine autarke künstliche Welt zu schaffen.

Warum sollte man überhaupt annehmen, daß alle intelligenten Spezies so kurzlebig seien wie die Menschen? Im Weltall mochte es Wesen geben, denen eine Reise von 1000 Jahren nicht viel bedeutete.

Obwohl diese Argumente rein theoretisch waren, betrafen sie doch einen Faktor von außerordentlich praktischer Bedeutung: die Frage der »Reaktionszeit«. Wenn TMA-I tatsächlich ein Signal zu den Sternen gesandt hatte – etwa mit Hilfe eines Relais vom Saturn – würde es Jahre benötigen, ehe es seinen Bestimmungsort erreichte. Sogar wenn es ohne Verzug beantwortet würde, besäße die Menschheit daher einen Aufschub von Dekaden oder sogar Jahrhunderten. Für viele war das ein beruhigender Aspekt.

Aber nicht für alle. Einige Wissenschaftler — denen es Vergnügen bereitete, sich auf den Gebieten der theoretischen Physik zu tummeln — stellten die verwirrende Frage: »Sind wir denn sicher, daß die Lichtgeschwindigkeit eine unüberschreitbare Grenze bedeutet?« Es war wahr, daß die Spezielle Relativitätstheorie sich als bemerkenswert dauerhaft erwiesen hatte und bald hundert Jahre alt sein würde; aber Einsteins Gedankengebäude wies bereits einige Sprünge auf. Und selbst wenn man ihn nicht direkt widerlegen konnte, vermochte man seine Theorie vielleicht zu umgehen.

Die, welche solche Ansichten vertraten, sprachen hoffnungsvoll über Abkürzungen durch höhere Dimensionen als vier, Linien, die gerader waren als gerade, und über räumliche Zusammenhänge. Sie zitierten gerne eine bezeichnende Redewendung, die ein Mathematiker des vergangenen Jahrhunderts geprägt hatte: »Wurmlöcher im All«. Kritischen Stimmen, die vorbrachten, daß diese Ideen zu phantastisch waren, um ernst genommen zu werden, hielt man Niels Bohrs Ausspruch entgegen: »Ihre Theorie ist verrückt, aber nicht verrückt genug, um nicht wahr zu sein.«

Doch die Diskussionen unter den Biologen waren noch hitziger als die unter den Physikern. Sie stellten sich die alte Frage: »Wie würden intelligente extraterrestrische Wesen aussehen?« Sie teilten sich in zwei Lager — die einen argumentierten, daß solche Wesen menschenähnlich sein müßten, während die anderen überzeugt waren, »sie« würden in keiner Weise aussehen wie Menschen.

Die erste Gruppe begründete ihre Ansicht damit, daß das Modell von zwei Beinen, zwei Händen und den hauptsächlichen Wahrnehmungsorganen am höchsten Punkt der Vorderseite, so vernünftig und selbstverständlich war, daß man an kein besseres denken könnte. Natürlich mochte es geringfügige Differenzen geben — etwa sechs Finger statt fünf, seltsam gefärbte Haut und Haare und abweichende Gesichtsformen. Aber die meisten intelligenten extraterrestrischen Wesen würden einem Menschen doch so ähnlich sein, daß man sie auf einen flüchtigen Blick kaum unterscheiden könnte.

Doch eine andere Gruppe von Biologen – typische Produkte des Raumzeitalters, welche die Vorurteile der Vergangenheit bereits abgeschüttelt hatten – lächelten über eine derart anthropomorphe Denkweise. Sie führten aus, daß der menschliche Körper das Ergebnis von Millionen Möglichkeiten einer evolutionären Auslese war, welche die Natur durch Äonen hindurch vorgenommen hatte. In jedem der zahllosen Augenblicke der Entscheidung mochten die Würfel der Genetik auch anders gefallen sein und vielleicht bessere Resultate erzielt haben. Für sie war der menschliche Körper das warnende Beispiel einer Improvisation – voll von Organen, die keineswegs ideal konstruiert waren, und der sogar überflüssigen Ballast enthielt, wie etwa den nicht nur nutzlosen, sondern sogar gefährlichen Blinddarm.

Andere Wissenschaftler hingen noch extravaganteren Vorstellungen nach. Sie glaubten, daß Wesen am Endpunkt ihrer Entwicklung überhaupt keine organischen Körper besitzen würden. Früher oder später – entsprechend ihrem wissenschaftlichen Fortschritt – würden sie sich der gebrechlichen naturgegebenen Hüllen entledigen, die sie Krankheiten und Unfällen aussetzten und ihren physischen Tod unvermeidlich machten. Sie würden ihre Körper – wenn diese ausgedient hätten oder vielleicht noch vorher – durch Gebilde von Metall und Plastik ersetzen und auf diese Weise Unsterblichkeit erzielen. Als einziges Organ mochte das Gehirn beibehalten werden, um die mechanischen Glieder zu dirigieren und mit Hilfe seines unnachahmlichen Wahrnehmungssystems das Weltall zu beobachten.

Sogar auf der Erde hatte man bereits die ersten Schritte in dieser Richtung unternommen. Es gab Millionen Menschen, die in früheren Zeiten verloren gewesen wären und die jetzt ein aktives und glückliches Leben führten – dank ihrer künstlichen Glieder, Nieren, Lungen und Herzen. Diese Entwicklung ließ nur eine Schlußfolgerung offen – so weit hergeholt sie auch auf den ersten Blick scheinen mochte.

Schließlich würde man auch das Gehirn entbehren können. Als Sitz des Bewußtseins war es nicht mehr unbedingt erforderlich, das hatte die Konstruktion der elektronischen Gehirne bewiesen. Der Konflikt zwischen Geist und Maschine mochte letzten Endes durch einen ewigen Waffenstillstand der kompletten Symbiose gelöst werden...

Aber war das wirklich das Ende?

Einige zum Mystizismus neigende Biologen gingen noch weiter. In Anlehnung an die Offenbarungen verschiedener Religionen spielten sie mit dem Gedanken, daß der Geist sich letztlich von der Materie befreien könnte. Der Körper des Roboters – gleich dem aus Fleisch und Blut – würde dann nichts anderes sein als ein Übergang zu etwas, was die Menschen vor langer Zeit »Seele« genannt hatten.

Und wenn es darüber hinaus noch etwas gab, konnte sein Name nur »Gott« sein.

Botschafter im All

Während der letzten drei Monate hatte sich David Bowman seinem einsamen Leben derart angepaßt, daß er sich kaum an eine andere Existenz erinnern konnte. Er war jenseits von Verzweiflung und Hoffnung, und die Routine seiner sich gleichenden Tage wurde nur von gelegentlichen Krisen unterbrochen, wenn eines der Systeme des Raumschiffs zu versagen drohte.

Aber die Neugier war in ihm noch nicht gestorben, und manchmal erfüllte ihn der Gedanke an das Ziel, dem er entgegenflog, mit einem Gefühl von Stolz und Macht. Nicht nur, daß er die gesamte Menschheit repräsentierte – sein Einsatz in den nächsten Wochen mochte über deren gesamte Zukunft entscheiden. Nie hatte es eine Aufgabe wie die seine gegeben. Er war der *Außerordentliche Bevollmächtigte Botschafter* der ganzen Menschheit.

Diese Erkenntnis stärkte sein Selbstbewußtsein. Er vernachlässigte sein Äußeres in keiner Weise, und nie unterließ er es während eines 24-Stunden-Zyklus, sich zu rasieren, gleich, wie müde er war. Es war ihm klar, daß die Bodenkontrolle ihn scharf beobachtete, um erste Anzeichen anomalen Verhaltens sofort zu konstatieren. Er war jedoch entschlossen, es nie soweit kommen zu lassen.

Seine Verhaltensweise hatte sich zwar in mancher Beziehung geändert, aber unter den gegebenen Umständen wäre es töricht gewesen, etwas anderes zu erwarten. Er konnte keine Stille mehr ertragen; außer wenn er schlief oder mit der Bodenkontrolle sprach, stellte er die akustischen Einrichtungen des Schiffes auf fast unerträgliche Lautstärke ein.

Wenn er sich in der ersten Zeit danach gesehnt hatte, menschliche Stimmen zu hören, spielte er die Tonbandaufnahmen berühmter Bühnenstücke ab – vor allem der Werke von Shaw, Ibsen und Shakespeare. Manchmal holte er auch aus der reichhaltigen Bibliothek der *Discovery* Rezitationen klassischer Gedichte. Doch die Probleme, die sie behandelten, waren entweder so fernliegend oder schienen ihm mit ein bißchen gesundem Menschenverstand so leicht zu lösen, daß sie ihn nach einiger Zeit langweilten.

Dann wandte er sich der Oper zu. Er bevorzugte italienische oder deutsche Originalaufnahmen, damit er nicht durch den belanglosen Inhalt, der die meisten Opern auszeichnet, abgelenkt wurde. Diese Phase dauerte ungefähr zwei Wochen, bevor er sich plötzlich darüber klar wurde, daß der Klang all dieser wunderbaren Stimmen sein Einsamkeitsgefühl noch steigerte. Ihr Ende fand sie mit Verdis Requiem, das er bis dahin noch nie gehört hatte. Das »Dies Irae« dröhnte machtvoll und unheilverkündend durch das leere Schiff, und als die Posaunen des Jüngsten Tages einsetzten, ertrug er es nicht länger und schaltete mit zitternden Händen ab.

Nachher spielte er nur mehr Instrumentalmusik. Er fing mit den Komponisten der Romantik an, aber ihre Sentimentalität ging ihm bald auf die Nerven. Einige Wochen beruhigten ihn Sibelius, Tschaikowski und Berlioz; die Wirkung von Beethoven und Mozart hielt noch länger an. Doch endgültigen Frieden fand er – wie so viele vor ihm – in der mathematischen Tonstruktur von Bach.

Und so setzte die *Discovery* ihren Weg zum Saturn fort, begleitet von den kühlen Harfenklängen des Barocks.

Sogar aus der jetzigen Entfernung von sechzehn Millionen Kilometern erschien der Saturn größer als der von der Erde aus gesehene Mond. Schon dem freien Auge bot er einen majestätischen Anblick, aber durch das Teleskop einen phantastischen von unglaublicher Faszination.

Bei flüchtiger Sicht mochte man den Planeten für Jupiter halten. Man sah die gleichen Wolkenbänder – wenngleich sie farbloser und weniger ausgeprägt waren – und auch die gleichen kontinentgroßen Störfronten, die langsam durch die Atmosphäre glitten. Trotzdem gab es einen auffälligen Unterschied: Saturn hatte keine Kugelform. Er war an den Polen derart abgeplattet, daß er manchmal fast den Eindruck einer Mißgestalt erweckte.

Aber die Herrlichkeit seiner Ringe lenkte Bowmans Blick ständig von dem Planeten ab. In der Vielfalt ihrer Erscheinungsformen und Farbtönungen bildeten sie ein Universum für sich. Zwischen den äußeren und inneren Ringen klafften auffallend große Zwischenräume. Doch wo der gigantische Hof des Planeten unterschiedliche Helligkeitsgrade reflektierte, zeigten sich noch unzählige andere schillernde Trennungslinien. Es war, als ob Saturn von Scharen konzentrischer, sich berührender Ringe umgeben war, und alle schienen vollkommen flach zu sein. Das Ringsystem glich einem filigranen Kunstwerk oder einem zerbrechlichen Spielzeug, das man zwar bewundern, aber nicht berühren durfte. In keiner Weise vermochte Bowman seine wirkliche Größe abzuschätzen oder sich vorzustellen, daß die ganze Erde, hierher versetzt, aussehen würde wie ein Ball, der auf einem Tellerrand rollt.

Manchmal tauchte hinter den Ringen ein Stern auf, dem sie nur wenig von seiner Leuchtkraft nahmen. Unbehindert strahlte er durch ihr transparentes Gewebe – obwohl er manchmal flimmerte, wenn größere vorüberziehende Bruchstücke ihn momentan verdunkelten.

Denn die Ringe, wie man bereits seit dem 19. Jahrhundert wußte, waren nicht kompakt; das hätte allen Gesetzen der Mechanik widersprochen. Sie bestanden aus Myriaden von Bruchstücken, möglicherweise aus den Überresten eines Mondes, der dem großen Planeten zu nahe gekommen und dadurch in Stücke gerissen worden war. Doch worauf ihr Ursprung auch immer zurückzuführen war, die Menschheit konnte sich glücklich schätzen, ein solches Wunder betrachten zu dürfen, das in der Geschichte des Sonnensystems nur eine kurze Spanne hindurch existieren konnte.

Schon 1945 hatte ein britischer Astronom darauf hingewiesen, daß die Ringe nur »kurzlebig« waren; Gravitationskräfte arbeiteten unaufhörlich daran, sie zu zerstören. Daraus ließ sich im Rückblick schließen, daß sie erst vor relativ kurzer Zeit geformt worden waren – etwa vor zwei oder drei Millionen Jahren.

Doch bisher hatte sich noch niemand mit dem seltsamen Zufall beschäftigt, daß die Saturnringe ungefähr zur gleichen Zeit das Licht der Welt erblickt hatten wie die menschliche Rasse.

Wirbelnde Eiskristalle

Die *Discovery* befand sich jetzt innerhalb des weitreichenden Systems der Saturnmonde, und zum großen Planeten selbst war es nur noch eine Tagesreise. Längst hatte das Schiff die Umlaufbahn des äußersten Mondes Phoebe passiert, der sich in einem seltsam verschlungenen Orbit bis zu zwölf Millionen Kilometer von seinem Gravitationszentrum entfernt. Vor ihm lagen jetzt Japetus, Hyperion, Titan, Rhea, Dione, Tethys, Enceladus, Mimas, Janus – und die geheimnisvollen Ringe. Durch das Teleskop konnte man auf der Oberfläche der Satelliten eine Vielfalt der sonderbarsten Einzelheiten erkennen; Bowman schaltete die automatischen Kameras ein und übermittelte der Erde Hunderte von Aufnahmen. Allein Titan, der mit seinem Durchmesser von 4800 Kilometern so groß war wie der Planet Merkur, würde ein Vermessungsteam monatelang in Anspruch nehmen. Doch er konnte ihm nicht viel Zeit widmen und ebensowenig seinen eisigen Gefährten. Dafür war im Moment kein Grund vorhanden; er war bereits überzeugt, daß Japetus sein Ziel war.

Auf allen anderen Satelliten waren typische Meteorkrater zu sehen, wenn auch nicht so viele wie auf dem Mars. Sie zeigten gelegentlich Spiegelungen von Licht und Schatten und dazwischen eingestreut einige helle Punkte – wahrscheinlich Wolken von gefrorenem Gas. Nur auf Japetus ließ sich eine ausgeprägte, merkwürdige Landschaft erkennen.

Der Satellit wandte – wie auch seine Begleiter – eine Hemisphäre stets dem Saturn zu. Sie war so dunkel, daß sich kaum Oberflächendetails erkennen ließen. Im krassen Gegensatz dazu wies die andere ein strahlendes weißes Oval von etwa siebenhundert Kilometer Länge und dreihundert Kilometer Breite auf. Im Moment befand sich nur ein Teil dieser auffallenden Formation im Tageslicht, aber der Grund für die hochgradigen Helligkeitsvariationen des Japetus war jetzt offenkundig. Auf der westlichen Seite seines Orbits bot sich die helle Ellipse der Sonne und der Erde dar. Doch auf der östlichen Phase lag das Oval im Schatten, und nur die schwach reflektierende Hemisphäre konnte beobachtet werden.

Die große, absolut symmetrische Ellipse lag quer über dem Äquator des Satelliten, mit ihrer Hauptachse auf die beiden Pole gerichtet. Ihre Konturen zeichneten sich so scharf ab, als hätte jemand auf das Gesicht des kleinen Mondes ein großes weißes Oval gemalt. Sie war absolut flach, und Bowman fragte sich, ob es sich um einen See von gefrorener Flüssigkeit handeln mochte – obwohl das seine auffällige Erscheinung kaum erklären würde.

Aber auf seinem Weg in den Mittelpunkt des Saturnsystems hatte er wenig Zeit, Japetus zu beobachten, denn die *Discovery* näherte sich mit rasender Geschwindigkeit dem kritischen Punkt ihrer Fahrt. Beim Passieren Jupiters hatte das Raumschiff das Schwerefeld des Planeten dazu benützt, den Flug zu beschleunigen. Jetzt mußte das Gegenteil erreicht werden: Es mußte möglichst viel Geschwindigkeit verlieren, um nicht aus dem Sonnensystem hinausgetragen zu werden und zu den Sternen zu fliegen. Laut Kursberechnung sollte es in diesem Schwerefeld festgehalten werden, um als neuer Saturnmond den Planeten in einer schmalen, dreieinhalb Millionen Kilometer langen Ellipse zu umkreisen. Am Punkt der geringsten Entfernung würde es den Saturn beinahe streifen; bei seiner weitesten den Orbit von Japetus durchqueren.

Die Computer auf der Erde – deren Informationen jetzt erst nach drei Stunden eintrafen – versicherten Bowman, daß alles planmäßig verlief. Geschwindigkeit und Höhe waren korrekt; im Moment konnte man nicht mehr tun, als den Augenblick der größten Annäherung abzuwarten.

Das gewaltige Ringsystem spannte sich über den ganzen Himmel, und das Schiff glitt bereits über seinen äußersten Rand. Als Bowman aus seiner Höhe von einigen zehntausend Kilometern hinunterblickte, konnte er durch das Teleskop sehen, daß die Ringe hauptsächlich aus Eis bestanden, das im Sonnenlicht blitzte und funkelte. Er hatte das Gefühl, über einen Schneesturm hinwegzufliegen, und wenn es gelegentlich aufklarte, sah er darunter – wo sonst Grund und Boden gewesen wäre – nichts als Nacht und Sterne.

Als die *Discovery* in einem großen Bogen noch näher an den Planeten heranflog, senkte sich die Sonne langsam zwischen die vielschichtigen Ringe. Sie wölbten sich jetzt wie eine schmale silberne Brücke über den Himmel; obwohl sie so durchsichtig waren, daß sie das Sonnenlicht kaum trübten, erzeugten ihre Myriaden von reflektierenden Eiskristallen einen erstaunlichen pyrotechnischen Effekt. Und als die Sonne hinter die Tausende Kilometer langen Wirbel von kreisendem Eis glitt, tanzten seltsame Schatten über den Horizont, die von phosphoreszierendem Flackern erhellt wurden. Dann versank die Sonne endgültig unter den Ringen, und das himmlische Feuerwerk war zu Ende.

Etwas später tauchte das Raumschiff, sich dem Planeten auf seiner Nachtseite nähernd, in den Schatten des Saturn ein. Über ihm schienen die Sterne und Ringe; unter ihm lag ein Wolkenmeer. Es gab keine mysteriösen Lichterscheinungen wie in der Jupiternacht. Vielleicht war Saturn zu kalt, um solche Effekte hervorzurufen. Die Wolkenschichten waren nur dank der geisterhaften Spiegelung der kreisenden Eisberge zu sehen, die noch immer von der bereits untergehenden Sonne angestrahlt wurden. Doch im Zentrum des Lichtbogens klaffte eine große dunkle Lücke, als ob einer unvollendeten Brücke das Mittelstück fehlte: der Schatten des Planeten, der über den Ringen lag.

Der Funkkontakt mit der Erde war unterbrochen und konnte erst wieder aufgenommen werden, wenn das Schiff den Störbereich des Saturn verlassen haben würde. Bowman war – vielleicht zu seinem Glück – viel zu beschäftigt, um sich seiner plötzlichen Verlassenheit bewußt zu werden. Seine nächsten Stunden wurden von den Bremsmanövern, welche die Computer auf der Erde für ihn bereits programmiert hatten, voll ausgefüllt.

Die Haupttriebwerke, die so viele Monate abgeschaltet gewesen waren, begannen ihre kilometerlangen Ströme von weißglühendem Plasma auszustoßen. Für kurze Zeit wurde die schwerelose Welt des Kontrolldecks von der Gravitation erfaßt. Hunderte Kilometer tiefer erstrahlten die Wolken von Methan und gefrorenem Ammoniak in einem nie gekannten Licht, als die *Discovery* wie eine kleine, stark leuchtende Sonne durch die Saturnnacht flog.

Endlich wurde die fahle Dämmerung sichtbar; die *Discovery*, die ständig an Geschwindigkeit verlor, glitt in den erwachenden Tag. Aber sie war immer noch schnell genug, um sich aus dem Gravitationsbereich des Planeten emporzuheben, bis sie nach dreieinhalb Millionen Kilometern den Orbit des Japetus streifen würde.

Dazu würde das Raumschiff vierzehn Tage benötigen, und auf diesem Teilstück kreuzte es – wenn auch in umgekehrter Reihenfolge – die Umlaufbahnen der inneren Monde: Janus, Mimas, Enceladus, Tethys, Dione, Rhea, Titan und Hyperion ... Satelliten mit Namen von Göttern und Göttinnen, die – nach den hier gültigen Zeitmaßen – erst vor kurzem ihren Olymp verlassen hatten.

Dann würde es Japetus treffen, und das war der entscheidende Moment, in dem das Rendezvous-Manöver unternommen werden mußte. Wenn der Versuch mißlang, würde es der Anziehungskraft des Saturn erliegen und ihn in einer stetigen 28-Tage-Ellipse umkreisen.

Die Möglichkeit für ein zweites Rendezvous-Manöver war nicht gegeben. Bei der nächsten Umkreisung würde Japetus weit von der *Discovery* entfernt sein, beinahe auf der anderen Seite des Planeten.

Japetus und *Discovery* würden sich zwar nochmals treffen, wenn die Umlaufbahnen des Raumschiffs und des Satelliten sie zusammenführten. Aber bis dahin würden noch so viele Jahre vergehen, daß – wann immer diese Begegnung stattfände – Bowman sie nicht mehr erleben konnte.

Als Bowman sich dem Satelliten erstmalig genähert hatte, lag das seltsam glänzende Oval zum Teil im Schatten, nur vom Licht des Saturn erhellt. Jetzt, an diesem Punkt seiner 79-Tage-Umlaufbahn, erreichte der Satellit helles Tageslicht.

Bowman ließ kein Auge von Japetus, als das Raumschiff mit verminderter Geschwindigkeit der entscheidenden Begegnung entgegenflog. Er hatte das Gefühl, von einer fixen Idee besessen zu sein. Allerdings hütete er sich, das der Bodenkontrolle gegenüber zu erwähnen.

Vielleicht waren seine Reaktionen tatsächlich nicht mehr normal. Er war bereits halb überzeugt, daß die helle Ellipse, die auf der dunklen Oberfläche des Satelliten lag, ihm wie ein großes leeres Auge entgegenstarrte. Es war ein Auge ohne Pupille, denn nirgends konnte er den kleinsten Fleck erblicken, der das strahlende Weiß des Ovals beeinträchtigt hätte.

Erst als das Schiff nur noch 75 000 Kilometer entfernt und Japetus doppelt so groß wie ein von der Erde gesehener Vollmond war, bemerkte er einen blitzenden schwarzen Fleck. Er lag genau im Mittelpunkt der Ellipse. Aber da hatte er keine Zeit mehr, sich näher mit ihm zu beschäftigen, denn er mußte unverzüglich mit dem Rendezvous-Manöver beginnen.

Zum letztenmal strahlte das Haupttriebwerk der *Discovery* seine Energien in den Raum, und seine ionisierten Atome glühten zwischen den Monden des Saturn. Das Zischen und die Stöße der Düsen erfüllten David Bowman mit einem Gefühl von Stolz – und Wehmut. Sie hatten mit bewundernswerter Präzision ihre Pflicht getan und die *Discovery* von der Erde zum Jupiter und weiter zum Saturn gebracht. Jetzt sollten sie zum letztenmal ihre Funktion erfüllen. Wenn das Raumschiff seine Treibstofftanks endgültig geleert hatte, würde es steuerlos sein und – gleich einem Kometen oder Asteroiden – ein machtloser Gefangener der Schwerkraft. Selbst wenn in wenigen Jahren das Bergungsschiff eintraf, würde es sich nicht lohnen, es mit neuem Treibstoff zu versorgen, damit es sich wieder unabhängig machen und zur Erde zurückkehren könnte. Es würde ewig den Japetus umkreisen – eine bleibende Erinnerung an die Frühzeit der Planetenforschung!

Tausende Kilometer schrumpften zu Hunderten, und die Brennstoffanzeigen näherten sich schnell dem Nullstrich. Bowman stand an der Instrumententafel, und seine Blicke flogen über den Navigationsschirm und über die improvisierten Karten. Seine Nerven waren auf das äußerste gespannt, er war jetzt ganz auf sich selbst angewiesen. Es wäre eine bittere Ironie des Schicksals, wenn er jetzt – nachdem er lebend so weit gekommen war – beim Rendezvous-Manöver versagen würde, nur weil etwas Treibstoff fehlte.

Das Pfeifen der Düsen ließ nach, als das Haupttriebwerk abgestellt wurde und nur die Steuerdüsen fortfuhren, die *Discovery* sanft auf die richtige Umlaufbahn zu bringen. Japetus füllte nun fast den ganzen Himmel aus wie ein gigantischer Halbmond. Bisher war er Bowman stets klein und unbedeutend erschienen, was er – verglichen mit der Riesenwelt, in der er kreiste – auch tatsächlich war. Doch jetzt, als er ihn drohend überragte, glich er einem Giganten – einem kosmischen Hammer, der bereit war, die *Discovery* wie eine Nußschale zu zerschmettern.

Die Annäherung an Japetus vollzog sich langsam, so daß es kaum möglich war, den genauen Moment zu bestimmen, in welchem auf der Oberfläche des Gestirns eine erkennbare Landschaft Konturen annahm. Die Entfernung betrug nur mehr 75 Kilometer. Die Steuerdüsen stießen ihren letzten Feuerstrahl aus und verstummten für immer. Das Raumschiff befand sich in seinem endgültigen Orbit und umkreiste den Japetus alle drei Stunden mit nur zwölfhundert Stundenkilometern, denn in diesem schwachen Gravitationsfeld bedurfte es keiner größeren Geschwindigkeit.

Die *Discovery* war der Satellit eines Satelliten geworden.

Der Große Bruder

»Ich komme jetzt wieder auf die Tageslichtseite, und sie ist genau so, wie ich bei meiner letzten Umkreisung berichtet habe. Die Oberfläche scheint sich aus nur zwei Arten von Gestein oder sonstiger Substanz zusammenzusetzen. Das schwarze sieht verbrannt aus, und wenn es durch das Teleskop den Eindruck von Holzkohle erweckt, so bestätigt sich dieser Eindruck noch bei näherer Betrachtung. Es erinnert fast an verbrannten Toast ...

Die weiße Zone ist mir immer noch rätselhaft. Sie ist von einer scharfen Grenzlinie umrandet und zeigt keinerlei Erhebungen. Sie ist flach wie ein Spiegel, sie könnte sogar flüssig sein. Ich weiß nicht, was für einen Eindruck ihr von den Fernsehbildern hattet, die ich gesendet habe, aber wenn ihr euch einen See von gefrorener Milch vorstellt, kommt ihr der Sache verdammt nahe.

Es könnte sich sogar um ein schweres Gas handeln – nein, nein, schätze, das ist unmöglich. Manchmal habe ich sogar das Gefühl, daß es sich bewegt, sehr sehr langsam bewegt. Aber ich bin natürlich nicht sicher ...

Ich bin wieder über der weißen Zone. Es ist meine dritte Umkreisung. Diesmal hoffe ich, näher an den Punkt heranzukommen, den ich im Zentrum entdeckt habe. Wenn meine Berechnungen stimmen, sollte ich mich ihm bis auf fünfzig Meilen nähern ...

Ja, da ist etwas, gerade vor mir, so wie ich berechnet habe. Es steigt über dem Horizont auf – Moment mal ...

Hallo, es sieht wie eine Art Gebäude aus – vollkommen schwarz, nachtschwarz ... Keine Fenster, keine Vorsprünge. Nichts als ein großer senkrechter Quader – aber er muß fast zweitausend Meter hoch sein, wenn ich ihn aus dieser Entfernung sehen kann. Er erinnert mich – aber natürlich!! *Er ist genau wie das* Ding, *das ihr auf dem Mond gefunden habt!* Es ist der große Bruder von TMA-I!«

Experiment

Nenn es das Sternentor.

Drei Millionen Jahre hatte es Saturn umkreist, in Erwartung einer Schicksalsstunde, die nie kommen mochte. Als es entstand, war ein Mond zerschmettert worden, und seine Bruchstücke schwebten immer noch um den Planeten.

Nun hatte das lange Warten ein Ende. Auf einer anderen Welt hatte sich Intelligenz entwickelt, und jetzt brach sie aus ihrer Planetenwiege aus. Ein uraltes Experiment näherte sich seinem kritischen Punkt.

Die das Experiment vor so langer Zeit begonnen hatten, waren keine Menschen gewesen — nicht einmal menschenähnlich. Aber sie waren aus Fleisch und Blut, und wenn sie durch die Tiefen des Raums blickten, hatten sie das Gefühl von scheuer Ehrfurcht und Einsamkeit. Sowie sie dazu imstande waren, nahmen sie ihren Weg zu den Sternen.

Auf ihren Entdeckungsreisen trafen sie auf viele Lebensformen und hatten Gelegenheit, auf tausend Welten das Walten der Evolution zu beobachten. Sie sahen, wie oft die ersten schwachen Punkte einer Intelligenz aufflammten — und in der kosmischen Nacht wieder erstarrten.

Und weil sie im ganzen Milchstraßensystem nichts Kostbareres fanden als den Geist, halfen sie seiner Entwicklung, wo immer er vorhanden war. Wie Landbesteller auf den Feldern der Sterne säten sie — und manchmal konnten sie ernten.

Aber manchmal mußten sie auch jäten.

Die Zeit der großen Dinosaurier war schon lange vorbei, als das Forschungsschiff nach einer tausend Jahre dauernden Reise in das Sonnensystem kam. Es ließ die eisigen äußeren Planeten hinter sich, machte einen kurzen Halt über den Wüsten des sterbenden Mars und kam schließlich zur Erde.

Unter sich sahen die Pioniere eine Welt voller Leben. Jahrelang stellten sie Untersuchungen an, sammelten und registrierten. Als sie genug wußten, begannen sie, eine Auslese zu treffen. Sie erprobten viele Spezies auf dem Lande und im Meer. Aber welches ihrer Experimente glücken würde, konnten sie erst in einer Million Jahren erfahren.

Sie waren geduldig, aber noch keineswegs unsterblich. Im Universum von hundert Milliarden Sonnen gab es viel zu tun, und andere Horizonte lockten. So fuhren sie wieder davon in die große Leere, in dem Bewußtsein, daß sie nie hierher zurückkommen würden.

Doch dafür bestand auch keine Notwendigkeit. Sie ließen Kräfte zurück, die es überflüssig machten.

Der fahle Mond, der auf die Gletscher der Eiszeiten schien, barg in der Tiefe des Tychokraters sein Geheimnis. In den Weiten der Milchstraße entstanden und verschwanden Zivilisationen. Seltsame, wunderbare und schreckliche Reiche tauchten auf und zerfielen, aber ihr Wissen ging nicht verloren, sondern übertrug sich auf ihre Nachfolger. Die Erde war nicht vergessen worden, aber ein neuer Besuch war nicht erforderlich. Sie war nur eine von Millionen schweigender Welten, von denen nur wenige jemals ein Zeichen geben würden.

Draußen, inmitten der Sterne trieb die Evolution neuen Höhepunkten zu. Die ersten Besucher der Erde hatten längst ihre Grenzen von Fleisch und Blut erreicht. Sie führten die Entwicklung unablässig weiter. Sobald ihre Maschinen besser waren als ihre Körper, zogen sie unbeirrt die Konsequenzen. Sie übertrugen erst ihre Gehirne und dann ihre bloßen Gedanken in glänzende Gehäuse von Metall und Plastik.

In diesen bewegten sie sich im interstellaren Raum. Sie bauten keine Raumschiffe mehr. Sie *waren* Raumschiffe.

Aber das Zeitalter der beseelten Maschinen ging schnell vorbei. Bei ihren ununterbrochenen Versuchen hatten sie herausgefunden, wie sie ihr Wissen in der Struktur des Raums und ihre Gedanken in den Wellen des Lichts speichern konnten. So befreiten sie sich schließlich von der Tyrannei der Materie und wurden Geschöpfe der Strahlung.

Sie verwandelten sich also in reine Energie, und auf Tausenden Welten verkümmerten und verstaubten die leeren Hüllen, die sie abgestreift hatten.

Jetzt waren sie die Herren der Milchstraße und unabhängig auch von der vierten Dimension: der Zeit. Ohne Schranken von Raum und Zeit vermochten sie zwischen den Sternen zu wandeln. Doch trotz ihrer gottgleichen Macht hatten sie ihren Ursprung im warmen Schlamm eines längst verschwundenen Ozeans nicht vergessen.

Und immer noch verfolgten sie die Experimente, die ihre Vorfahren vor Äonen begonnen hatten.

Die lange Wacht

»Die Luft im Schiff wird merklich schlechter, und ich habe fast ständig Kopfweh. Es ist genug Sauerstoff vorhanden, aber es scheint, daß die Kläranlagen für das schnelle Leeren der Tanks nicht stark genug waren ...

Bisher ist keines meiner Signale beantwortet worden, und infolge des Neigungswinkels meiner Umlaufbahn entfernte ich mich immer mehr von TMA-II. Nebenbei – von einer magnetischen Abweichung kann keine Rede sein, denn es ist überhaupt keine Spur eines Magnetfeldes festzustellen.

Im Moment bin ich nur etwa hundert Kilometer weit von ihm entfernt, aber die Distanz wird sich vervielfachen, wenn Japetus unter mir rotiert. Ich werde erst in dreißig Tagen wieder darüber sein – aber so lange will ich nicht warten, denn dann wird es im Dunkeln liegen.

Sogar jetzt ist TMA-II nur für wenige Minuten zu sehen, bevor es hinter dem Horizont verschwindet. Es ist zum Verrücktwerden – aber ich kann keine genauen Beobachtungen anstellen.

Ich bitte Sie also, meinen Plan zu billigen. Die Raumkapseln haben genügend Delta V, um eine Zwischenlandung vorzunehmen und auf die *Discovery* zurückzukehren. Ich möchte aussteigen und mir das *Ding* einmal aus der Nähe ansehen. Wenn nichts dagegen spricht, will ich neben ihm – oder sogar auf ihm landen.

Die *Discovery* wird nicht aus meiner Reichweite kommen, während ich unten bin. Ich werde nicht länger als neunzig Minuten draußen sein.

Ich bin überzeugt, daß ich jetzt nicht zögern darf. Nach einer Reise von eineinhalb Milliarden Kilometern lasse ich mich nicht von den letzten hundert abschrecken.«

Seit vielen Wochen hatte das Sternentor gegen die Sonne geblickt und die Annäherung des Raumschiffs beobachtet. Seine Schöpfer hatten es auf viele Möglichkeiten vorbereitet, und das war eine von diesen. Es wußte sehr gut, was da aus dem Herzen des Sonnensystems auf es zukam.

Hätte es sich um ein Lebewesen gehandelt, würde es Erregung verspürt haben, aber ein solches Gefühl lag nicht auf seiner Empfindungsskala. Selbst wenn die *Discovery* einfach vorbeigeflogen wäre, wäre es nicht im geringsten enttäuscht gewesen. Es hatte drei Millionen Jahre gewartet, es war bereit, eine Ewigkeit zu warten.

Es beobachtete scharf und registrierte genau, als der Besucher seine Geschwindigkeit mit Strömen von weißglühendem Gas verminderte. Aber es unternahm nichts. Es fühlte auch die ausgesandten Strahlen, die seine Geheimnisse sondieren sollten. Immer noch tat es nichts.

Schließlich war das Raumschiff im Orbit und kreiste tief über der Oberfläche dieses seltsam zweifarbigen Mondes. Es begann, mit Radiowellen zu sprechen und wiederholte unermüdlich die Primzahlen von 1 bis 11. Dann sandte es komplizierte Signale aus, mit wechselnden Frequenzen – ultraviolette, infrarote und Röntgenstrahlen. Doch das Sternentor antwortete nicht, es hatte nichts zu sagen.

Nach einer langen Pause konnte es erkennen, daß von dem kreisenden Schiff etwas auf es zukam. Es suchte in seiner Erinnerung, und seine gespeicherte Logik reagierte – gemäß den Aufträgen, die es vor langer Zeit erhalten hatte.

Unter dem kalten Licht des Saturn rief das Sternentor seine schlummernden Kräfte wach.

Durch das Dach

Es war schon lange her, daß Bowman die *Discovery* vom Raum aus gesehen hatte – auf einer Probefahrt um den Mond. Jetzt sah sie fast genauso aus, bloß eine geringfügige Veränderung fiel ihm auf: Die großen aufgemalten Buchstaben, welche ihre verschiedenen Luken, Verstrebungen und anderen Anlagen bezeichneten, waren infolge der monatelangen Sonnenbestrahlung verblichen und unleserlich.

Die Sonne selbst war kaum mehr als solche zu erkennen. Für einen Stern war sie viel zu hell, aber man konnte ihre kleine Scheibe betrachten, ohne geblendet zu werden. Sie spendete keine Wärme mehr; wenn Bowman seine bloßen Hände ihren Strahlen aussetzte, die durch das Fenster der Raumkapsel strömten, fühlte er nichts auf seiner Haut. Er mochte genausogut versucht haben, sich im Mondlicht zu erwärmen, und nicht einmal die fremdartige Landschaft unter ihm erinnerte ihn so sehr daran, wie weit er sich von der Erde entfernt hatte. Jetzt verließ er – vielleicht zum letztenmal – die Welt aus Metall und Plastik, die monatelang sein Heim gewesen war. Selbst wenn er nicht wiederkam, würde das Raumschiff fortfahren, seine Funktionen zu erfüllen und die Aufzeichnungen seiner Instrumente zur Erde zu funken – bis ein endgültiges Versagen seiner Anlagen es verstummen ließ.

Und *wenn* er zurückkehrte? Er konnte sich zweifellos einige Monate lang am Leben erhalten – möglicherweise sogar ohne psychische und physische Schäden. Aber das war auch alles. Das Hibernakulum war wertlos, wenn es von keinem Computer gesteuert wurde. Er besaß keine wirkliche Chance, den Zeitpunkt zu erleben, in dem – in vier oder fünf Jahren – die *Discovery II* auftauchen mochte, um ihn zu bergen.

Er verdrängte diese Gedanken, als sich am Himmel über ihm der goldene Halbmond des Saturn erhob. Noch nie war einem Menschen dieser Anblick vergönnt gewesen. Saturn war stets als volle, der Sonne zugewandte Scheibe erschienen. Jetzt aber war er ein zarter Bogen, und seine Ringe bildeten eine dünne querlaufende Linie – einem abschußbereiten Pfeil gleich, der auf die Sonne zielte.

Im Bereich der Ringe befanden sich auch der hell leuchtende Titan und die schwächeren Lichtpunkte der anderen Monde. Bis zum Ende dieses Jahrhunderts würden Menschen sie alle besucht haben; doch welche Geheimnisse sie bargen, sollte Bowman nie erfahren.

Das blinde weiße Auge kam immer näher; es waren nur mehr hundertfünfzig Kilometer zurückzulegen, und in weniger als zehn Minuten würde er sein Ziel erreicht haben. Er hätte gerne gewußt, ob seine Worte die Bodenkontrolle auf der Erde erreichten, die jetzt eineinhalb Lichtstunden entfernt war. Es fuhr ihm durch den Kopf, was für eine Ironie des Schicksals es bedeuten würde, wenn jetzt, im letzten Moment, die Funkverbindung versagen und er für immer verschwinden würde, ohne daß jemand erfuhr, was mit ihm geschehen war.

Die *Discovery* glänzte am schwarzen Himmel über ihm wie ein heller Stern. Er sank immer schneller auf den Japetus zu, doch bald würden die Bremsraketen einsetzen. Dann würde das Raumschiff aus seiner Sicht entschwinden und ihn allein auf dieser weiß schimmernden Ebene mit dem schwarzen Geheimnis in ihrer Mitte zurücklassen.

Ein ebenholzschwarzer Block ragte zum Horizont empor

und verdunkelte die Sterne. Bowman ließ die Kapsel um ihre Achse schwingen und setzte volle Bremskraft ein. In einem flachen Bogen glitt er auf die Oberfläche des Japetus hinab.

Auf einem Gestirn mit größerer Anziehungskraft hätte das Manöver viel zuviel Treibstoff gekostet. Doch hier wog die Kapsel weit weniger als auf der Erde, und er hatte einige Minuten Zeit, dicht über dem Boden zu schweben, ohne daß er die letzten Reserven in Anspruch nehmen und jede Hoffnung, auf die *Discovery* zurückzukehren, aufgeben mußte.

Seine Höhe betrug etwa acht Kilometer, und er hielt direkt auf die riesige schwarze Masse zu, die in solch geometrischer Perfektion aus der konturlosen Ebene emporragte. Sie war genauso glatt wie die weiße Basis, auf der sie stand. Bis jetzt hatte Bowman noch nicht abschätzen können, wie groß sie in Wirklichkeit war. Kaum ein Gebäude auf der Erde erreichte diese Höhe, die Fotomessungen hatten fast sechshundert Meter ergeben, und, soweit er beurteilen konnte, waren die Proportionen genau dieselben wie von TMA-I. Wieder das seltsame Zahlenverhältnis von 1 zu 4 zu 9!

»Ich bin nur mehr fünf Kilometer entfernt, auf einer Höhe von zwölfhundert Meter. Immer noch keine Bewegung zu sehen, auch auf keinem der Instrumente. Die Kanten des Quaders scheinen absolut glatt und poliert zu sein. Man hätte erwarten dürfen, nach so langer Zeit wenigstens die Spur eines Meteoriten zu sehen!

Und es gibt auch nicht die geringste Erhebung auf dem – ich schätze, man könnte es das Dach nennen. Auch keine sichtbare Öffnung ... Aber ich hoffe, einen Weg ins Innere zu finden ...

Jetzt bin ich direkt darüber, etwa hundertfünfzig Meter hoch. Ich will keine Zeit mehr verschwenden, sonst kann ich die *Discovery* nicht mehr erreichen. Ich lande! Der Block ist solide genug – und wenn nicht, werde ich sofort wieder abheben.

Nur noch eine Minute – oh, das ist aber merkwürdig ...«

Bowman verstummte. Seine letzten Worte hatten weniger besorgt als maßlos verwundert geklungen. Er war einfach nicht imstande, das, was er sah, zu beschreiben.

Er hatte über einem flachen Rechteck von zweihundertfünfzig Meter Länge und sechzig Meter Breite geschwebt, das aussah, als wäre es aus schwarzem Fels gehauen. Doch es schien vor ihm zurückzuweichen. Es war wie bei jenen optischen Täuschungen, bei denen ein dreidimensionales Objekt – wenn man seinen Blick lange genug darauf konzentriert – plötzlich den Eindruck erweckt, vollkommen umgestülpt, von innen nach außen gekehrt zu werden.

Genau das geschah nun bei dem riesigen, anscheinend kompakten Block. Unmöglich, unfaßbar, er war nicht länger ein Monolith, der aus der Ebene emporragte. Was vorher wie ein Dach ausgesehen, war ein schwarzer Abgrund. Einen Augenblick lang meinte Bowman, in einen senkrechten Schacht hinunterzublicken, der allen Gesetzen der Perspektive widersprach, denn sein Ausmaß verringerte sich nicht gleichzeitig mit der Entfernung ...

Das Auge des Japetus zwinkerte, als ob es ein störendes Staubkorn entfernen wollte. David Bowman hatte gerade noch Zeit für einen gestammelten Satz, den die gespannt wartenden Männer der Bodenkontrolle – in fünfzehnhundert Millionen Kilometern Distanz und achtzig Minuten Empfangszeit – nie vergessen sollten:

»Das *Ding* ist hohl – es nimmt kein Ende – und – oh mein Gott! – *Es ist voller Sterne.*«

Abgang

Das Sternentor öffnete sich. Das Sternentor schloß sich.

In einer Spanne Zeit, die zu kurz war, um gemessen zu werden, hatte sich der Raum in eine andere Dimension gewölbt.

Dann war Japetus wieder verlassen, wie in den letzten drei Millionen Jahren. Das Raumschiff, das ihn umkreiste, war menschenleer, aber keineswegs ein Wrack – und seine Instrumente fuhren fort, seinen Erbauern Botschaften zu senden, die diese weder zu verstehen noch zu glauben vermochten.

DURCH DAS STERNENTOR

Hauptbahnhof

Er hatte zwar nicht das Gefühl, daß er sich bewegte, doch trotzdem fiel er unablässig – den unerklärlichen Sternen entgegen, die im dunklen Herzen eines Mondes flimmerten. Nein – *dort* befanden sie sich ganz gewiß nicht. Jetzt, da es zu spät war, wünschte er, er hätte sich rechtzeitig mit den Theorien vom Hyperraum und von den transdimensionalen Kanälen beschäftigt. Für David Bowman waren es in diesem Moment keine Theorien mehr.

Vielleicht war dieser Monolith auf Japetus hohl; vielleicht war sein »Dach« nur eine Illusion oder eine Art Membran, die sich geöffnet hatte, um ihn durchzulassen. Aber wohin? Soweit er überhaupt seinen Wahrnehmungen trauen konnte, war er im Begriff, einen langen rechteckigen Schacht senkrecht hinunterzustürzen. Doch der Grund dieses Schachts – obwohl erkennbar – veränderte trotz beschleunigter Fallgeschwindigkeit seine Größe nicht, und auch der Abstand blieb ständig konstant.

Die Sterne, die er in der Ferne sah, bewegten sich allerdings, wenn auch so langsam, daß er sich erst nach einiger Zeit darüber klar wurde, daß sie allmählich aus seinem Blickwinkel verschwanden. Doch bald darauf erkannte er, daß das Sternenfeld, auf das er mit unfaßbarer Geschwindigkeit zuraste, sich ständig ausdehnte. Diese Ausdehnung war nicht linear; die Sterne im Zentrum veränderten ihren Standort kaum, während die äußeren durch stetige Erhöhung ihrer Schnelligkeit zu Lichtstreifen wurden, ehe er sie aus den Augen verlor.

Doch es erschienen stets andere, um ihren Platz einzunehmen; sie fluteten aus einer offenbar unerschöpflichen Quelle in das Zentrum des Feldes. Bowman fragte sich, was geschehen würde, wenn ein Stern direkt auf ihn zukäme? Würde er immer größer werden, bis die Raumkapsel direkt auf seiner Oberfläche aufschlug? Aber keiner kam auch nur so nahe, daß man seine Konturen erkennen konnte. Schließlich drehten alle ab und flitzten über den Rand des rechteckigen Rahmens.

Immer noch blieb das Ende des Schachts in konstanter Entfernung. Es war, als ob seine Wände mit Bowman gleiches Tempo hielten, um ihn zu seinem unbekannten Ziel zu geleiten. Oder vielleicht verharrte die Kapsel in Wirklichkeit regungslos, während der Raum auf sie zuglitt ...

Doch plötzlich stellte er fest, daß sich die rätselhaften Geschehnisse nicht auf drei Dimensionen beschränkten. Denn die Uhr auf seinem Armaturenbrett betrug sich ebenfalls seltsam.

Normalerweise bewegte sich der Zehntelsekundenzeiger so rasch, daß man ihm kaum folgen konnte. Jetzt aber drehte er sich in unregelmäßigen Intervallen, und Bowman konnte das Zifferblatt ohne Schwierigkeit ablesen. Selbst die Sekunden strichen mit unglaublicher Langsamkeit vorüber, als ob die Zeit stillstünde. Schließlich blieb der Zehntelsekundenzeiger zwischen fünf und sechs überhaupt stehen.

Doch Bowman konnte immer noch überlegen und sogar Beobachtungen anstellen, während die schwarzen Wände mit einer Schnelligkeit dahinrasten, die irgendwo zwischen Null und millionenfacher Lichtgeschwindigkeit lag. Merkwürdigerweise war er keineswegs überrascht oder beunruhigt. Im Gegenteil, er wartete die Ereignisse mit erstaunlicher Gelassenheit ab, die ihn an den Zustand erinnerte, in den ihn die Raummediziner mit halluzinogenen Drogen versetzt hatten. Die Welt, die ihn umgab, war seltsam und wunderbar, aber sie flößte ihm keine Angst ein. Er hatte auf der Suche nach einem Mysterium Millionen Kilometer zurückgelegt; und jetzt schien das Mysterium auf ihn zuzukommen.

Das Rechteck vor ihm wurde heller. Die leuchtenden Sternstreifen verblichen gegen einen milchigen Himmel, dessen Glanz von Moment zu Moment stärker wurde. Es war, als ob die Raumkapsel auf eine Wolkenbank zuhielt, die von den Strahlen einer unsichtbaren Sonne erhellt wurde.

Er näherte sich dem Ausgang des Tunnels. Das Ende des Schachts, das bisher – ohne sich zu nähern oder zurückzuweichen – in gleicher unbestimmter Distanz geblieben war, begann plötzlich den Gesetzen der Perspektive zu gehorchen. Es kam näher und erweiterte sich stetig. Gleichzeitig hatte er das Gefühl, sich aufwärts zu bewegen, und einen Augenblick lang fragte er sich, ob er etwa quer durch Japetus gefallen war und jetzt auf dessen anderer Seite wieder herauskam. Doch noch bevor die Raumkapsel aus dem Tunnel auftauchte, wußte er, daß diese Region weder mit Japetus noch mit einer anderen der Menschheit bekannten Welt irgend etwas zu tun hatte.

Es gab keine Atmosphäre, denn er konnte alle Einzelheiten in unglaublicher Schärfe wahrnehmen. Unter ihm erstreckte sich deutlich sichtbar ein weit entfernter, flacher Horizont. Er mußte sich über einem riesigen Gestirn befinden – wahrscheinlich einem weit größeren als die Erde. Die gesamte Oberfläche, die Bowman überblicken konnte, war mosaikartig ausgelegt, mit unzweifelhaft künstlichen Mustern von gewaltigem Ausmaß. Es war wie das Puzzlespiel eines Giganten, der sich mit Planeten vergnügte. Im Zentrum von vielen dieser Vierecke, Rechtecke und Polygone waren klaffende schwarze Schächte zu sehen – Ebenbilder des Tunnels, aus dem er eben emporgestiegen war.

Merkwürdiger noch – und verwirrender sogar als die rätselhafte Landschaft unter ihm – wirkte der Himmel, der sie überspannte. Es gab weder Sterne noch die Schwärze des lichtlosen Raums. Eine sanft schimmernde Opaleszenz erweckte den Eindruck unendlicher Entfernung. Bowman entsann sich der Beschreibung, die er einmal von dem gefürchteten antarktischen »Weißeffekt« gelesen hatte: ».. . man fühlt sich wie im Innern eines Tischtennisballs.« Trotz gleicher Wirkung mußte die Erklärung des Phänomens eine gänzlich andere sein. Es handelte sich gewiß um keine meteorologische Spiegelung, hervorgerufen durch Nebel und Schnee – sondern einfach um das absolute Vakuum.

Doch als sich Bowmans Augen an den perligen Schimmer über ihm gewöhnt hatten, entdeckte er zu seiner Überraschung, daß der Himmel nicht — wie er zuerst gedacht — leer war. Es gab Myriaden von kleinen schwarzen Punkten. Diese Punkte — anscheinend unbeweglich und willkürlich verstreut — erinnerten Bowman an etwas, was ihm vertraut vorkam. Doch die Ideenassoziation erschien ihm derart absurd, daß er sich weigerte, sie zu akzeptieren, bis er ihre Logik anerkennen mußte.

Was auf dem weißen Himmel schwarzen Löchern glich, waren Sterne. Er hatte den Eindruck, das Negativ einer Fotografie der Milchstraße zu betrachten.

Wo, in Gottes Namen, bin ich? fragte sich Bowman; doch schon beim Stellen der Frage wußte er, daß er nur *eine* Antwort erhalten würde. Offenbar hatte sich der Raum von innen nach außen gewölbt. Kein Mensch sollte sich jemals in diese Dimension begeben. Trotz der erträglichen Temperatur in der Kapsel fühlte er einen Kälteschauer und vermochte eines Zitterns nicht Herr zu werden. Er hatte das Verlangen, seine Augen zu schließen, um das milchige Nichts, das ihn umgab, nicht sehen zu müssen. Doch das wäre Feigheit gewesen, und er unterdrückte ihre Anwandlung.

Der sonderbar gemusterte Planet drehte sich langsam unter ihm, ohne seine Landschaft zu verändern. Bowman schätzte, daß er sich etwa fünfzehn Kilometer über seiner Oberfläche befand; er müßte unschwer irgendwelche Anzeichen von Leben erkennen können, wenn solches existierte. Doch diese Welt hier glich einer Wüstenei. Intelligente Wesen, vor Äonen zu Besuch gekommen, hatten ihre Spuren hinterlassen und waren wieder ihres Weges gegangen.

Plötzlich tauchte — über die bisher ungebrochene Ebene emporragend — ein zylindrischer Haufen von Wrackteilen auf, der das Skelett eines riesigen Schiffes sein mußte. Die Entfernung war groß, und alles verschwand in Sekundenschnelle. Bowman konnte keine Einzelheiten wahrnehmen, aber ohne Zweifel hatte er große Trümmer und Metallstücke gesehen, von denen die Hüllen abgeblättert waren wie die Schalen einer Orange. Er fragte sich, wie viele tausend Jahre das verwitterte Fahrzeug hier auf diesem verlassenen Schachbrett lag — und welche Art Lebewesen auf ihm einst zwischen den Sternen segelte.

Dann verlor er das Wrack aus den Augen und aus dem Sinn, denn etwas Merkwürdigeres tauchte am Horizont auf.

Erst machte es den Eindruck einer flachen Scheibe, aber nur, weil es auf ihn zuschwebte. Als es näher kam und vorbeiflog, sah er, daß es die Form einer Spindel hatte, fast fünfzig Meter lang und von unregelmäßigen, schwach sichtbaren Streifen durchzogen. Nur mit Schwierigkeit konnte er seinen Blick darauf konzentrieren; das Objekt schien in rasendem Tempo zu vibrieren oder möglicherweise zu rotieren.

Es lief an beiden Enden spitz zu, und er konnte nicht einmal erraten, was seinen Antrieb bewerkstelligte. Bloß eine Eigenschaft war dem menschlichen Auge vertraut: seine Farbe. Wenn es sich tatsächlich um ein künstliches Erzeugnis und nicht um eine optische Täuschung handelte, durfte man annehmen, daß seine Erzeuger zumindest eine menschliche Schwäche besaßen. Denn die Spindel bestand augenscheinlich aus Gold.

Bowman drehte seinen Kopf, um im Rückspiegelsystem der Kapsel das Ding weiter zu beobachten. Es hatte von ihm keinerlei Notiz genommen, und jetzt sah er, daß es auf einen der unzähligen Tunneleingänge zustrebte. Gleich darauf glitt es mit einem letzten goldenen Aufflackern in das Innere des Planeten. Bowman war wieder allein unter dem milchigen Himmel, und das Gefühl der Abgeschiedenheit und Einsamkeit drohte ihn zu überwältigen.

Dann merkte er, daß auch er auf die Oberfläche der Riesenwelt hinabsank und daß dicht unter ihm eine andere Schachtöffnung klaffte. Der leere Himmel über ihm schloß sich, die Uhr hörte gänzlich auf zu ticken, und wieder stürzte die Kapsel zwischen endlosen kohlschwarzen Wänden auf eine andere Sternengruppe zu. Aber jetzt war er sicher, nicht in das Sonnensystem zurückzukehren, und in einer Schrecksekunde der Erkenntnis glaubte er zu begreifen, wo er sich befand.

Es war eine Art kosmischer Umschlagplatz, auf dem der Verkehr zwischen den Sternen über unvorstellbare Dimensionen von Raum und Zeit dirigiert wurde. Er flog durch den Hauptbahnhof des Milchstraßensystems.

Der fremde Himmel

Die schwarzen Wände des Schachts erhellten sich langsam wieder, erleuchtet vom Schein einer noch unsichtbaren Lichtquelle. Dann verlor sich die Dunkelheit abrupt, als die kleine Kapsel in einen Sternenhimmel hinaufschoß.

Bowman befand sich wieder im Weltraum, so wie er ihn kannte, aber ein einziger Blick sagte ihm, daß die Distanz von der Erde Lichtjahrhunderte betrug. Er versuchte nicht einmal, eine der Konstellationen wiederzuerkennen, die seit der Dämmerung der Geschichte das Menschengeschlecht begleitet hatten. Möglicherweise war keiner der Sterne, die rings um ihn blinkten, je von einem Menschen gesehen worden.

Die meisten von ihnen konzentrierten sich in einem strahlenden Gürtel, der gelegentlich von dunklen Bändern kosmischen Staubs durchbrochen wurde. Er glich der ihm bekannten Milchstraße, nur schimmerte er ungleich heller. Bowman fragte sich, ob es sich überhaupt um seine »eigene« Milchstraße handelte, die er von einem Punkt aus sah, der sich nahe ihrem glitzernden, dicht gefüllten Zentrum befand.

Er hoffte es, denn dann würde er weniger weit von zu Hause sein. Aber er verwarf den Gedanken sofort als kindisch. Er wußte recht gut, daß es bei der unvorstellbaren Entfernung vom Sonnensystem wenig ausmachte, ob er in der »eigenen« Milchstraße schwebte oder in der entferntesten, auf die man je ein Teleskop gerichtet hatte.

Er schaute zurück, um festzustellen, von wo er aufgetaucht war. Zu seiner großen Überraschung sah er hinter sich weder die mosaikbesäte Riesenwelt noch einen anderen Japetus. Hinter ihm war *nichts* – nur ein Schatten über den Sternen, einem Eingang gleich, der sich aus einem verdunkelten Raum in eine pechschwarze Nacht öffnete. Noch als er ihn betrachtete, verschwand dieser Eingang. Er wich nicht zurück; er füllte sich langsam mit Sternen, so als ob ein Riß im Raumgewebe geflickt worden wäre. Dann wölbte sich wieder der fremde Himmel über ihm.

Die Kapsel drehte sich mit mäßiger Geschwindigkeit und gab dabei den Blick auf neue Wunder frei. Zuerst sah er einen kreisrunden Sternenschwarm, der gegen die Mitte zu immer dichter wurde, bis sich sein Kern in eine stetig leuchtende Glut verwandelte. Die äußeren Ränder verschwammen zu einem allmählich verblassenden Hof von Sonnen, der unmerklich mit dem Hintergrund der entfernteren Sterne verschmolz.

Dieses prächtige Phänomen, wußte Bowman, mußte ein Kugelsternhaufen sein. Er blickte auf etwas, was die Menschen bisher nur als Lichtfleck im Okular eines Teleskops wahrnehmen konnten. Er erinnerte sich nicht an die Distanz des Sonnensystems vom nächsten bekannten Haufen, aber er glaubte zu wissen, daß es innerhalb von Tausenden Lichtjahren keinen gab.

Die Kapsel fuhr in ihrer langsamen Rotation fort, und jetzt sah er ein noch seltsameres Gestirn – eine riesige rote Sonne, die er ohne Unbehagen betrachten konnte, ohne geblendet zu werden. Ihrer Färbung nach war sie nicht heißer als glimmende Kohle. Hier und da durchzogen hellgelbe Flüsse das tiefe Rot – weißglühende Amazonenströme in einem Tausende Kilometer langen Zickzacklauf, bevor sie sich in den Wüsten dieser sterbenden Sonne verloren.

Nein, keine sterbende – er durfte nicht in eine falsche Vorstellung verfallen, welche der menschlichen Erfahrung und den menschlichen Emotionen entsprach, die der Farbton des Sonnenuntergangs geprägt hatte. Das hier war ein Gestirn, das die feurigen Extravaganzen seiner Jugend bereits hinter sich gelassen und das Violett und Blau und Grün seines Spektrums in einigen wenigen flüchtigen Jahrmillionen durchlaufen hatte. Es war bereits in die Phase der Reife eingetreten – eine Phase von unvorstellbarer Dauer. Was bisher geschah, entsprach nur einem Tausendstel von dem, was noch kommen würde; die Geschichte dieses Sterns hatte kaum begonnen.

Die Kapsel drehte sich nicht mehr; die große rote Sonne lag direkt vor ihr. Obwohl er kein Gefühl von Bewegung verspürte, wußte Bowman, daß die richtunggebende Kraft, die ihn hierhergebracht, ihn immer noch vorwärts trieb. Alle irdische wissenschaftliche Technik erschien ihm hoffnungslos primitiv, verglichen mit den Mächten, die ihn einem unvorstellbaren Schicksal entgegenführten.

Er starrte in den Himmel und versuchte das Ziel zu finden, zu dem er gelenkt wurde – vielleicht ein Planet, der diese große Sonne umkreiste. Aber nichts wies auf das Vorhandensein eines Trabanten hin; wenn es hier Planeten im Orbit gab, konnte er sie auf dem Sternenhintergrund nicht wahrnehmen.

Dann bemerkte er einen sonderbaren Vorgang auf dem Rand der karminroten Sonnenscheibe: ein weißes Glühen, dessen Glanz sich schnell verstärkte. Bowman glaubte, einer der plötzlichen Eruptionen beizuwohnen, welche von Zeit zu Zeit die meisten Sonnen heimsuchen.

Das Licht wurde heller und verfärbte sich bläulich; es breitete sich über den gesamten Rand des Gestirns aus, dessen blutrote Tönung schnell verblich. Verwirrt fragte er sich, ob er etwa einen Sonnenaufgang *auf einer Sonne* beobachtete.

Er lächelte über die Absurdität seines Gedankens. Aber er hatte sich nicht geirrt. Über dem flammenden Horizont erhob sich jetzt ein kleiner Stern, dessen außerordentlich grelle Strahlung Bowman zwang, die Augen zu schließen. Wie ein Punkt von unglaublicher Leuchtkraft bewegte er sich mit ungeheurer Geschwindigkeit über die Oberfläche der großen Sonne. Er mußte seinem riesigen Begleiter sehr nahe kommen, denn direkt unter ihm, durch seine Anziehungskraft emporgesogen, erhob sich eine tausend Kilometer hohe Flammensäule. Es war, als ob eine feurige Flutwelle über den Äquator des Gestirns dahinlief, um den sengenden Leitstern am Himmel zu verfolgen.

Dieser weißglühende Punkt mußte ein »weißer Zwerg« sein, einer der sonderbaren dynamischen Gestirne, die — obwohl kaum größer als die Erde — eine millionenmal größere Masse enthalten.

Solche schlecht zueinander passenden Sternenpaare kommen im All häufig vor, aber Bowman hätte sich nie erträumt, eines Tages einen Doppelstern mit bloßen Augen zu sehen.

Der »weiße Zwerg« hatte beinahe die Hälfte seiner Umlaufbahn hinter sich gebracht — er würde für den kompletten Orbit nicht mehr als Minuten brauchen —, als Bowman endlich die Gewißheit zurückgewann, daß auch er sich wieder bewegte. Einer der direkt vor ihm befindlichen Sterne wurde rasch heller und löste sich von dem dunklen Hintergrund. Es mußte ein relativ kleiner Himmelskörper sein: vielleicht die Welt, auf die er zuflog.

Er näherte sich ihm mit unerwarteter Geschwindigkeit; und dann sah Bowman, daß es sich keineswegs um ein massives Gestirn handelte.

Es glich eher einem porösen Gewebe oder einem metallenen Gitterwerk, das in einer Ausdehnung von Hunderten Kilometern aus dem Nichts herauszuwachsen schien, bis es den gesamten Himmel ausfüllte. Über die kontinentgroße Oberfläche verstreut lagen riesige, in Reih und Glied ausgerichtete Gebilde. Bowman hatte bereits mehrere solcher Gruppen überflogen, bevor ihm klar wurde, daß es sich um Flotten von Raumschiffen handelte. Er glitt über einem gigantischen Parkplatz des Kosmos.

Da es keine vertrauten Objekte gab, mit denen er Vergleiche anstellen konnte, vermochte er kaum die Größe der Fahrzeuge abzuschätzen, die hier im Raum schwebten. Aber einige schienen viele Kilometer lang zu sein. Es gab unterschiedliche Typen: Kugeln, abgeflachte Kristalle, schmale Sonden, Ovoide und Scheiben. Dies mußte einer der Umschlagplätze des interstellaren Verkehrs sein.

Oder *gewesen* sein — möglicherweise vor Millionen Jahren. Denn nirgends konnte Bowman ein Anzeichen von Tätigkeit entdecken; dieser ausgedehnte Raumhafen war tot.

Er erkannte das nicht nur am Fehlen jeder Bewegung, sondern auch an unmißverständlichen Zeichen wie großen Rissen in den Metallstrukturen. Hier mußten Asteroiden durchgeschlagen haben, vielleicht vor Äonen. Nein, das war kein Parkplatz mehr: das war ein Raumschiffsfriedhof.

Bowman hatte die Erbauer dieser Fahrzeuge versäumt, um Jahrtausende, vielleicht um Jahrmillionen. Als er sich dessen bewußt wurde, ergriff ihn tiefe Depression. Er begrub die Hoffnung, eine interstellare Intelligenz zu treffen, für immer. Er war zu spät gekommen. Er hatte sich in einer uralten automatischen Falle gefangen, die einst aus unbekannten Gründen aufgestellt worden war und jetzt — trotz des Dahinschwindens ihrer Konstrukteure — immer noch funktionierte. Sie hatte ihn quer durch Milchstraßen geschleudert und ihn auf diesem himmlischen Sargasso-Meer abgeladen, wo er nach Erschöpfung seines Luftvorrats ersticken mußte.

Es wäre optimistisch gewesen, etwas anderes zu erwarten. Er hatte bereits Wunder gesehen, für deren Anblick manche Menschen freiwillig ihr Leben geopfert hätten. Er dachte an seine toten Reisegefährten. Nein, *er* durfte sich nicht beklagen.

Doch dann sah er, daß der aufgegebene Raumhafen immer noch mit unverminderter Geschwindigkeit unter ihm hinwegglitt. Sein Ende kam in Sicht; zackige Ränder tauchten auf und verschwanden wieder. Dann hatte sich das merkwürdige Gebilde verflüchtigt; es verdunkelte nicht länger die Sterne unter ihm.

Seine Bestimmung lag offensichtlich nicht hier, sondern auf der großen karminroten Sonne, auf welche die Raumkapsel jetzt hinunterstürzte.

Inferno

Nun gab es nichts mehr als die rote Sonne, die den gesamten Himmel ausfüllte. Er hatte sich ihrer Oberfläche so weit genähert, daß er auf ihr schon Bewegungen erkennen konnte. Leuchtende Bälle tanzten hin und her, und Tromben von phosphoreszierendem Gas stiegen auf, Protuberanzen, die sich langsam zum Himmel erhoben. Langsam? Sie mußten mit einer Geschwindigkeit von Millionen Stundenkilometern emporschießen, wenn er ihre Bewegung so deutlich sehen konnte ...

Er versuchte nicht einmal, das Ausmaß des Infernos zu ermessen, auf das er sich niedersenkte. Als die *Discovery* an Saturn und Jupiter vorbeigeflogen war – in jenem nun Gigameilen entfernten Sonnensystem –, hatten ihn die Größenordnungen dieser Planeten erschüttert. Doch was er jetzt sah, übertraf sie noch um ein Vielfaches; er mußte die Bilder, die sich seinen Sinnen einprägten, einfach zur Kenntnis nehmen, ohne auch nur den Versuch zu machen, sie zu deuten.

Das Feuermeer unter ihm dehnte sich aus, und Bowman hätte eigentlich Furcht empfinden müssen. Aber seltsamerweise fühlte er nur eine leichte Unruhe. Seine logische Überlegung sagte ihm, daß er sich zweifellos unter dem Schutz einer lenkenden und fast allmächtigen Intelligenz befand. Er war der roten Sonne bereits so nahe, daß er — ohne eine unsichtbare, aber wirksame Abschirmung vor ihrer Strahlung — in Sekundenschnelle verglüht wäre. Während seines Sturzes war er Beschleunigungen ausgesetzt gewesen, die ihn hätten zermalmen müssen — doch er hatte nicht einmal etwas gespürt. Wenn man sich solche Mühe gegeben hatte, ihn am Leben zu erhalten, durfte er auch weiter hoffen.

Die Raumkapsel bewegte sich entlang eines flachen Bogens, der beinahe parallel zur Oberfläche des Gestirns verlief; aber sie näherte sich ihm stetig. Und jetzt nahm Bowman zum erstenmal seit seinem Flug durch das Sternentor auch Geräusche wahr: ein schwaches, aber anhaltendes Dröhnen, das von Zeit zu Zeit von einem Knistern unterbrochen wurde, welches an zerreißendes Papier oder entfernte Blitze erinnerte: das schwache Echo einer unvorstellbaren Kakaphonie. Die ihn umgebende Atmosphäre mußte von Erschütterungen heimgesucht werden, die jede Materie zu Atomen zu zerstäuben drohte. Doch er war vor diesem Inferno der Vernichtung genauso wirksam geschützt wie vor Hitze.

Obwohl tausend Kilometer hohe Flammensäulen rund um ihn emporzüngelten, fühlte er sich vollkommen isoliert. Die Energien des Gestirns brausten über ihn hinweg, als ob sie sich in einem anderen Universum befänden; die Kapsel schwebte ruhig durch sie hindurch, unerschüttert und unversengt.

Mit der Zeit verwirrte die Gewalt der Szenerie Bowman nicht länger; er begann Einzelheiten zu beobachten, die er schon vorher gesehen haben mußte, ohne daß sie ihm ins Bewußtsein gedrungen waren. Die Oberfläche des Gestirns war keineswegs ein amorphes Chaos; wie in jeder Schöpfung der Natur gab es auch hier gewisse Formen.

Als erstes entdeckte er kleine Gaswirbel — wahrscheinlich nicht größer als etwa Afrika oder Asien —, die über die Oberfläche der Sonne wanderten. Manchmal, wenn er direkt in einen von ihnen hinunterblickte, sah er dunklere Regionen. Sonderbarerweise schien es sich nicht um Sonnenflekken zu handeln; vielleicht suchten diese Störungen nur das Zentralgestirn der Erde heim.

Gelegentlich sah er auch Wolken – oder von einem Sturm vor sich hergetriebene Rauchschwaden. Möglicherweise war es tatsächlich Rauch, denn auf dieser erkaltenden Sonne vermochte wirkliches Feuer zu brennen. Chemische Verbindungen konnten entstehen und sekundenlang existieren, bevor sie von der sie umgebenden Nuklearkraft wieder zersetzt wurden.

Der Horizont wurde heller, seine Farbe ging von einem düsteren Rot in Gelb, dann in Blau und schließlich in ein quälendes Violett über. Der »weiße Zwerg« stieg über dem Horizont auf und zog eine Flutwelle von Sternenmaterie nach sich.

Bowman schirmte seine Augen von der unerträglichen Grelle der kleinen Sonne ab und schaute wie gebannt auf die Landschaft unter sich, von der die vorübergleitende Anziehungskraft des Zwillings ganze Brocken emporriß. Einmal hatte er beim Flug über das Karibische Meer eine Wasserhose beobachten können; dieser Flammenturm hier besaß eine ähnliche Form. Doch der Sockel der Feuersäule war wahrscheinlich größer als die gesamte Erde.

Dann entdeckte er plötzlich ein Phänomen, das erst kürzlich in Erscheinung getreten sein mußte, denn er konnte es schwerlich übersehen haben, wenn es früher dagewesen wäre. Quer durch den Ozean glühenden Gases bewegten sich Myriaden heller Blasen; sie glänzten in einem perligen Licht, das innerhalb weniger Sekunden aufleuchtete und wieder verblaßte. Sie alle wanderten in die gleiche Richtung – wie stromaufwärts schwimmende Lachse. Manchmal schlängelten sie sich hin und her, so daß sich ihre Bahnen verflochten; aber nie berührten sie einander.

Es gab Tausende von ihnen, und je länger Bowman sie beobachtete, desto überzeugter wurde er, daß ihre Bewegung eine zweckmäßige war. Infolge der Entfernung vermochte er keine Einzelheiten ihrer Struktur zu erkennen; daß er sie in dem kolossalen Panorama überhaupt sehen konnte, bewies, daß ihr Umfang Dutzende – vielleicht Hunderte von Kilometern betrug. Wenn es sich wirklich um organisierte Einheiten handelte, dann um gigantische, entsprechend den Ausmaßen der Welt, die sie bevölkerten.

Vielleicht waren diese Blasen nur Plasmawolken, denen eine seltsame Kombination von Naturkräften vorübergehende Stabilität verlieh – gleich den aufzuckenden Kugelblitzen, die den Wissenschaftlern auf der Erde immer noch Rätsel aufgaben. Das wäre eine einfache und möglicherweise beruhigende Erklärung gewesen, doch als Bowman auf den planetenweiten Strom hinunterblickte, konnte er nicht recht an sie glauben. Diese glitzernden Lichtkugeln *wußten*, wohin sie wanderten; sie strebten vorsätzlich auf eine bestimmte Richtung zu.

Bowman starrte fasziniert auf diese Säulen, die dem kleinen massiven Stern, der sie beherrschte, den Horizont entlang folgten. Bildete er es sich ein – oder sah er tatsächlich Flecken von stärkerer Leuchtkraft, die aus dem großen »Gas-Geiser« hervorquollen, wie wenn Myriaden sprühender Funken zu einem phosphoreszierenden Kontinent verschmolzen?

Eine phantastische Vorstellung: Er beobachtete eine über einer Feuerbrücke verlaufende Migration von Stern zu Stern. Ob es sich um eine Bewegung von vernunftlosen kosmischen Wesen handelte, die von einem Urinstinkt quer durch den Raum getrieben wurden, oder um einen gigantischen Aufmarsch intelligenter Einheiten, würde er wahrscheinlich nie erfahren.

Er flog durch eine ungeahnte Form der Schöpfung, von der nur wenige Menschen je geträumt hatten. Jenseits der Regionen von Meer und Land und Luft und Raum lag das Reich des Feuers, das nur ihm allein zu sehen vergönnt war. Er durfte nicht erwarten, daß er es auch begreifen konnte.

Empfang

Die Feuersäulen verschwanden hinter dem Horizont des »Roten Riesen«, gleich einem vorbeigebrausten Sturm. Die rasenden Lichtflecken, die viele Tausende Kilometer unter ihm über das glühende Gestirn gezogen waren, verflüchtigten sich. Im Innern der Raumkapsel, geschützt von einer

Umwelt, die ihn innerhalb einer Millisekunde vernichten konnte, wartete David Bowman auf sein für ihn vorgesehenes Schicksal.

Der »weiße Zwerg« sank schnell gegen den Horizont, berührte ihn flüchtig, setzte ihn in Flammen und glitt außer Sicht. Ein unwirkliches Zwielicht fiel über das Inferno unter ihm, und im plötzlichen Beleuchtungswechsel bemerkte Bowman, daß im Raum, der ihn umgab, eine neue Entwicklung eintrat.

Die rote Sonne begann sich zu kräuseln, als ob er sie plötzlich durch fließendes Wasser sähe. Einen Moment lang fragte er sich, ob es sich um die Auswirkung eines lichtbrechenden Effekts handelte, der möglicherweise von der Erschütterung der Atmosphäre durch eine ungewöhnlich heftige Schockwelle hervorgerufen wurde.

Unwillkürlich blickte er nach oben, doch gleich darauf erinnerte er sich, daß die hauptsächliche Lichtquelle nicht der Himmel über ihm war, sondern die lodernde Welt unter ihm.

Es schien, als ob Milchglaswände rund um ihn sich verdichteten, das helle Glühen vernebelten und die Sicht trübten. Es wurde immer dunkler, und das schwache Dröhnen der stellaren Orkane verebbte. Die Raumkapsel schwebte durch nächtliches Schweigen. Kurz darauf verspürte er einen sanften Stoß, als sie auf einer harten Oberfläche aufsetzte.

Aber *worauf?* fragte sich Bowman fassungslos. Dann wurde es wieder hell, und seine Verständnislosigkeit ging in pure Verzweiflung über, denn was er um sich sah, überzeugte ihn davon, daß er den Verstand verloren hatte.

Kein noch so wunderbarer Anblick hätte ihn überrascht. Das einzige, womit er nie gerechnet hätte, war die absolute Banalität.

Die Raumkapsel stand auf dem blankpolierten Parkett eines eleganten Hotelzimmers. In jeder Stadt auf der Erde gab es Dutzende von solchen Zimmern. Bowman starrte auf einen Kaffeetisch, eine Couch, einige Stühle, einen Schreibtisch, Lampen, ein Bücherregal mit Illustrierten und eine Vase mit Blumen. An einer Wand hing van Goghs »Brücke in Arles«, auf der anderen Kandinskys »Blauer Reiter«. Er hatte das Gefühl, daß er, wenn er die Schreibtischschublade aufzöge, darin eine Gideon-Bibel finden würde ...

War er in dieser Region der Milchstraße, die er nicht einmal orten konnte, in eine Hollywood-Dekoration geraten? Wenn er aber den Verstand verloren hatte, waren seine Halluzinationen überraschend klar. Alles glich der Realität, und nichts verflüchtigte sich, wenn er ihm den Rücken kehrte. Das einzig störende Element in dieser alltäglichen Szenerie verkörperte die Raumkapsel.

Minutenlang rührte sich Bowman nicht von seinem Sitz. Er erwartete, daß die Vision verschwinden würde, aber nichts dergleichen geschah.

Wenn es sich um ein Trugbild handelte, war es zumindest so raffiniert ersonnen, daß er es in keiner Weise von der Wirklichkeit zu unterscheiden vermochte. Vielleicht wurde er bloß getestet; dann mochte nicht nur sein Schicksal, sondern das des ganzen Menschengeschlechts davon abhängen, wie er sich in den nächsten Minuten verhielt.

Er konnte einfach sitzenbleiben und auf das warten, was geschehen würde, oder die Einstiegluke öffnen und in das Zimmer treten, um sich von seiner Realität zu überzeugen. Der Fußboden schien massiv zu sein, zumindest trug er das Gewicht der Raumkapsel. Bowman nahm nicht an, daß er durchfallen würde – wohin auch immer.

Doch es gab noch das Problem der atembaren Luft – denn so sagte er sich – dieser Raum mochte sich im Vakuum befinden oder giftige Gase enthalten. Er hielt das zwar für unwahrscheinlich – niemand würde sich mit ihm soviel Mühe gegeben haben, um am Schluß ein so wesentliches Detail zu vergessen. Aber Bowman hatte nicht vor, ein Risiko einzugehen.

Dieser Platz *glich* zwar einem Hotelzimmer irgendwo in den Vereinigten Staaten, aber das änderte nichts an der Tatsache, daß er Hunderte Lichtjahre vom Sonnensystem entfernt sein mußte.

Er schloß den Helm seines Raumanzugs, verschraubte die Verdichtungen und betätigte den Mechanismus der Einstiegluke. Außen- und Innendruck stabilisierten sich mit kurzem Zischen, dann stieg er aus.

Mit gewissem Staunen stellte er fest, daß er sich in einem

völlig normalen Schwerefeld befand. Er hob einen Arm und ließ ihn wieder fallen. In weniger als einer Sekunde sank er wieder zurück.

Doch dieses auf Erden selbstverständliche Geschehen machte hier alles doppelt unwirklich. Er trug einen Raumanzug und stand – obwohl er eigentlich hätte schweben sollen – außerhalb der Kapsel. Alle normalen Empfindungen eines Astronauten bäumten sich dagegen auf.

Wie ein Mann in Trance durchschritt er langsam die unmöblierte Hälfte des Zimmers. Doch die Möbel verschwanden nicht, wie er vermutet hatte, als er sich ihnen näherte.

Er trat zum Kaffeetisch. Auf der Tischplatte stand ein übliches Video-Telefon mit dem dazugehörigen Telefonbuch. Er bückte sich, nahm es zwischen seine Raumhandschuhe und hob es auf.

Auf dem Deckel stand in vertrauter Druckschrift: *Washington, D. C.*

Dann untersuchte er das Buch sorgfältiger, und zum erstenmal erhielt er einen unwiderlegbaren Beweis dafür, daß er sich – wenn er auch ein buchähnliches Gebilde in der Hand hielt – nicht auf der Erde befand.

Er konnte nur das Wort *Washington* lesen; die weitere Druckschrift verschwamm, als ob sie von einer Zeitungsfotografie kopiert worden wäre. Er öffnete das Buch willkürlich und blätterte durch die Seiten. Sie waren unbedruckt und bestanden aus einem weißen Material – zweifellos nicht aus Papier, auch wenn es ähnlich aussah.

Er hob den Telefonhörer hoch und drückte ihn gegen die Plastikhülle seines Helms. Hätte es Signale gegeben, würde er sie durch das schalleitende Material gehört haben. Aber – wie erwartet – alles blieb still.

Die sorgfältige Planung dieser Scheinwelt überraschte ihn. Er hoffte, daß man ihn nicht zu täuschen, sondern eher zu ermutigen beabsichtigte. Der Gedanke beruhigte ihn zwar, aber er beschloß, seinen Raumanzug nicht abzulegen, bevor er seine Erkundungstour nicht vollendet hatte.

Das Mobiliar war solide. Er setzte sich auf die Stühle, und sie trugen sein Gewicht. Aber die Schubladen konnte er nicht aufziehen – Attrappen, nichts als Attrappen!

Ebenso verhielt es sich mit den Büchern und Illustrierten;

wie beim Telefonbuch konnten nur die Titel entziffert werden. Eine etwas sonderbare Auswahl: meist wertlose Bestseller, einige Sachbücher und gewisse populäre Biographien. Nichts war älter als drei Jahre, und der intellektuelle Gehalt gleich Null. Das machte allerdings wenig aus, denn die Bücher ließen sich nicht einmal aus den Regalen nehmen.

Es gab zwei Türen, die mühelos geöffnet werden konnten. Die erste führte in ein kleines Schlafzimmer, das mit einem Bett, einer Kommode und einem Einbauschrank ausgestattet war. Die Schalter funktionierten, die Lampen brannten. Er öffnete den Kleiderschrank; auf Bügeln hingen vier Anzüge und ein Morgenrock, in den Fächern lagen ein Dutzend weiße Hemden und Unterwäsche.

Er nahm einen der Anzüge heraus und inspizierte ihn neugierig. Soweit er es mit seinen Handschuhen fühlen konnte, glich das Material eher Pelz als Wolle. Der altmodische Schnitt mißfiel ihm; niemand, der auf Erden etwas auf sich hielt, hatte in den letzten vier Jahren einreihige Sakkos getragen.

Neben dem Schlafzimmer befand sich das Bad. Er stellte mit Erleichterung fest, daß die Hähne – durchaus keine Attrappen – normal funktionierten. Dahinter lag eine Kitchenette mit einem elektrischen Kocher, Eisschrank, Vorratsschränken, Geschirr und Besteck, Spülbecken, Tisch und Stühlen. Bowman untersuchte alles nicht nur aus Neugier, der Gedanke ans Essen weckte seinen Appetit.

Erst öffnete er den Eisschrank; kalter Dunst schlug ihm entgegen. Die Packungen und Konserven, welche sich in den Fächern befanden, machten auf den ersten Blick einen ganz normalen Eindruck. Doch bei näherer Betrachtung zeigte sich, daß alle Etiketten verschwommen und unleserlich waren. Eier, Milch, Butter, Fleisch, Obst und andere frische Lebensmittel glänzten durch Abwesenheit. Der Eisschrank enthielt nur verpackte Eßwaren.

Bowman nahm einen Karton Haferflocken heraus, obwohl es ihm merkwürdig vorkam, daß diese kühl gehalten wurden. Im Moment, da er das Päckchen aufhob, wußte er, daß es zweifellos *keine* Haferflocken enthielt; es war viel schwerer.

Er riß die Schachtel auf und prüfte den Inhalt. Er bestand

aus einer etwas feuchten, bläulichen Substanz, die entfernt an Brotpudding erinnerte. Abgesehen von der sonderbaren Färbung sah sie durchaus appetitlich aus.

Das ist doch lächerlich, sagte sich Bowman. Ich werde sicher beobachtet und muß in meinem Raumanzug wie ein Idiot aussehen. Wenn es sich wirklich um eine Intelligenzprüfung handelt, bin ich bereits durchgefallen. Ohne zu zögern, ging er in das Schlafzimmer zurück und begann seinen Helm aufzuschrauben. Dann nahm er ihn vorsichtig ab und versuchte zu atmen. Soweit er es beurteilen konnte, atmete er Luft ein, einfach Luft, wie er sie von der guten alten Erde her kannte.

Er warf den Helm auf das Bett und entledigte sich seines Raumanzugs. Dann streckte er sich, atmete in tiefen Zügen und hängte seinen Raumanzug sorgfältig in den Schrank. Er nahm sich zwischen den anderen Anzügen etwas seltsam aus, aber die allen Astronauten anerzogene Ordnungsliebe gestattete nicht, daß er ihn einfach irgendwo liegen ließ.

Schnell ging er in die Küche und nahm sich nochmals die »Haferflocken« vor.

Der blaue Brotpudding roch schwach nach einem unbekannten Gewürz. Bowman wog das Päckchen in seiner Hand, dann brach er ein Stück des Inhalts ab. Einen Moment lang zögerte er. Obwohl er nicht glaubte, daß man versuchen würde, ihn absichtlich zu vergiften, durfte er die Möglichkeit eines Irrtums doch nicht ausschließen. Biochemie war eine heikle Angelegenheit.

Er probierte vorsichtig einige Krumen, dann kaute er und schluckte. Der Geschmack war zwar schwer definierbar, aber keineswegs schlecht. Wenn er die Augen schloß, konnte er sich vorstellen, daß er entweder Fleisch aß oder Vollkornbrot oder getrocknete Fruchtmasse. Wenn keine unerwarteten Nachwirkungen auftraten, brauchte er keine Angst vor dem Verhungern zu haben.

Zu seinem Erstaunen fühlte er sich nach einigen Bissen schon gesättigt und suchte nach etwas Trinkbarem. Er fand im Schrank etwa ein Dutzend Dosen Bier einer bekannten Marke. Der Metalldeckel ließ sich entlang der punktierten Linie aufreißen, aber die Dose enthielt kein Bier, sondern —

zu Bowmans Enttäuschung – die gleiche bläuliche Substanz wie der Karton.

Ungeduldig öffnete er daraufhin ein halbes Dutzend der restlichen Packungen und Konserven. Entgegen ihren Etiketten fand er stets den gleichen Inhalt. Diese »Diät« würde allerdings etwas monoton werden, und es blieb ihm nichts anderes übrig, als Wasser zu trinken. Er füllte sich ein Glas aus der Wasserleitung und nippte vorsichtig daran.

Sofort spuckte er es aus; es schmeckte abscheulich. Dann bereute er seine instinktive Reaktion und zwang sich, den Rest auszutrinken.

Die ersten Tropfen hätten ihm genügen müssen, die Flüssigkeit sofort zu identifizieren. Sie schmeckte bloß so abscheulich, weil sie überhaupt keinen Geschmack hatte. Was aus dem Hahn floß, war reines, destilliertes Wasser. In bezug auf seine Gesundheit gingen seine unbekannten Gastgeber offenbar keine Risiken ein.

Jetzt fühlte er sich etwas erfrischt und entschloß sich, unter die Dusche zu gehen. Er fand keine Seife, aber dafür gab es einen hervorragenden Heißlufttrockner, und er nützte diesen Luxus genießerisch aus. Er zog sich an, dann warf er sich wohlig auf das Bett und blickte auf den Fernsehschirm, der – wie in den meisten Hotels dieser Preisklasse – von der Decke hing. Er vermutete zuerst, daß es sich – wie beim Telefon und den Büchern – um eine Attrappe handelte. Aber die Tasten auf der beweglichen Nachttischlampe an seiner Seite machten einen derart realistischen Eindruck, daß er der Versuchung, mit ihnen zu spielen, nicht widerstehen konnte. Als seine Finger den untersten Knopf berührten, erhellte sich der Schirm.

Bowman fuhr hoch. Er hatte willkürlich eines der Programme gewählt, und fast sofort erschien das erste Bild. Es war ein bekannter afrikanischer Nachrichtensprecher, der die Bemühungen kommentierte, die letzten Überreste der auf freier Wildbahn lebenden Tierarten zu bewahren. Gespannt hörte Bowman einige Sekunden zu; der Klang einer menschlichen Stimme faszinierte ihn derart, daß es ihm gleichgültig war, worüber sie sprach. Dann wechselte er den Kanal.

In den nächsten paar Minuten hörte er ein Symphonieorchester, das Schuberts »Unvollendete« spielte, eine Diskussion über den betrüblichen Zustand des modernen Theaters, er sah einen »Western«, die Vorführung einer neuartigen Kopfwehkur, einen Quiz in einer orientalischen, ihm unbekannten Sprache, ein Fußballspiel, eine russische Vorlesung über höhere Mathematik und verschiedene Tagesschauen. Es war ein Querschnitt durch die üblichen Fernsehprogramme, und abgesehen von der psychologischen Ermutigung, die sie ihm gewährten, bestätigten sie einen Verdacht, den er bereits gehegt hatte.

Das gesamte Programm war etwa zwei Jahre alt. Und vor etwa zwei Jahren hatte man TMA-I entdeckt. Er konnte nicht annehmen, daß es sich um einen bloßen Zufall handelte. Irgend etwas mußte damals die Radiowellen empfangen und gespeichert haben; der schwarze Monolith war fleißiger gewesen, als man erwartet hatte.

Er drückte jetzt wahllos auf die Tasten und ließ die Bilder auf dem Schirm in schneller Folge laufen. Plötzlich hielt er inne, er erkannte eine vertraute Szenerie: In der Hotelsuite, die er selbst jetzt bewohnte, spielte sich eine heftige Eifersuchtsszene zwischen einem berühmten Schauspieler und einer vollbusigen Blondine ab. Bowman blickte mit einem gewissen Schock des Wiedererkennens auf den Salon, den er gerade verlassen hatte – und als die Kamera dem streitenden Paar in das Schlafzimmer folgte, schaute er unwillkürlich zur Tür, als ob es jeden Moment eintreten könnte.

Auf diese Weise war also der Empfang für ihn vorbereitet worden; seine Gastgeber hatten ihre Vorstellung vom Erdenleben einem Fernsehprogramm entnommen. Sein erster Eindruck, daß er sich in einer Filmdekoration befand, hatte sich als richtig erwiesen.

Er schaltete das Fernsehen aus und versuchte sich über die phantastische Situation, in die er geraten war, schlüssig zu werden. Was tue ich jetzt? fragte er sich, verschränkte die Arme unter dem Kopf und starrte auf den leeren Bildschirm.

Trotz seiner physischen und psychischen Erschöpfung schien es ihm unmöglich, in dieser unwirklichen Umgebung schlafen zu können. Doch das bequeme Bett und der Instinkt seines Körpers verschworen sich gegen seinen Willen.

Er tastete nach dem Lichtschalter, und es wurde dunkel im

Zimmer. Innerhalb weniger Sekunden hatte er vergessen, daß er sich weiter von der Erde entfernt hatte als je zuvor ein Mensch. Gleich darauf entschwebte er in eine Region, von der man auf Erden annahm, daß sie keinerlei physikalischen Gesetzen unterlag.

So schlief David Bowman zum letztenmal.

Rücklauf

Die Möbel der Hotelsuite hatten ihren Zweck erfüllt; der Geist, der sie geschaffen hatte, ließ sie wieder verschwinden. Nur das Bett blieb zurück und die Wände, die den anfälligen menschlichen Körper vor den Energien schützten, die er noch nicht zu beherrschen imstande war.

David Bowman warf sich unruhig hin und her. Er schlief nicht länger, er war auch nicht wach; er träumte nicht, aber er war auch nicht völlig besinnungslos. Einem Nebel gleich, der durch den Wald streicht, drang etwas in seine Gedankenwelt ein und ergriff von ihm Besitz. Er fühlte es nur undeutlich, denn die sofortige Erkenntnis würde seine Existenz genauso schnell vernichtet haben wie die Feuer, die jenseits dieser Mauern wüteten. Soweit er zu einem Urteil fähig war, verspürte er weder Hoffnung noch Furcht — er hatte das Stadium, in dem er noch Gefühle empfunden, hinter sich gelassen.

Er schien frei im Raum zu schweben, während sich rings um ihn nach allen Richtungen ein Gitterwerk von dunklen Linien in die Unendlichkeit erstreckte. Entlang diesen Linien bewegten sich kleine Lichtbälle — manche langsam, manche mit verwirrender Geschwindigkeit.

Einmal hatte er durch ein Mikroskop auf den Querschnitt eines menschlichen Gehirns geschaut, und dessen Netzwerk von Nervenfasern besaßen die gleiche labyrinthartige Zeichnung. Aber es war tot und unbeweglich gewesen, während das hier das Leben selbst war oder noch mehr. Er wußte — oder glaubte zu wissen —, daß er die Arbeit eines gigantischen Geistes beobachtete, ein Universum, von dem er selbst einen winzigen Teil vorstellte.

Diese Vision dauerte nur einen Moment. Dann verflüchtigten sich die kristallenen Gitter und die flackernden Lichter, während Bowman eine Schwelle des Bewußtseins überschritt, die noch kein Mensch vor ihm erreicht hatte.

Zuerst gewann er den Eindruck, daß die Zeit rückwärts lief. Er dachte an einen Traum oder an ein Wunder, bevor er verstand, was sich abspielte.

Die Quellen seiner Erinnerung wurden freigelegt: er durchlebte seine Vergangenheit, wenn auch in umgekehrter Folge; es war, wie wenn ein abgelaufener Filmstreifen rasch zurückgespult wird. Er sah die Hotelsuite – dann die Raumkapsel – das Inferno der roten Sonne – das glitzernde Herz der Milchstraße – und schließlich das Sternentor, durch das er wieder in sein Universum aufstieg. Aber nicht nur die Szenen, auch alle Wahrnehmungen seiner Sinne und alle je empfundenen Gefühle durchlebte er erneut in rasendem Tempo.

Wieder befand er sich an Bord der *Discovery*, die Ringe des Saturns erfüllten den Himmel. Er wiederholte sein letztes Gespräch mit *Hal;* er sah Frank Poole auf dem Weg zu seiner letzten Mission, und er hörte die Stimme von der Bodenkontrollstation, die ihm versicherte, daß alles in Ordnung wäre.

Und sogar jetzt, als er diese Ereignisse wiedererlebte, war er überzeugt, daß wirklich alles in Ordnung sei. Er durchschritt den Korridor der Vergangenheit, und während er in seine Kindheit zurückkehrte, wurde alles, was er gewußt und erfahren hatte, aus ihm herausgeholt. Doch nichts ging verloren, man trug Sorge, alles gewissenhaft zu speichern. Selbst wenn ein David Bowman aufhörte zu existieren, wurde ein anderer unsterblich.

Schneller, immer schneller bewegte er sich in längst vergessene Jahre zurück. Menschen, die er einst geliebt hatte und die seiner Erinnerung entwichen waren, lächelten ihn freundlich an. Er lächelte zurück, zärtlich, aber ohne Wehmut.

Dann verlangsamte sich der rasende Rücklauf, und die Quellen seiner Erinnerung trockneten aus. Die zurückgleitende Zeit näherte sich dem Punkt des Stillstands, einem schwingenden Pendel gleich, das am Ende seines Bogens einen ewig scheinenden Moment lang innehält, bevor der nächste Zyklus beginnt.

Dieser zeitlose Moment ging vorbei, und das Pendel begann zurückzuschwingen. In einem leeren Zimmer, zwanzigtausend Lichtjahre von der Erde entfernt und inmitten der tobenden Feuer eines Doppelsterns, schlug ein neugeborenes Kind seine Augen auf und begann zu schreien.

Metamorphose

Dann beruhigte es sich, als es sah, daß es nicht mehr allein war.

Im Vakuum hatte sich ein geisterhaft schimmerndes Rechteck gebildet. Es verdichtete sich in eine Kristallplatte und füllte sich mit einem fahlen, milchigen Licht. Verwirrende Konturen bewegten sich über seine Oberfläche und in seinem Innern. Sie vereinigten sich in einem Spiel von Licht und Schatten, dann formten sie ineinander verschlungene Kreise, die sich langsam zu drehen begannen. Schneller und schneller wirbelten die Lichträder, in einem pulsierenden Rhythmus, der jetzt die Gesamtheit des Raums zu erfassen schien.

Dieses Schauspiel vermochte das Interesse jedes Kindes — oder jedes Affenmenschen — zu erregen und festzuhalten. Doch genau wie vor drei Millionen Jahren handelte es sich nur um eine äußerliche Offenbarung von Kräften, deren wahres Wesen nicht zu erfassen war. Sie wirkte wie die Kristallkugel eines Hypnotiseurs: es konzentrierte die Aufmerksamkeit des Mediums auf sich, um seine tieferen Schichten des Bewußtseins für den eigentlichen Prozeß freizulegen.

Diesmal ging das Verfahren schnell und fehlerfrei vonstatten. In den Jahrmillionen seit dem letzten Versuch hatten die Programmierer viel dazugelernt, und das zu bearbeitende Material war ungleich feiner und geschmeidiger geworden. Aber ob es imstande sein würde, sich der vorgesehenen Weiterentwicklung anzupassen — diese Frage konnte nur die Zukunft entscheiden.

Mit einem Blick, dessen intensive Aufmerksamkeit jede

menschliche überstieg, starrte das Kind in die Tiefe des kristallenen Monoliths und sah — wenn auch ohne sie zu verstehen — die Mysterien, die er verborgen hielt. Es wußte, daß es heimgefunden hatte, daß hier der Ursprung vieler Rassen lag, und nicht nur seiner eigenen. Irgendwo in der Ferne mußte eine Wiedergeburt vollzogen werden, eine seltsamere als jede bisher stattgefundene.

Jetzt war der Moment gekommen — die glühenden Muster offenbarten nicht länger die Geheimnisse im Herzen des Kristalls. Sie verblichen, und mit ihnen verschwanden die Schutzwände in dem Nichts, aus dem sie aufgetaucht waren. Wieder füllte die rote Sonne den Himmel aus.

Metall- und Plastikteile der vergessenen Raumkapsel gingen in Flammen auf und ebenso die Kleidung eines gewissen Etwas, das einst David Bowman geheißen hatte. Die letzten Brücken zur Erde, endgültig verbrannt, lösten sich in Atome auf.

Doch das Kind merkte das alles kaum, während es sich seiner neuen Umwelt anpaßte. Noch brauchte es für kurze Zeit eine Schutzhülle für das Zentrum seiner Kräfte. Aber solange sein Körper das bloße Ebenbild seines Bewußtseins darstellte, blieb es unzerstörbar — und trotz all seiner ihm innewohnenden Kraft war es sich bewußt, immer noch ein Kind zu sein. Und es würde eines bleiben, bis es sich für eine neue Form entschieden oder die Notwendigkeit eines materiellen Daseins abgestreift hatte.

Jetzt mußte es fort, obwohl es im gewissen Sinn den Platz, an dem es wiedergeboren war, nie verlassen würde, denn es würde für immer der überlegenen Intelligenz angehören, die diesen Doppelstern für seine unergründlichen Zwecke benützte. Die Richtung, wenn auch nicht die Art seines Schicksals, lag klar vor ihm, und es gab keine Notwendigkeit, den verschlungenen Pfad, auf dem es gekommen war, zurückzuverfolgen. Mit dem Instinkt von drei Millionen Jahren begriff es nun, daß es hinter den drei Dimensionen des Raums noch mehr als bloß eine vierte gab. Der uralte Mechanismus des Sternentors hatte ihm gute Dienste geleistet, aber es würde sie nicht mehr benötigen.

Die Flammen des Infernos vermochten dem Kind nichts anzuhaben. Immer noch schwebte die schimmernde rechtekkige Erscheinung vor ihm her; sie barg in sich unerforschte Geheimnisse von Raum und Zeit. Aber einige zumindest verstand das Kind und glaubte sie zu beherrschen. Wie selbstverständlich – wie notwendig! – war das mathematische Seitenverhältnis des Monoliths, die quadratische Folge von 1 : 4 : 9! Und wie naiv, anzunehmen, daß die Serie in nur drei Dimensionen enden würde!

Die Inkarnation von David Bowman konzentrierte sich auf diese einfachen geometrischen Erkenntnisse, und als seine Gedanken sie streiften, füllte sich der leere Rahmen mit der Dunkelheit der interstellaren Nacht. Das Glühen des »roten Riesen« verblich oder schien zumindest gleichzeitig nach allen Richtungen zu entschwinden; und vor ihm befand sich der leuchtende Wirbel der Milchstraße. Seinem Aussehen nach hätte es ein sorgfältig ausgearbeitetes und in einem Plastikblock eingebettetes Modell sein können. Aber es war die Wirklichkeit, die er jetzt mit Sinnen wahrnehmen konnte, welche die des Sehens weit übertrafen.

Hier befand er sich jetzt, schwebend in diesem großen Sonnenstrom, zwischen den massierten Feuern ihres galaktischen Herzens und den auf einsamer Wache stehenden Sternen ihres Saums. Und *hier* wollte er auch sein, in dieser nachtschwarzen Schlucht des Himmels, deren dunkles gewundenes Band kein Gestirn erleuchtete. Er wußte, daß dieses formlose Chaos, dessen Konturen sich im Licht der fernen Feuernebel kaum abzeichneten, der noch unbenützte Urstoff der Schöpfung war – Rohmaterial für künftige Evolutionen. Hier hatte die Zeit noch nicht begonnen; erst wenn die Sonnen, die noch brannten, schon lange tot waren, würden Licht und Leben dieser Leere eine Form geben.

Ohne es zu wissen, hatte er diese Region einst durchquert; jetzt mußte er es wieder tun, doch diesmal aus eigenem Willen. Der Gedanke daran erfüllte ihn mit plötzlichem Entsetzen, so daß er einen Moment lang vollkommen verstört war; sein neues Bild des Universums wurde schwer erschüttert und drohte in Brüche zu gehen.

Es war nicht die Furcht vor den galaktischen Abgründen, die seine Seele erstarren ließ, sondern eine viel tiefer liegende Zukunft. Denn er hatte die Zeitmaße seines menschlichen Ursprungs weit hinter sich gelassen; jetzt, da er das gewundene Band der sternenlosen Nacht betrachtete, ahnte er bereits die ersten Andeutungen der Ewigkeit, die sich vor ihm auftat.

Dann erinnerte er sich, daß er nie mehr allein sein würde, und seine Panik verebbte langsam. Er hatte seine klare Vorstellung vom Universum zurückgewonnen, wenn auch nicht – das wußte er genau – aus eigener Kraft. Sollte er für seine ersten schwankenden Schritte eine führende Hand brauchen, würde sie für ihn da sein.

Mit neuem Selbstvertrauen – einem Kunstspringer gleich, der seinen Mut wiedergefunden hat – stürzte er sich durch die Lichtjahre. Die Milchstraße brach aus dem geistigen Rahmen aus, in den er sie eingeschlossen hatte; in einer Illusion unendlicher Geschwindigkeit glitten Gestirne und Sternnebel vorbei. Phantomsonnen explodierten und verschwanden, wenn er schattengleich durch sie hindurchschwebte. Die kalten, dunklen Öden des kosmischen Nebels, die er einst so gefürchtet hatte, bedeuteten ihm nicht mehr als der Flügelschlag eines Vogels vor der Sonnenscheibe.

Die Sterne verloren sich; der strahlende Schein der Milchstraße war nur mehr ein schwacher Abglanz von dem, den er geschaut hatte – und den er, wenn er dazu bereit war, wiedersehen würde.

Er war zurückgekehrt, genau dorthin, wohin er wollte – in die Dimension der Menschheit.

Sternenkind

Vor ihm schwebte – wie ein glitzerndes Spielzeug, dem kein Sternenkind widerstehen konnte – die Erde mit ihren Bewohnern.

Er war rechtzeitig zurückgekehrt. Unten auf dem überfüllten Globus zuckten Alarmsignale über die Radarschirme, die Riesenteleskope suchten den Himmel ab – und die »Weltgeschichte«, wie die Menschheit sie kannte, näherte sich ihrem Ende.

Tausende Kilometer unter ihm ballte sich eine todbringende Ladung zusammen und begann träge, ihre Bahn zu durchlaufen. Er nahm sie deutlich wahr, und er wußte, daß ihre schwachen Energien ihm selbst nicht gefährlich waren. Doch er bevorzugte einen klaren Himmel. Durch die Kraft seines Willens entfesselte er eine lautlose Explosion der kreisenden Megatonnen, und eine kurze trügerische Dämmerung fiel über die schlafende Erdkugel.

Dann hing er unschlüssig seinen Gedanken nach und grübelte über seine noch unerprobte Macht. Obwohl zum Herrn der Welt geworden, war er sich nicht im klaren darüber, was er jetzt unternehmen sollte.

Doch eines stand fest: Er würde auch den nächsten Schritt tun.